KB125807

나뭇잎 바이올린

켜줄게

춤춰봐 춤춰봐

춤춰봐

나뭇잎 바이올린 켜줄게
춤춰봐 춤춰봐 춤춰봐

펴낸날 2판 1쇄 2021년 12월 10일
1판 1쇄 2012년 7월 25일

지은이 원숙자
펴낸이 손현승

펴낸곳 유씨북스
출판등록 제2017-000045호(2014년 10월 15일)
공급처 ㈜유씨컴퍼니
주소 경기도 고양시 일산동구 중앙로1261번길 59, 9층 C-17호(장항동)
전화 070-8238-1410
팩스 070-4850-8610
이메일 ucbooks@naver.com
블로그 blog.naver.com/ucbooks

편집 김영회
디자인 윤찬 unichanee@nate.com

ISBN 979-11-970224-4-9 03810

'씨앗을 뿌리는 마음, 나무를 심는 마음'으로 세상에 필요한 책을 만듭니다.
유씨북스는 독자 여러분의 의견에 항상 귀 기울이고 있습니다.

나뭇잎 바이올린 켜줄게 춤춰봐 춤춰봐 춤춰봐

원숙자 글·사진

할머니가 쓴 육아에세이

나는 손자를 이렇게 키웠다

유씨북스

시작하며

손자 한결이가 태어나서 3살 때까지의 이야기다. 할머니가 쓴 육아일기랄까, 손자와 함께 여기저기 다닌 여행기랄까. 자라는 모습이 신기하고 예뻐서 그의 언어와 버릇, 장난기 등을 기록해놨다.

한결이와 나는 코드가 잘 맞는 손자와 할머니였다. 전극의 플러스와 마이너스가 맞아야 대상이 되는 물체가 비로소 작동하듯 사람과 사람 사이에도 코드가 맞아야 소통이 잘된다. 짝짜꿍이 잘 맞는다는 뜻이다.

하루는 한결이가 갖고 노는 장난감 기차가 잘 가다가 배터리가 다 되었는지 작동을 멈췄다.

"할머니!"

"왜?"

"기차가 안 가요."

기차가 안 간다고 끙끙댄다.

한결이가 나를 부를 때는 '할'보다 '머'가 한 옥타브 높고, '니'는 '머'보다 두 옥타브 낮다. 그러고는 말끝에 힘을 주며 짧게 뚝 자르듯이 끝을 맺는다. 물론 언제나 그렇다는 것은 아니다. 어느 때는 '할머니~!' 하고 길게 부르기도 하니까. 길게 부를 때나 옥타브의 높낮이로 부를 때나 장난기는 항상 뚝뚝 떨어진다.

"배터리가 다 나갔나 보다."

배터리를 갈아주어도 기차가 가지 않는다.

"어, 왜 이러지?"

다시 열어보니 플러스와 마이너스가 잘못 끼워져 있다. 몸체와 같은 극끼리 꽂혀 있는 것이다. 돌려서 끼워주니 그때야 기차가 움직인다.

"아유, 잎이 많~다!"

가을 숲속을 한결이 손을 잡고 걷고 있는데, 나무 밑에 낙엽이 몰려 있는 것을 보고 한결이가 하는 말이다.

"으응, 날이 추워서 서로 꼭 안고 있는 거야. 그래야 춥지 않거든."

한결이는 '아, 그렇구나!' 하듯이 빙긋 웃더니 괜히 신이 나서 깨끼발로 그 앞을 지난다.

세숫대야 바닥에는 낚시꾼이 물고기를 잡는 그림이 그려져 있다. 낚싯대 끝에 물고기가 매달려서 높이 치켜져 있다.

"어마, 낚시꾼 아저씨는 매일 낚시질만 하고 있네. 그것도 매일 한 마리밖에 못 잡나 봐."

내가 이 말을 한 후부터 한결이는 세숫대야만 보면 손가락으로 그림을 가리키며 키득키득한다. 아마도 제 딴에는 '이것 봐요, 할머니, 아직도 물고기를 잡고 있어요.' 하는 듯하다. 짝짜꿍이 여간 잘 맞는 게 아니다.

한결이는 '알나리깔나리'라든가 '얼렁뚱땅', '뒤죽박죽'이라는 말을 참 재미있어 한다. 내가 '알나리깔나리' 하면 저 놀리는 줄 모르고 저도 따라 '알나리깔나리' 하면서 샐샐댄다. '얼렁뚱땅'이나 '뒤죽박죽' 하면 손뼉을 치며 좋아한다. 한결이와 말을 하고 있으면 배터리를 새로 갈아 낀 장난감처럼 척척 잘 돌아간다.

농담을 농담으로써만 아니고 농담 속에 숨어 있는 진담을 알아채는 위트 있는 한결이로 자랐으면 좋겠다.

갓난아기의 머리는 3년이면 70~80%가 자란다고 했다. 사람의 능력이 태어나면서부터 3년 사이에 거의 결정된다는 얘기다. '세 살 적 버릇 여든까지 간다'는 말도 있다. 어디 버릇뿐일까. 마음도 인품도 그렇단다.

3살 될 때까지 수목원으로, 미술관으로 자주 자연과 접하도록 키운 내 손자 한결이의 버릇과 마음과 그 정서가 그대로 여든까지 이어질 것을 믿는다.

책 낼 때뿐이 아니고 언제나, 무슨 일에나 내 편에 서서 아낌없는 조언과 격려와 힘을 실어주는 남편에게 감사의 마음을 전한다. 한결이에 대해 쓴 책을 내고 싶다고 말했을 때 기꺼이 내야 한다고 독려해준 한결 엄마와 한결 아빠, 내 아들에게 고마움을 전한다. 내야겠다는 마음을 먹게 해준 한결이에게도 사랑을 한 아름 보낸다. 끝으로 편집과 디자인 등에 심혈을 다해 애써주신 김영회 편집장에게 심심한 감사의 인사를 전한다.

무엇보다 이 책이 지금 육아를 하고 있는 부모와 육아를 해야 하는 할머니에게 도움과 참고가 되어, 그들에게 응원과 격려를 드릴 수 있으면 좋겠다. 이미 육아의 시기가 지난 부모들도 읽으면서 자신들의 육아 시기를 추억할 수 있는 계기가 되었으면 좋겠다.

"요즘 세상에 뭐 손자를 키우느라 고생하나? 아이는 제 엄마 아빠에게 맡기고 네 생활을 가져라."

지인들의 이런 고언을 듣기도 했지만, 힘듦 없는 보람을 어디서 찾을까? 한결이를 키우는 동안의 힘듦을 이렇게 책으로 엮어낼 수 있음을 보람으로 삼는다. 그게 바로 내 생활이었음도….

구절초, 국화, 아스타, 메리골드, 맨드라미가

가을비에 젖고 있는 구원농장에서

2021년 10월

원 숙 자

차례

시작하며 · 5

1장 나의 손자, 나의 천사

엄마 마음 · 13 | 한결이 자장가 · 17 | 동물원 놀이 · 21 | 시장 나들이 · 25 | 하얀 고무신 · 29 | 예쁜 짓 · 32 | 실물교육 · 36 | 말문이 터지다 · 39 | 놀이터에서 놀기 · 43 | 맛있는 팬케이크 · 47 | 식탁 예절 · 51 | 엉망진창 · 55 | 판박이 · 60 | 생일 축하하기 · 63 | 나뭇잎 바이올린 · 66 | 그림자놀이 · 71 | 말의 연상 · 76 | 우리의 봄날 · 83 | 크리스마스 선물 · 90

2장 손자와 함께 떠나는 감성 여행

내일이 있으니까-바탕골미술관 · 99

그 엄마의 그 딸-닥터박갤러리 · 105

미술관 옆 조각공원-마나스아트센터, 사진갤러리 와 · 111

낭창낭창 걸어보자-석화촌 · 117

허브보다 올챙이-허브아일랜드 · 123

무릉도원이 따로 없네-홍릉수목원 · 129

우리 그냥 여기서 살까?-포천뷰식물원 · 125

공룡은 살아 있다-우석헌자연사박물관 · 140

온몸과 온 마음을 던져서-벽초지수목원 · 144

나비처럼 춤추고 싶을레라-꽃무지풀무지수목원 · 150

3장 함께하기에 더 행복한 여행

좋은 건 기다려야 가질 수 있어-들꽃수목원 · 161
함께 일하는 재미, 함께 먹는 즐거움-율봄식물원 · 169
아름다운 날-가일미술관 · 179
모든 건 빨개지면 먹을 수 있다-국립수목원 · 182
물을 좋아하는 닭-장흥자생수목원 · 191
양이 양처럼 울어요-대관령양떼목장, 해바라기호박동산 · 197
'물닭띠'의 탄생-강릉해살이마을, 경포대해수욕장 · 206
바람이 씻어줄 거야-앵무새학교, 평창바위공원, 아기동물농장 알에서 · 214
난 토마토 절대 안 먹어-강원도립화목원, 춘천인형극제 · 225

4장 어제보다 한 뼘 더 성장하기

다람쥐야, 도토리밥 해줄까?-평강식물원 · 233
여기가 밤어린이집이야-양평알밤농장, 닥터박갤러리 · 241
잘 못해도 모두가 살판인 세상-서일농원, 안성바우덕이축제 · 252
무상으로 주는 기쁨-이원아트빌리지, 구원농장 · 266
빈곤 속의 풍요-해여림식물원 · 279
삶은 예술, 예술은 삶-물향기수목원 · 287
친정어머니 생각-헤이리문화예술마을 · 296
내일은 저기 가볼까?-갤러리 리즈, 서호미술관 · 304

마치며 · 313

1장

나의 손자,
나의 천사

엄마 마음

아이를 낳아봐야 '엄마 마음'을 안다 했는가. 우매한 나는 두 아이를 낳아 키웠어도 내 엄마의 마음을 몰랐다. 그런데 엄마가 나의 두 아이를 키워주신 것처럼 내 딸이 낳은 아기를 키우면서야 비로소 엄마 마음을 알아갔다. 손자 한결이를 돌보면서 그때의 엄마 마음을 따라가느라 요즘 숨이 가쁘다.

지금도 어리지만 한결이가 아주 어렸을 때, 내 엄마를 생각하며 쓴 글을 여기에 옮겨 적으며 한결이 이야기를 시작하려 한다.

엄마.

한결이가 막 잠이 들었습니다. 이한결, 엄마의 외손녀 본희의 아들입니다. 엄마가 병원에 계실 때 만삭인 본희가 엄마 곁에 서면 배를 어루만져주며 "빨리 낳아, 내가 키워줄게." 하던 그 아기입니다.

그때 엄마는 "내가 키워줄게." 하는 그 말이 얼마나 황당한가를 자신이 잘 알고 계셨지요. 엄마의 웃음이 쓸쓸했거든요. 그리고 엄마는 가시는 날을 누구보다도 잘 알고 계셨고요. 엄마 가신 지 꼭 두 달 만에 한결이가 태어났습니다. 아픈 엄마와 태어난 아기 때문에 가뜩이나 일에 어설픈 당신의 딸이 허둥댈까 봐 적당한 간격을 두고 그리 떠나신 것은 아닌지요.

'가셨다'와 '돌아가셨다'는 말은 대체 어떤 차이가 있는 걸까요. '가셨다'는 언젠가는 오실 것 같은 느낌이지만, '돌아가셨다'는 영원히 오지 못하실 것 같은 느낌. 오세요, 엄마. 영혼으로라도 오세요, 꿈으로라도 오세요.

엄마.

일요일의 한낮입니다. 엄마가 계실 때는 지금 이 시간에 등산을 하고 있을 제가, 오늘은 한결이에게 붙들려 집에서만 시간을 보내고 있습니다.

그런데 엄마, 참 신기한 것을 발견했어요. 본희는 한결이를 모유로 키우고 싶어 했는데, 모유가 모자라서 그 양을 우유로 충당하고 있습니다. 한결이 때문에 간밤에 잠을 못잔 본희가 좀 자고 나오겠다고 방으로 들어가고, 한결이에게 제가 우유를 먹였습니다. 한결이는 우리 아이들이 자랄 때처럼 한 번에 우유를 먹지 못하고 반 정도 먹고 트림을 한 후 나머지 반을 먹곤 해요. 오늘 말이에요. 우유 먹이고 트림 시킨 후 나머지 반을 먹이고 아무리 트림을 시키려 해도 잠에 취해서 트림을 하지 않기에 그냥 재웠거든요. 자는 것을 확인하고 주방에서 우윳병을 소독하고 있는데 별안간 자지러지게 우

는 거예요. 놀라서 뛰어 들어가 안고 토닥거려주니, 트림 안 하고 우유를 토해내고 다시 잠이 들었습니다.

어른 같으면 얹혔다고 하나요. 체해서 배가 아팠을 텐데, 아기는 스스로 토해내고 다시 잠이 드는군요. 아기는 삼신할머니가 돕는다더니 정말 그런가 봐요. 아니면 엄마가 한결이를 돌보고 계신 것은 아닌지요. 한결이 엄마인 본희를, 엄마는 얼마나 애지중지 키우셨습니까. 많이 돌봐주세요. 본희 키우실 때 그런 것처럼 말이에요.

엄마.

한결이를 재우고 화분에 물을 주려고 베란다에 나갔다가 진달래꽃 한 송이가 활짝 피어 있는 것을 발견했습니다. 11월인데. 자세히 보니 줄줄이 봉오리가 잔뜩 부풀었습니다. 계속 피어날 것입니다. 한결이가 우리 집에 온 후로는 화분에 눈길을 줄 여유가 없어 일주일 내내 못 보고 지낼 때가 많습니다. 지금도 '아참! 화분에 물을 주어야지' 하고 나간 참입니다. 활짝 핀 진달래꽃은 그야말로 느닷없음이었습니다. 화들짝 놀랐습니다. 그러고는 반사작용처럼 눈물이 흘렀습니다. 그렇습니다, 엄마. 그건 반사작용이 분명했습니다. 진달래꽃은 엄마의 기억을 빠르게 불러냈으니까요. 엄마도 아시지요. 진달래나무 두 그루가 우리 집 베란다에 온 사연을.

이곳으로 이사하던 그 다음 해, 시선마다 꽃이 잡히던 봄날이었습니다. 많이 편찮아서 바깥출입을 못하고 계셨던 엄마는 "꽃이 피어도 꽃도 못보고 세월을 보내는구나." 하셨지요. 그 길로 꽃이 활짝 피어 있는 어른 키만 한 진달래나무 두 그루를 사다 놓았던 거지요. 꽃만 피면 엄마는 베란다 앞으로 의자를 끌어다 놓고 앉아 진달래꽃 보는 것을 낙으로 아셨어요. 어쩌자고 세 번밖에 못 보고 가셨습니까, 엄마! 지금 진달래꽃이 저렇게 피는데, 엄마가 앉던 의자도 그대로 있는데, 엄마는 안 계시네요. 정말, 정말 엄마는 안 계시네요. 진달래꽃 같은 짙은 색깔로 울음이 터집니다.

엄마.

한결이가 깨었나 봅니다. 칭얼대는 소리가 들려옵니다. 엄마가 저의 아이들을 키우실 때처럼 한결이를 키워야 할 텐데 영 자신이 없어요. 엄마의 49재 때, 스님이 부처님께 간절히 기도를 드리면 부처님은 기도의 대상이 되어 곁에 오셔서 머문다 했습니다. 무릎 꿇고 기도를 드리니 엄마, 부디 오셔서 진달래꽃도 보고 당신의 증손자 한결이도 보세요.

한결이 자장가

한결이는 저의 집에서는 저녁 8시 30분에 잔다는데, 우리 집에 오면 밤 10시가 돼도 안 잔다. 제 엄마가 별의별 수를 다 써가며 자자고 해도 한사코 도리질이다. '엄마 집에만 오면 노느라고 잠을 안 잔다'고 제 엄마가 투덜대며 방으로 들어간 후 나는 '어부바'를 시도한다.

"우리 많~이 '코' 자고, 내일 많~이 놀자!"

유리문 가까이 데리고 가서 창밖을 보여주며 살살 달래가며 등을 돌려댄다.

"밖이 캄캄하다, 그지? 어마, 저 달 좀 봐, 별도 떴네."

한결이는 달과 별이 밤이 돼야 뜬다는 것을 알고 있고, '어부바' 하면 자야 한다는 것을 알고 있다. 그리고 할머니 등이 달콤한 잠자리라는 것도 알고 있다.

처음에는 안 업히려고 뱅뱅 돌다가도 못 이기는 척 등 뒤로 돌아간다. 일단 업히기만 하면 좋아서 다리를 파닥댄다. 두 팔을 내 겨드랑이에 깊숙이 질러 넣고, 얼굴을 내 잔등에 폭 묻어버린다. 두 손을 뒤로 해 깍지를 껴서 조이며 한결이의 자세가 조금이라도 더 편하도록 추슬러주면 나를 다시 한 번 꼭 껴안으며 키득댄다. 그때 등을 타고 흐르는 따뜻한 기운, 그만 가슴이 뭉클해진다.

잘 자라 우리 한결이 앞뜰과 뒷동산에
새들도 아기 양도 다들 자는데
달님은 영창으로 은구슬 금구슬을 보내는 이 한밤
잘 자라 우리 한결이 잘 자거라

〈자장가〉에 한결이 이름을 넣어 불러준다. 모차르트의 '자장가'로 전해지고 있지만 사실 독일 작곡가 베르나르드 폴리스가 작곡한 곡이다. 100년이 넘는 시간 동안 전 세계 수많은 가정에서 부모들이 밤마다 아이들에게 들려줬을 이 곡이 동양의 한 조그만 나라, 한 지역, 한 가정의 한 아기를 재우는데도 그대로 적용될 수 있다는 게 신기하다. 자장가는 세계적 언어인가 보다.

이어서 이흥렬의 〈자장가〉도 한결이 이름을 넣어 불러준다.

자거라 자거라 귀여운 한결아
꽃 속에 잠드는 벌 나비 같이
고요히 눈 감고 꿈나라 가거라

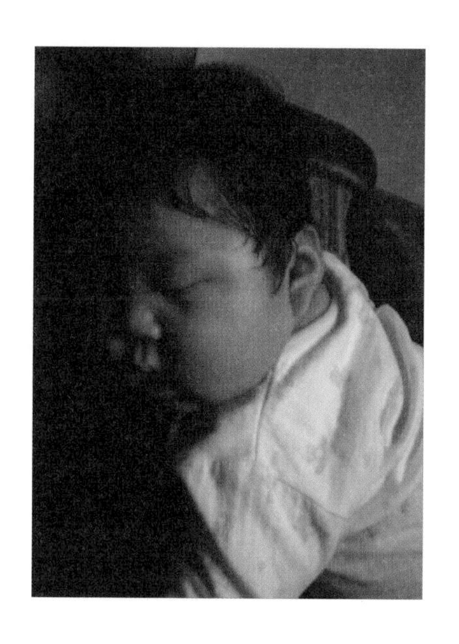

하늘 위 저 별이 잘 때까지

〈자장가〉가 끝나면 〈섬집 아기〉를 불러주고, 〈꽃밭에서〉도 불러준다. 잠잠해서 거울을 보면 눈을 뜬 채 빙긋 웃는다. 자라는 잠은 안 자고 자는 척하면서 자장가만 듣고 있던 거다.

"한결아, 잠이 안 오니? 그런데 말이야, 한결이가 좋아하는 코끼리가 '코' 자거든. 말도 '코' 자고, 다람쥐도 '코' 자고, 펭귄도 '코' 자고, 오리도 '코' 자고…."

한결이는 말은 못해도 동물 이름을 거의 다 알고 있다. 물론 동물의 생김새도 잘 알고 있다. 내가 동물 이름을 말할 때마다 '으응, 으응…' 하면서 내 말에 삽입곡처럼 소리를 한다. "하마도 '코' 자고 '으응', 젖소도 '코' 자고 '으응', 고래도 '코' 자고 '으응'…" 하는 식이다. 그러다가 어느 순간에 '으응' 소리가 잦아들면서 응답이 없다. 잠든 것이다.

잠이 들었지만 나는 한동안 그를 업은 채 서성댄다. 잠든 한결이를 업고 있으면 세상만사가 편안해진다. 밤, 유리창을 통해 스며드는 희미한 밤의 빛, 밤의 정적, 그 정적을 뚫고 어디선가 다듬이질 소리라도 들려올 것 같은 아늑한 정서…. 한동안 서성이다가 제 방으로 건너가 자리에 눕힌다. 동그라지듯 자리에 눕혀진 한결이는 눈을 뜨고 한 번 싱긋 웃고는 다시 잠이 든다.

"잘 자라, 한결아."

속삭이며 편한 자세가 되도록 다시 눕혀주고, 뺨과 이마에 '뽀뽀'를 해주고 방을 나선다. 한결이는 내일 아침에 별이 사라질 때까지 잠을 잘 것이다.

한결이도 차츰 세상에는 안 되는 게 있고, 마음과 의지만으로 한 일에 대한 성과가 나타나지 않는 게 있다는 것을 알아갈 테지. 걱정거리도 생길 테고, 기쁨이 있는 반면 슬픔도 있다는 것도 알아갈 테고…. 세상일을 생각하니 왠지 가슴이 짠해진다. 방풍림이 되고 싶다. 지금처럼 아무 걱정 근심 없이 쌔근쌔근 잠이 들도록 지켜주고 싶다.

동물원 놀이

"아후."

동물원을 만든 직후다. 한결이는 두 팔을 한껏 벌리며 소리를 냈다. 넓다는 뜻이다. 한결이의 동물원에는 별의별 동물이 다 있다. 이루 열거할 수가 없을 정도다. 제 엄마가 완구용 동물이 들어 있는 '동물의 왕국'을 네 통 사다 주었는데, 통속에는 그럴듯한 말뚝, 울타리, 나무, 바위 등 동물원 만드는 데 필요한 재료도 함께 들어 있었다. 한결이의 동물원에는 엄마가 사다 준 동물만 있는 게 아니다. '동물 모양의 지우개'도 있고, '101마리 개'도 있다.

내 아이들이 어렸을 때다. 아들 몫으로 지우개를 수집했는데, 문구점을 섭렵하다 못해 미국에 있는 친구에게 부탁해서 전해 받기도 했었다. 미국산 지우개는 색다른 모양이 많았다. 초콜릿, 비행기, 주사위, 나팔 부는 소년, 치마 입은 인형, 권총…. 한 나라의 문화가 지우개에도 실려 있음을 그때 알았다. 유리상점에서 3단 유리장을 짜 맞춰 지우개를 넣어주었다. 유리장에 빈틈이 없을 정도로 지우개가 가득하다. 지금도 아들 방에는 그때 수집한 지우개가 그대로 유리장 안에 들어 있다.

어느 날엔가 제 외삼촌 방에 들어간 한결이가 나오지 않아 들어가 봤더니, 유리장 문을 열고 지우개를 꺼내 방바닥에 늘어놓느라고 내가 들어간 줄도 모르고 있었다. 그래서 한결이의 동물원에는 미국에서 온 지우개인 호랑이, 나팔 부는 소년, 비행기가 가담을 하게 됐다. 나팔 부는 소년이나 비행기는 동물이 아니지만 한결이는 제가 좋아하는 것은 열심히 동물원에 챙겨 넣는다.

흰색에 까만 점이 있는 '101마리 개'는 어린이집 선생인 내 친구의 딸이 준 것이다. 앉아 있는 강아지, 통 속에 들어 있는 강아지, 혀를 쏙 빼물고 있는 강아지, 손등에 새가 내려앉은 강아지….

처음에는 하늘·땅·물속에 사는 동물을 따로 따로 구별해서 동물원을 만들더니, 나중에는 '101마리 개, 지우개 동물'이 뒤죽박죽으로 섞여 있는 대형 종합 동물원을 만들었다. 공룡에서 개미까지, 고래에서 붕어까지, 타조에서 비둘기까지.

말뚝을 세우고, 울타리를 만들고, 나무를 심고, 바위와 돌을 놓는다. 그러고는 동물을 빽빽히 세워놓는다. 처음에는 캥거루를 두 발로 세울 줄 몰라 자꾸 앞으로 고꾸라트렸는데, 이젠 선수다.

한결이는 곧잘 서 있는 동물도 다른 동물들 사이로 옮겨놓는다. 그러다 보면 공간이 좁아져서 주위 동물들이 도미노 현상으로 쓰러진다. 쓰러지면 다시 일으켜 세우고, 쓰러지면 또 일으켜

세운다. 왜 그럴까. 나름대로 그렇게 해야만 무엇인가 잘 어울린다고 생각하는 것 같다. 한결이가 만드는 동물원은 서로 어울려 살아야 하는 삶, 일종의 사회성을 띠고 있는 게 아닐까.

한결이와 나는 동물원을 만들면서 노래를 부르고, 동물 걸음걸이도 흉내 낸다.

"펭귄은 어떻게 걷지?"

한결이는 일어나 뒤뚱뒤뚱 그 흉내를 낸다. 타조처럼 겅중겅중 뛰고, 거북이처럼 엉금엉금 기고, 토끼처럼 깡충깡충 뛰고. 내친김에 제 할아버지 걷는 모습도 흉내 낸다. 뒷짐 지고 어슬렁어슬렁. 그쯤에서 한결이와 나는 서로 안고 뒹군다. 키득키득 대면서.

"개굴개굴 개구리 노래를 한다…."

개구리를 동물원에 배치시키며 부르는 노래다.

"깊은 산속 옹달샘 누가 와서 먹나요? 새벽에 토끼가 …."

토끼를 동물원에 끼워 넣으며 부르는 노래다.

"산골짝의 다람쥐…."

다람쥐를 놓으며 부르는 노래다. 무엇보다 한결이가 제일 신나 하는 것은 코끼리 노래다. 일어나서 한쪽 팔은 쭉 뻗고, 한쪽 손은 코를 잡고 뱅뱅 돌며 부르는 노래다.

"코끼리 아저씨는 코가 손이래…."

내가 '야크'를 동물원에 집어넣으면서 "이건 코뿔소." 하면, 한결이는 동작을 멈춘 채 빤히 나를 쳐다본다. 아니라는 얘기다. '야크'라고 고쳐서 말해야 고개를 끄덕이며 다시 동작을 시작한다. 동물원이 다 만들어지면, 한결이와 나는 동물 이름 맞추기를 한다. 내가 물으면 한결이가 동물을 짚고, 한결이가 동물을 짚으면 내가 이름을 댄다. 한결이는 백발백중인데 나는 가끔 틀린다. 한결이는 제 엄마가 가르쳐준 대로 정확하게 알고 있지만, 나는 여우와 늑대를 잘못 말할 때가 있다.

한 울타리 안에 수십 가지 동물을 풀어놓고 이리저리 옮겨놓으며 무엇인가 잘 어울리게끔 애쓰는 한결이는, 어쩌면 동물원을 만들면서 어울림의 아름다움을 배워가고 있는지도 모른다.

시장 나들이

한결이는 시장 나들이를 자주 한다. 집에 아무도 없어서 데리고 가기도 하지만, 일부러 데리고 가기도 한다. 청과물시장, 수산시장, 대형 마트 그리고 꽃시장에도 데리고 간다.

청과물시장의 과일가게는 오랜 단골로 한결이가 말썽을 부려도 주인아주머니가 눈감아준다. 오히려 바나나를 껍질을 벗겨서 먹으라고 주고, 방울토마토도 몇 개 손에 쥐어준다. 말썽이라야 과일을 손가락으로 가리키며 이름을 묻는 거고, 그러다가 슬쩍 손을 대보는 정도다. 손을 대보는 정도라고 하지만 다른 과일가게 주인 같으면 어림도 없는 일이다. 사과, 배, 포도, 바나나, 방울토마토, 수박… 과일 이름 대주기가 무척 바쁘다. 그래서 이번에는 거꾸로 내가 과일 이름을 대고, 한결이가 손가락으로 가리키게 한다. 과일 이름 대기 놀이가 끝나면 한결이는 두 팔을 한껏 벌리고

"많~이."라고 말한다. 과일이 참 많다는 뜻이다.

채소가게에서도 채소 이름 대기를 한다. 어느 날엔가 한결이는 채소가게에서 고양이를 만났다. 그 후부터는 채소가게에 가면 고양이부터 찾는다. 고양이는 한결이가 귀를 잡아 다니고 꼬리를 잡아 다녀도 대들지 않고, 냉큼 의자에 뛰어올라가 몸을 사리는 것으로 한결이의 귀찮은 손길을 피한다. 채소가게에 들렀을 때 고양이가 안 보이면 고양이를 찾으러 사방으로 돌아다닌다. 그러다가 고양이가 앉았던 의자를 가리키며 '의자에 앉아 있었는데 어디 갔느냐'는 뜻으로 끙끙댄다.

"고양이가 낮잠 자러 간 모양이야."

보다 못해 채소가게 주인이 말하면서 그 바쁜 중에도 고양이를 찾으러 한결이와 같이 돌아다닌다. 그러고는 어디선가 낮잠 자는 고양이를 끌고 온다.

한결이는 과일가게에서나 채소가게에서나 인기 짱이다. 한결이의 인기는 수산시장에서도 마찬가지다. 수산시장 바닥은 물이 질펀해서 한결이를 주로 안고 다니는데 새우, 조개, 가물치, 홍어… 등을 손가락으로 가리키며 다니다가 살아서 움직이는 물고기를 보면 하도 정열적으로 가리키기 때문에 몸이 아래로 쏠려 떨어트릴 뻔했을 때가 한두 번이 아니다.

"다음부터는 비옷 입히고 장화 신겨줘서 걸리고 다니세요."

생선가게 아저씨가 손으로 한결이를 붙잡아주며 그렇게 말한다. 하하, 크게 웃으면서.

하루 종일 집에서 놀다가 지루하다 싶을 때, 물건 살 일이 없는

데도 한결이를 데리고 대형 마트에 간다. 마트에는 한결이가 좋아하는 수족관가게가 있기 때문이다. 수족관가게에서는 물고기는 물론 토끼, 이구아나, 다람쥐도 판다. 다람쥐가 물레방아를 돌리거나, 토끼가 호수에서 떨어지는 물을 받아먹으려고 몸을 일으키거나, 이구아나가 유리에 착 밀착되어 있는 것을 볼 때마다 한결이는 괜히 이리 뛰고 저리 뛴다. 수족관 앞에서 한결이의 시간은 언제나 멈춤이다.

수족관가게 바로 앞에는 실내 어린이놀이터가 있다. 미끄럼틀, 모형 자동차, 사다리 등의 놀이 기구가 있어서 아이들이 노는 동안에 엄마들은 놀이터 낮은 담에 걸터앉아 잠시 쉬기도 한다. 한결이가 놀이터에 들어가면 나는 따라 들어간다. 대부분이 한결이보다 큰애들이어서 한결이가 제대로 놀지 못하기 때문이다. 미끄럼틀 앞에서 큰애들이 한결이를 제치고 먼저 타려고 하면 '순서

대로 타자'고 말해주고, 한결이가 큰애들 제치고 먼저 타려 할 때도 마찬가지로 '순서대로 타야 한다'고 말해준다. 한결이는 말은 못해도 말귀는 끝내주게 잘 알아듣는다. 얌전히 기다리고 있다가 제 차례가 오면 타는 것이다. 미끄럼틀 타다가, 모형 자동차를 타다가, 사다리를 기어오르다가 즐거움에 겨워지면 바닥에 벌렁 누워버린다. 그러고는 다시 일어나서 쫄쫄대고 돌아다닌다.

집에 돌아와 제 엄마한테 토끼, 이구아나, 다람쥐를 봤다는 사실을 보고하는데, 한결이가 '끙끙'대면 제 엄마는 용케도 맞장구를 쳐준다.

"으응, 그랬구나. 이구아나가 그랬구나."

그러면 한결이는 뒤로 돌아서서 허리를 구부리며 빙글빙글 돌며 웃는다. 아마도 '우리 엄마 최고야'라는 뜻일 게다. 도서관도 좋고, 미술관도 좋고, 공원이나 놀이터도 좋지만 아기를 시장에 데리고 가는 것도 그만 못지않게 좋은 일이다.

하얀 고무신

한결이가 우리 집에 오는 주말이면 나는 일요일 아침이라 해도 새벽 5시 30분에 눈을 뜬다. 한결이는 대개 8시에 일어나는데, 그가 일어나기 전에 아침식사 준비를 끝내야 하고, 화장실 일도 끝내야 한다. 그가 일어나면 같이 놀아줘야 하기 때문이다. 오늘은 한결이가 오지 않은 일요일 아침이다. 제 아빠가 휴가를 받아 무주리조트로 여행을 떠났기 때문이다. 그런데도 5시 30분에 눈을 떴다. 습관이 된 탓이다.

베란다 앞 거실 유리문 앞에 아기 고무신이 놓여 있다. 지난 금요일에 사다 놓은 거다. 고무신을 보니 한결이가 보고 싶다. 책이랑, 장난감이랑, 옷이랑, 이부자리랑 쑥대밭같이 어질러놓고 저의 집으로 훌쩍 간 지가 며칠이나 되었다고 벌써 보고 싶은지 모르겠다. 한결이는 내 친구이고 연인이다.

'한결이는 개구쟁이, 한결이는 뚱딴지, 한결이는 할머니 친구' 하며 노래를 불러주면 앉아 있다가도 일어나서 어깨춤을 춘다. 할머니와 친구라는 한결이식 대답이다. '할머니는~ 한결이를~ 많~이 많~이 사랑해요' 하면 내게 가까이 다가와 제 뺨을 내 뺨에 댄다. 저도 그렇다는, 그 또한 한결이식 대답이다. 친구, 연인이 보고 싶듯 나는 지금 한결이가 보고 싶다. 한결이를 돌보고 있는 시간이면 어디서 그런 힘이 날까 싶을 정도로 힘이 생긴다. 가고 나면 온몸이 그로기 상태가 되지만.

직장이 있는 청계천에 지하상가가 있다. 그곳 신발가게에 남자 아기 고무신이 있어 오갈 때마다 괜히 웃음을 달고 다니곤 했다. 옛날 남자 어른들이나 신던 고무신을 오래간만에 보는 것도 신기했지만, 앙증맞은 아기 고무신은 저절로 웃게 만들었다. 고무신은 흰색과 노란색 두 가지가 있다. 한결이는 화초에 물을 줄 때마다 샌들을 신고 쫓아다니기 때문에 샌들이 흠뻑 젖곤 한다. 그럴 때 신기려고 하얀 고무신을 샀다. 고무신은 놀이터에 신고 나가도 좋을 것 같다. 한결이는 모래밭에 주저앉아 모래 장난하는 것을 좋아한다. 고무신 벗어 모래를 담아 나르면서 얼마나 좋아할까?

모래밭에서 놀 때 한결이에게 불러주는 노래가 있다. 〈햇볕은 쨍쨍〉이다. '햇볕은 쨍쨍 모래알은 반짝 …' 특히 후렴인 '맛있게도 냠냠'을 되풀이해서 불러주면 한결이는 까르륵 웃곤 한다.

'두껍아 두껍아 헌집 줄게 새집 다오' 하는 노래도 불러준다. 흙을 두껍게 손등에 올려놓고 톡톡 두들겨주어야만 두껍이집이 완성되는데, 한결이는 흙이 미처 쌓이기도 전에 허물어대면서 좋아라고 키득댄다. 두껍이 노래는 낡고 좁고 작은 집을 벗어나 넓고 큰집을 달라는 두껍이의 기원이 담겨 있다. 한결이는 넓고 큰집에는 관심이 없다. 헌집, 좁은 집이라도 할머니와 노는 순간이 즐겁다. 나는 한결이와 놀면서 배운다.

어제는 한결이가 없는 틈을 타 오래간만에 북한산 종주를 했다. 피곤해서 잠자리에 들었는데 똑같은 시각에 잠이 깼다. 거실로 나오니 한결이 고무신이 눈에 들어왔다. 고무신을 사긴 샀지만 혹시 싫어할 수도 있겠다 싶어, 안 신으면 강아지 기르듯이 집에 놓고 볼 작정이다. 잠만 깨면 주방으로 통통 걸어 나와 내 치마폭에 싸이는 그의 모습이 환상처럼 떠오른다. 나는 한결이를 돌보고 있는 시간이 행복하다. 한결이를 떠올리며 거실을 왔다 갔다 하는 이 시간도 행복하다. 한결이는 내게 행복을 주는 천사다.

예쁜 짓

"한결아, 꼭꼭 씹어 먹어야 돼, 꼭꼭."

콩자반이나 멸치처럼 딱딱한 반찬을 줄 때 일러주면 고개를 위아래로 숙이면서 꼭꼭 씹는 흉내를 낸다. 어디까지나 흉내만 낼 뿐이지 하나도 씹지 않고 그냥 삼켜버린다. "한결아!" 하고 부르면 고개를 돌리며 못들은 척 능청을 떤다. 뺨을 손가락으로 꼭 눌러주면 그제야 씩 웃으면서 알았다는 듯 고개를 끄덕인다.

도토리나 은행을 한 손에 쥐고 두 손을 내밀며 어느 손에 있느냐고 물었을 때, 한결이가 열매가 있는 쪽을 가리키면 얼른 그 열매를 다른 손에 옮겨 쥔다. 또 물으면 옮겨 쥐었는데도 먼저 가리켰던 빈손을 가리킨다. 가리킨 곳만 집요하게 가리키는 그가 나는 참 예쁘다.

한결이는 눈만 뜨면 책을 펴든다. 제 스스로 책갈피를 넘기면서 볼 때도 있지만 대부분 누군가가 옆에 있어주기를 원한다. 끙끙대면서 같이 보자고 조를 때 모른 척하면 내게로 와서 두 손을 책처럼 펴들고 쳐다본다. 책을 함께 보자는 표현 방식이다. 누가 안 읽어주랴.

화장실에 있을 때였다. 한결이가 내가 있는 화장실을 그냥 통과해서 (그런 예가 별로 없다. 볼일도 못 볼 정도로 화장실로 들어와 참견한다.) 서재로 들어가더니, 벽에 두 손을 대고 엎드린다. 술래잡기가 하고 싶은 모양이지?

"한결아, 술래잡기할까?"

화장실에서 나와 물으니 힐끗 쳐다보고는 다시 엎드린다. 가까이 다가가다가 '응가'가 방바닥에 떨어져 있는 것을 발견했다. 한낮의 기온이 30도를 오르내리는 날이다. 기저귀를 벗겨놓았더니 '응가'를 그냥 누어버린 모양이다. 한결이는 미안해서, 너무나 미안해서 한참 동안 술래 자세로 서재 벽을 떠나지 못했다. 하하, 허리를 잡고 웃다가 화장실로 데리고 들어갔는데, 언제 그랬냐는 듯 수돗물을 틀어놓고 물장난을 친다.

주방에서 일을 하다가도 한결이가 걱정돼서 거실로 나가본다. 가만히 있어도, 설치고 돌아다녀도 사고 칠 확률이 많기 때문이다. 아니나 다를까. 그림을 그리라고 사무실에서 종이를 갖다 주었다. 한결이는 그 종이를 거실 가득 펼쳐놓고 나름대로 신나게 그림을 그린다. 색연필이나 크레용으로 마루에 그려놓으면 안 된다고 주의를 주었는데, 그게 안 되는 모양이다. 아니면 반란을 일으켜보고 싶었거나.

슬그머니 주방으로 오더니 내 주위를 하릴없이 빙빙 돈다. 하지 말라는 짓을 한 게 틀림없다. 거실로 나와 보니, 종이는 아예 치워놓고 거실 바닥에 신나게도, 정말 신나게도 그림을 그려놓았다. 그래도 예쁜 것을 어떻게 하나.

'한결'이라는 제 이름을 말하지 못하는 한결이는 대신에 '아기'라는 말을 쓴다. 제가 '아기'라는 것이다. "누구 아기?" 하고 물으면 "아빠 아기."라고 대답하고, "또?" 하고 물으면 "엄마 아기."라고 대답한다. 대답하고 나서도 '아빠 아기, 엄마 아기'를 핑퐁처럼 말하다가 무언가 미안하다는 생각이 들었던지 "함무니 아기." 한다. 미안해하는 그의 표정이 예쁘고, 그의 마음이 참 예쁘다.

한결이는 주방 살림을 같이한다. 그릇받침을 꺼내 굴렁쇠처럼 굴리고, 냄비를 모조리 꺼내 나란히 늘어놓고, 냄비 뚜껑은 또 굴렁쇠처럼 굴리고, 의자를 싱크대 앞까지 끌어다 놓고 의자에 올라서서 설거지를 같이하고, 과일이나 채소를 같이 씻는다. 한번은 까치발을 하고 서서 싱크대 위에 있는 깨양념통을 꺼내다가 바닥에 쏟아버렸다. 양념 통을 놓치면서 뚜껑이 열린 것이다. 의외에 상황에 저도 놀란 듯 흩어지는 깨를 물끄러미 쳐다보더니 내게 달려들어 '뽀뽀' 세례를 퍼붓는다. 한결이와 내가 주방에서 시끌시끌하게 살림을 하는 것을 본 제 엄마는 말한다.

"한결아, 열심히 배워서 이다음에 네 각시 도와줘야 해."

아침에 어쩌다가 나보다 먼저 잠이 깨면 우리 방으로 건너와 내 머리맡에 구부리고 앉아 내려다보고, 낮잠에서 깨면 언제 다가왔는지 모르게 슬그머니 옆에 와서 생긋 웃는다. 그러면 나는 그를 안고 자리 위에서 뒹굴거나 가슴에 안고 빙글빙글 돌며 춤을 춘다. 도무지 투정을 부리지 않는 그가 그렇게 예쁠 수가 없다.

한결이는 금요일 저녁에 와서 일요일 저녁에 간다. 올 때마다 '함무니' 부르면서 거실을 통통 뛰어 들어와 나를 찾고, 갈 때마다 '함무니, 함무니' 부르면서 나보고 같이 가자고 제 옆자리를 가리킨다. 힘이 드는 것을 생각하면 여느 할머니들처럼 '오면 반갑고, 가면 더 반갑다'이지만, 나는 '오지를 말든지, 가지를 말든지' 하라고 제 엄마에게 눈을 흘긴다.

실물 교육

우리 집 냉장고 문에는 유명한 화가의 그림이 들어 있는 메모꽂이 자석 스티커가 30여 개쯤 붙어 있다. 모네의 〈일본식 다리〉, 밀레의 〈만종〉, 클림트의 〈키스〉, 고흐의 〈자화상〉과 〈고흐의 방〉, 신사임당의 〈초충도〉…. 미술이나 건축 전시장을 섭렵하는 딸이 갈 때마다 또는 한결이를 데리고 가지 못했을 때 한결이에게 미안하다면서 사 온 작품들이다.

한결이는 냉장고 앞에 서면 시간 가는 줄을 모른다. 스티커를 뗐다 붙였다, 다른 곳에 옮겨다 붙였다 뗐다, 주방 마루에 늘어놓았다가 그릇에 주워 담았다가 싱크대 위에 올려놓기도 한다. 그러고는 나와 이런 대화도 주고받는다.

나: 고흐 아저씨는 어디가 아프지?

한결: (자기 귀를 얼른 감싼다.)

나: 고흐 아저씨 방은? 침대는? 책상은? 창문은? 커튼은?

한결: (고흐의 그림 〈고흐의 방〉을 찾아내서 침대와 책상과 창문과 커튼을 짚는다.)

나: 뽀뽀 그림은?

한결: (집게손가락을 펴서 클림트의 〈키스〉를 가리킨다.)

딸이 한결이 나이보다 컸을 때다. 딸은 학교에 들어가기 전이었으나 한글을 읽을 줄 알았다. 음악가 흉상을 뻘로 만든 조각을 16개 사다 주었다. 베토벤, 모차르트, 헨델, 쇼팽, 하이든 …. 아무튼 16개나 되니 유명한 음악가는 거의 다 있는 셈이었다. 장난감도 아니고 그렇다고 조각품의 가치가 있는 것도 아닌 장식용이었던 것 같다. 높이 10센티. 음악가 이름을 라벨에 써서 흉상 뒷면에 붙여주었다. 얼마 안 가서 딸은 음악가 얼굴과 이름을 익혔다.

그렇게 자란 딸이 지금 제 아들에게 음악가 대신 화가의 자석스티커를 사다 나르고 있다. 음악가 조각은 아직도 우리 집에 남아 있는데, 한결이가 좀 더 자라면 물려줄 작정이다.

나는 주방에서 반찬을 만들다가 한결이에게 홍당무를 주고, 오이를 주고, 가지를 준다. 사과, 참외, 포도를 통째로 준다. 냉장고에 있던 은행, 잣도 꺼내 준다. 그럴 때마다 한결이는 책이나 카드에서 똑같은 것을 찾아내서 그 위에 얹어놓고 내게로 달려와 나를 끌어당긴다. '똑같아요, 할머니, 와서 보세요' 그런 뜻이다.

공원에 데리고 나갔을 때도 벚나무에서 버찌를 따 주고, 숲을 헤쳐 딸기를 따 준다(뱀딸기이지만). 솔방울을 주워 준다. 솔방울은 오자미 치기나 공기놀이로도 사용한다.

"한결아, 이 버찌, 어디서 따왔지?"

버찌를 가리키며 물으면, 말을 못하니까 표현할 수 있는 방법을 생각해내려는 듯 한참 생각하는 듯하다가 손가락으로 나를 가리키고, 저를 가리키고, 창밖을 가리킨다. '응응'대면서. 할머니와 저와 공원에 가서 버찌를 따왔다는 한결이식 설명이다.

비록 자석스티커가 실물은 아니라 해도 한결이는 자석스티커를 통해 화가와 그림을 익히고 있는 중이다. 한결이는 모네의 〈수련〉, 밀레의 〈이삭 줍기〉, 고흐의 〈별이 빛나는 밤〉, 안동 하회탈을 잘 알고 있다. 이보다 더 좋은 교육은 없지 싶다.

말문이 터지다

어찌, 이른 봄날 언 땅을 뚫고 솟아나는 새싹만이 경이롭다 하겠는가? 어찌 작은 날개로 하늘을 나는 새들의 비상만이 경이롭다 하며, 어찌 바람이 분다고 팔랑팔랑 나부끼는 나뭇잎만이 경이롭다 하겠는가? 이 세상에 태어나는 모든 생명은 경이롭다. 태어나서 살아감은 더욱 경이롭다. 그러나 무엇보다 경이로운 것은 아기가 태어나 눈을 뜨고, 귀를 열고, 말문이 트이는 것이다.

한결이는 요즘 봇물처럼 말을 쏟아낸다. 그래, 그건 영락없는 봇물이다. 한결이 말에 가속도가 붙겠다고 예고한 지 열흘 만이다. 정말, 하루하루가 다르다. 한결이의 우리말 발음은 영어권에서 사는 아이들이 한국어를 말할 때의 발음 같다. 구르듯 하다가 끝 부분이 말리는 발음, 그래서 끝 부분을 잘 알아듣지 못할 때가 있다. 한결이는 이제 노래도 부를 줄 안다. 〈달〉 노래다.

달 달 무슨 달 쟁반같이 둥근 달

어디 어디 떴나 남산 위에 떴지

한결이에게 남산은 너무 먼 것일까? 노래 마지막 구절인 '남산 위에 떴지'를 한결이는 한사코 '저기 저기 떴지'로 부른다.

람결이는 제 엄마랑 말장난도 한다.

"한결아, 몇 살?"

"두 살."

"어? 요것 봐라. 두 살이 아닌데."

"한결아, 몇 살?" 하고 다시 물으면 또 "두 살." 하고 대답한다. 몇 번 되풀이 하고서야 "세 살." 한다. 언제부터 만 나이로 따졌다고 '두 돌도 안 됐으니 두 살이 맞는 게 아니냐'고 내가 옆에서 한결이 말을 거든다. 아기에게 두 살과 세 살은 엄청난 차이이다. 깐에는 '두 살'이라고 말하는 게 아무래도 한결이의 장난기가 더 도드라질 것 같아서다.

"한결이는 아들인가, 딸인가?"

"딸."

"어? 딸이 아닌데…. 아들인가, 딸인가?"

"딸."

역시 되풀이해서 '딸'이라고 하다가 고개를 어깨에 파묻으면서 슬쩍 "아들." 한다. 한결이의 장난기는 또 이어진다.

"원숭이 엉덩이는?"

"빨개."

"빨개는?"

"사과."

"사과는?"

이쯤에서 한결이의 장난기가 발동한다. 의당 '맛있어' 해야 하는데, 한결이는 조그맣게 "길어." 한다. 제 엄마의 채근을 듣고서야 "맛있어." 대답하고는 맨 끝 부분인 '높은 것은 백두산'까지 무사히 완주한다.

장난감 '찰흙'을 두 손바닥 사이에 넣고 싹싹 비벼서 길게 만들어 입에 대고 부는 시늉을 한다. '뭐냐고' 물으니 '바순'이란다. 그러고는 '도레미파솔라시도'를 '레'를 건너뛰긴 하지만 정확하게 부른다. 음정도 대체로 맞는 편이다.

벌초하러 선산에 가는 길에 한결이를 데리고 갔다. 태풍 '나리'가 남부 지방에 비를 쏟아부었던 날이다. 모두 산으로 올라갔지만 나는 한결이와 제 엄마와 차에 남아 있었다. 차창 밖으로 고개 숙인 벼가 보이고, 둑 아래로 개울물이 흘러가는 게 보인다.

"한결아, 저것은 개울이고, 저것은 논이야. 저것은 벼라고 해. 저 벼 안에는 쌀이 들어 있어."

"쌀, 쌀, 쌀 … 밥!"

"아! 그래, 쌀로 밥을 하는 거지."

오늘 한결이는 벼와 쌀을 보면서 정확하게 알게 된 셈이다.

벌초 끝내고 방문한 고모할머니 농장에서 한결이는 '노각'을 알게 되었고, 밤송이 안에 '밤'이 들어 있음을 배우고, 땅콩꼬투리 안에 '땅콩'이 들어 있음을 배웠다. 비옷을 입고 고추를 땄고, 거미줄이 거미의 집인 줄도 알게 되었고, 달팽이를 건드리면 목을 자신의 등껍데기 속에 숨겨버린다는 것도 알게 되었다. 말 배우기 시작하는 아기들에게는 자연과 자주 접하게 해주는 게 최선이다. 자연을 그대로 알게 하는 게 최상의 교육이기 때문이다.

어쨌든 요즘 한결이의 말은 봇물이다. 그렇게 많은 말들이 어디에 숨어 있다가 쏟아져 나오는지 참 신기하다. '말이 올라야 나라가 오른다'고 했다. 한결이가 정확하고 올바른 말을 배워서 '나라가 오르는' 일에 한몫해줬으면 좋겠다.

놀이터에서 놀기

한결이가 우리 집에 와 있는 시간은 금요일 오후부터 일요일 오후까지다. 금요일이야 오후 늦게 오기 때문에 놀이터에 데리고 나가지 못하지만, 주말 이틀 동안은 어디 놀러 가지 않는 이상 놀이터에 데리고 나간다. 더위가 한풀 꺾이는 해 질 무렵에.

자주 가는 놀이터에는 물고기와 당나귀 모양의 '탈 것'이 있다. 처음에는 잔등에 앉혀줘도 무서워하면서 타지 않더니, 요즘에는 번갈아 타면서 엉덩이까지 들썩인다. 말을 타고, 그네를 타고, 미끄럼틀을 타며 놀다가 두꺼비 놀이도 한다. 놀이터 주위를 맴돌며 참새와 비둘기와 개미와 놀다가 정자에 올라가 뛰기도 한다.

미끄럼틀이 꽤 높아서 한결이가 탈 때마다 나는 조마조마하다. 한결이 뒤를 따라 층계를 올라가서 미끄럼틀 앞에 세워준다.

"한결아, 지금 타면 안 돼. 할머니가 층계를 내려가서 저 앞에

설 때까지 꼼짝 말고 서 있어야 돼."

한결이는 섰던 자리에서 한 걸음 비켜서서 두 손을 얼굴에 대고 칸막이 나무 벽에 엎드려 꼼짝 않고 서 있다. 내가 층계를 내려와 한결이가 타고 내려올 곳까지 달려가서 올려다보며 말한다.

"한결아, 이제 타도 돼."

그제야 눈에서 손을 떼고 미끄럼틀에 앉아 두 다리를 쭉 뻗는다. 눈 가리고 서 있는 모습에 저절로 웃음이 나온다. 미끄럼틀 타기를 반복하노라면 놀이터 나무 그늘 의자에 앉아 있던 아저씨 아주머니들이 '힘들겠다'고 입을 모은다. 그들에게는 '할머니'가 뛰어다닌다는 것만으로도 '얼마나 힘들까?' 싶은 모양이다.

하얀 고무신을 신게 해서 놀이터에 데리고 나갔던 날에는 모래 위에 꽃밭을 만들며 놀았다.

"한결아, 우리 꽃밭 만들까?"

"꽃밭, 꽃밭, 꽃밭…."

한결이는 고개를 끄덕이며 노래의 후렴처럼 연발한다. 밭을 일구듯 모래를 파헤치면 한결이는 고무신에 모래를 퍼 담아 나르고, 나는 모래를 다져서 둥근 꽃밭을 만든다.

"한결아, 저기 저 풀 뽑아 올래?"

말하기가 무섭게 놀이터 가장이에 아무렇게나 자란 풀을 쭉 뽑아 온다. 풀꽃도 따오고, 강아지풀도 꺾어오고, 시든 나뭇가지도 주워 오고, 작은 돌멩이도 주워 온다. 떨어진 잎들도 꽃밭을 만드는 데 한몫한다. 그럴 때에 한결이의 걸음은 제법 잽싸다.

해 질 무렵이라고는 하지만 아직 더위가 남아 있다. 한결이 이마에는 땀이 송골송골 맺히고, 맺혔던 땀이 뺨으로 흘러내린다. 그래도 한결이는 즐겁기만 하다. 꽃밭을 다 만들고 나면 두 팔을 한껏 벌리고 '아후' 한다. 저도 대견한 모양이다.

우리가 꽃밭을 만드는 동안에 해가 지고 사방이 어두워졌다. 한결이를 걸리다 업고, 업었다가 걸리면서 집으로 돌아오는 길이다. 마침 달이 떴는데, 한결이는 달을 보더니 좋아한다.

"달, 달, 달…."

"한결아, 달이 우리를 쫓아온다, 그지?"

그렇게 말하면서 한결이를 업고 뛴다. 달은 우리가 뛰는 만큼 뛰고, 걷는 만큼 걷는다. 한결이는 쫓아오는 달을 보면서 등 뒤에서 나를 꼭 안으며 또 뛰라고 재촉한다. 그래서 그날은 놀이터에서 집으로 돌아오는 길도 놀이터에서 노는 것만큼 즐겁다.

우리 집 근처에는 놀이터가 네 군데나 있다. 운동장이 두 군데 있고, 공원도 세 군데가 있고, 숲이 우거진 낮은 산도 있다. 차를 타고 조금 멀리 나가면 모란조각공원이 있고, 세미원이 있고, 두물머리가 있고, 가일미술관이 있고, 구리의 코스모스 너른 밭도 있다. 동네의 촌스러움이 좋아 세련된 동네(?)를 떠나 이곳으로 이사를 왔음에도 출퇴근하기가 멀고, 내 두 아이가 말한 것처럼 문화시설이 별로 없어 처음에는 이곳에 이사 온 것을 후회하기도 했다 그러나 이젠 아니다. 한결이 키우는 데 이보다 더 좋은 환경은 없지 싶기 때문이다.

맛있는 팬케이크

지난 주 토요일에는 한결이에게 팬케이크를 만들어주었다. 흔히 말하는 핫케이크다. 한결이가 있을 때 무언가를 만든다는 것은 생각도 말아야 하는데, 웬일인지 그날은 팬케이크를 만들어 먹이고 싶었다.

우리 집 부엌에는 의자가 하나 있다. 돌아가신 친정어머니가 부엌에서 일하실 때 잠깐씩 쉬려고 사다 놓은 의자다. 한결이는 내가 부엌에 있는 기색만 보이면 재빨리 달려와 그 의자의 방석을 휙 던져버리고 의자를 내 가까이 끌어다 놓는다. 싱크대 앞으로, 냉장고 앞으로, 가스레인지 앞으로…. 그러고는 다람쥐처럼 의자에 올라선다. 의자 끄는 소리에 아래층에서 올라올까 봐 여간 신경이 쓰이는 게 아니다. 생각다 못해 제 할아버지가 의자 다리에 정구공을 십자로 갈라 끼워놓았다. 한결이는 그게 신기한지

엎드려서 공을 만지며 키득댔다. 이제는 의자를 끌어도 소리가 안 나고, 마루바닥에 상처도 나지 않아 안심이다.

의자에 올라선 한결이는 내가 팬케이크를 만들려고 계란을 깰 때, 계란에 우유를 넣고 저을 때, 반죽을 국자로 떠서 프라이팬에 넣을 때 … 모두 제가 하겠다고 설친다. 한 손으로 한결이를 잡고, 다른 한 손으로 팬케이크를 만든다.

"함무니, 바나나 모양 팬케이크 만들어주세요. 생선 모양 팬케이크도 만들어주세요."

한결이는 연달아 호두, 당근, 치즈 모양 팬케이크를 만들어달라고 주문한다. '얘가 팬케이크에 대해 어떻게 이렇게 잘 알고 있지?' 의아해하고 있는데, 서재에서 원고를 쓰던 제 엄마가 한결이의 주문 사항에 부연 설명을 한다.

"《쥐돌이와 팬케이크》라는 책이 있는데, 거기서 팬케이크를 한결이가 말한 모양으로 만들어 친구들에게 나누어주거든요."

그러니까 한결이의 주문 사항은 책에서 비롯된 거다. 아하, 그랬구나. 그런데 한결이가 주문한 대로 만들기는 글렀다. 반죽이 묽어서 제대로 모양을 낼 수가 없기 때문이다. 모양이 조금 틀려도 비슷한 이름을 갖다 붙인다. 이건 바나나 모양, 이건 보름달 모양, 이건 눈사람 모양, 이건 올챙이 모양, 이건 가지 모양 …. 한결이는 내가 이름을 붙여줄 때마다 그 말을 그대로 따라하면서 좋아한다.

《쥐돌이와 팬케이크》는 귀엽고 예쁜 우정을 그린 책이다. 쥐순이의 짐을 들어주는 쥐돌이가 예쁘고, 팬케이크가 아니라 요리를 잘한다고 지레 짐작하는 쥐돌이의 생각이 귀엽다. 자기가 한 말이 잘못 전달되어 난처한 입장에 빠진 쥐순이가 친구들이 먹고 싶은 요리 모양대로 팬케이크를 만들어내는 꾀가 기특하고, 자신이 주문한 요리가 아닌데도 맛있게 먹고 '아, 맛있다'라고 말해줄 줄 아는 친구들의 마음이 기껍다.

이 책을 여러 번 봤기 때문일까? 한결이는 제가 주문한 모양의 팬케이크가 아닌데도 팬케이크로만 점심을 때울 정도로 많이, 맛있게 먹었다. 내가 만든 팬케이크는 바나나, 눈사람, 보름달, 올챙이, 가지, 바이올린, 바순이다. 바이올린과 바순은 한결이가 붙인 이름이다. 나는 한결이가 책에서처럼 양보하고, 이해하고, 남을 돕는 아이로 자라기를 바란다. 무엇보다 어떤 공동체 생활에서든 '사람 관계'가 원만한 한결이가 되었으면 좋겠다.

식탁 예절

한결이는 아무거나 잘 먹는다. 아무거나 잘 먹는데, 아무렇게나 먹는다. 그게 걱정이다. '아무렇게나'라는 말은 숟가락으로 먹지 않음을 뜻한다. 전부 그렇다는 것은 아니고 제가 좋아하는 게 상에 오르면 그렇다는 얘기다.

한결이 식탁에는 언제나 국이나 나박김치처럼 국물 있는 것이 오른다. 잘 씹지 않고 넘겨서 밥과 반찬만으로는 목이 메기 때문이다. 그래서 한결이가 우리 집에 올 때가 되면 '무엇으로 국을 끓일까?' 하고 노심초사한다. 대개는 토장국, 미역국, 소고기국을 끓여주는데, 특별히 국에 넣고 끓이는 게 있다. 토장국에는 조개, 미역국에는 홍합, 소고기국에는 얇게 썬 가래떡이다.

미처 식탁에 식사 준비가 되기도 전에 한결이는 제 의자로 냉큼 올라가 앉아 손을 먼저 국그릇에 집어넣는다. 그러고는 조개나 홍합이나 떡을 건져 먹는다. '조개 조개, 홍합 홍합, 떡 떡' 무슨 구호라도 외치듯 열렬히 소리를 지르면서다. 정확한 발음이 아닌, 구르는 듯한 한결이의 말이 식탁에 앉은 모든 식구들을 웃게 한다. 어이가 없어서 웃기도 한다. 열렬한 구호는 국에서 그것들을 집어 먹을 때만 내는 게 아니다. 슈퍼마켓에서 조개나 홍합, 떡을 발견했을 때도 마찬가지다. '어떻게 하나?' 숟가락으로 먹어야 한다고 아무리 말해줘도 막무가내다. 그럴 때는 나도, 제 엄마도 속수무책이다. 야단을 쳐도 야단맞을 때뿐, 슬그머니 또 그런다.

"알나리깔나리. 한결이는 손가락이 숟가락이래요. 알나리깔나리. 한결이는 숟가락질도 하지 못한대요."

"아니야, 아니야."

연방 '아니야'라고 한다. 그러다가 장단에 맞추듯 머리를 흔들고 손뼉을 치며 저도 따라 부른다. 신나게, 아주 신나게. 놀려주는 우리보다 놀림받는 제가 더 신나게 부른다.

"한결이 숟가락은 어디 있나?"

짐짓 숟가락을 찾는 척하면 얼른 제 손을 들어 손가락을 펴 보인다. 제 손가락이 숟가락이라는 뜻이다. 그것도 슬쩍 웃으면서다. 장난기가 보통이 아니다.

어느 때는 반찬이 묻은 손으로 제 눈을 비비다가 눈이 아파 울 때가 있다.

"반찬 묻은 손으로 눈을 비비니까 그런 거야. 그러니까 손으로 반찬을 먹으면 안 돼."

그때다 싶어 숟가락으로 반찬을 먹게끔 유도해보지만 웬걸, 그

다음부터 눈이 아프면 얼른 내 손을 끌어다가 제 눈을 비빈다.

한결이는 나박김치도 좋아한다. 워낙 먹성이 좋으니 뭔들 안 먹을까마는, 어쨌든 잘도 먹는다. 한결이의 나박김치에는 고춧가루를 넣지 않는다. 대신 당근을 꽃 모양으로 썰어서 넣어주는데, 아마도 그것을 집어 먹기 위해 좋아하는지도 모를 일이다. '꽃 모양 당근, 꽃 모양 당근'을 노래 부르듯 하면서 당근을 집어 먹는다.

한결이는 계란말이도 잘 먹는다. 계란말이도 손가락으로 집어 먹는다. 돌돌 말린 계란이 펴지면 높이 들어 올리며 말한다.

"길다, 바순, 바순."

바순처럼 길다는 뜻이다. 밥을 뜨기도 전에 계란말이가 다 없어진다. 꼭꼭 씹어 먹으라고 그렇게 당부를 하건만 매번 씹는 척만 할 뿐이지, 그냥 삼키기 때문에 목에 걸려 킄킄 대기가 일쑤다. '씹지 않고 먹으니까 그렇다'고 씹어서 삼키기를 종용하지만, 그러겠다고 고개를 끄덕이다가도 또 그런다. 한결이 밥그릇은 순식간에 퓨전 요리가 된다. 이것저것 갖다 얹어놓기 때문이다.

한결이는 두 돌이 채 안 됐지만 제 아빠 회사에서 설립한 어린이집에 다닌다. 회사와 거리가 가깝기 때문에 정오에 끝나는 한결이를 제 아빠가 데리러 가는 모양이다.

하루는 제 아빠가 말했다.

"어머니, 선생님이 그러는데요. 어린이집에서는 한결이가 저 혼자 밥을 잘 먹는데요."

아들이 밥 먹는 버릇이 안 좋은 것을 변명해주고 싶었나 보다. 그렇다면 다행이지만 집에서 새는 바가지가 밖이라고 안 샐까? 제 아빠 말이 정말이라면 거꾸로 한결이의 밥 먹는 버릇은, 밖에서 집으로 끌어들여야 할 판이다.

세 살 버릇 여든까지 간다고, 한결이가 세 살 되기 전에 밥 먹는 버릇 고쳐주기 작전이라도 해야 할 것 같다. 아니지, 국에 제가 좋아하는 조개나 홍합이나 떡을 넣지 않거나 나박김치에 꽃 모양 당근을 집어넣지 않으면 밥 먹는 버릇이 고쳐지지 않을까? 제 아빠 말대로라면 작전까지 가지 않아도 될 것 같기도 한데 말이다.

엉망
진창

점심으로 수제비를 해 먹은 후에 콩을 까기로 했다. 수제비 먹어본 지가 언제인지 모르겠다. 친정엄마가 만들어주신 것을 먹었으니까, 2년 남짓 됐나 보다. (엄마 돌아가신 지 2년이 넘은 것이다.)

한결이 장난감으로 갖가지 색깔을 착색시킨 '찰흙'이 있다. 언제나 반죽 상태로 있어서 어떤 모양이든 만들 수가 있고, 플라스틱판이 따로 있어 꽃·나무·동물·네모·세모 등을 자유롭게 찍어낼 수가 있다. 한결이는 찰흙을 즐겨 갖고 논다. 주로 두 손바닥 사이에 찰흙을 놓고 돌돌 말아 길게 만든다. 뭐냐고 물으면 '바순, 지렁이, 뱀'이라고 한다. 가끔 나보고 만들라고 하고, 저는 지켜보고 있다가 갖가지 모양이 내 손끝에서 만들어져 나올 때마다 좋다고 손뼉을 치곤 한다. 제가 만들기도 재미있지만 내가 만드는 것을 보는 것도 재미가 있는 모양이다. 찰흙은 아이들에게 창의력과 사고력을 키워주는 좋은 장난감이다.

찰흙도 오래 갖고 노니까 굳어서 모양을 제대로 낼 수가 없다. 그래서 생각해낸 것이 밀가루 반죽이다. 한결이에게 밀가루 반죽으로 놀게도 할 겸 수제비를 해 먹기로 한 것이다.

마침 한결이 아빠도 집에 있었다. 제 엄마가 밀가루 반죽을 해놓고 서재로 들어가고, 나는 부엌에서 국물을 만들고 있는데, 거실에 있는 아빠와 아들이 너무 재미있게 밀가루 반죽을 갖고 논다. 무슨 얘기가 그리도 많고, 그리도 잘 통할까? 나는 한결이 말을 가끔 알아들을 수가 없어서 제 엄마에게 통역 좀 해보라고 하는데…. 한결이가 '아' 하면, 제 아빠는 '어' 한다. 찰떡궁합이다.

국물을 내놓고 거실로 나가 보니 깔아놓은 신문지 위에 밀가루 반죽이 떨어져 너저분하고, 도마 위에는 아빠와 아들의 합작품이 가득히 놓여 있다. 동글동글, 둥글둥글, 길쭉길쭉… . 올망졸망 놓여 있다. 꼭 집어서 '무엇이다'라고 말할 수 있는 모양이 없다. 아니, 도넛 모양은 제대로 만들었다.

"한결이가 만든 것은 자네가 다 먹어야 하네."

"좋죠."

대답이 춤추듯 흔쾌하다. 아들과 반죽을 갖고 놀 때의 그 즐거운 기분이 이어진 게다.

거실에서 반죽을 갖고 놀던 한결이, 드디어 부엌까지 쫓아와 의자에 올려놓고 만들기를 계속한다. 당근을 길고 가늘게 토막내어 주었더니 반죽으로 무언가 만들어놓고 당근을 꽂는다.

"한결아, 뭐 만들지? 그건 뭔가?"

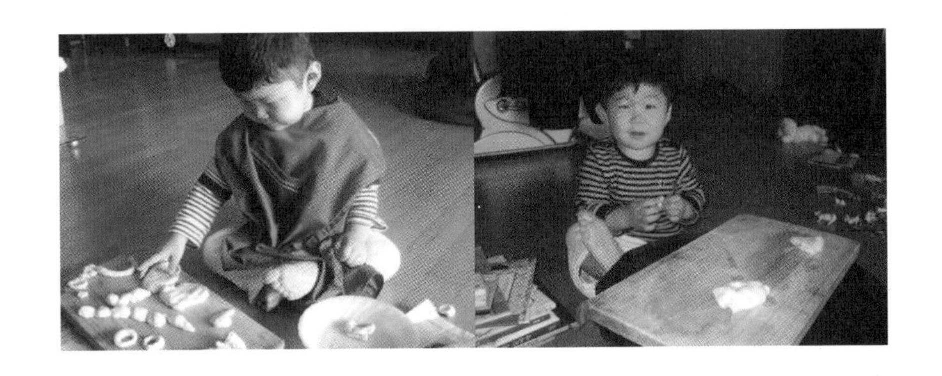

"트리케라톱스."

한결이는 지금보다 어렸을 때는 코끼리를 좋아했다. 그런데 지금은 공룡을 좋아한다. 제 엄마가 가르쳐주긴 했겠지만, 그렇기로서니 그 어려운 공룡 이름을 어떻게 외었는지 신기하다. 그뿐이 아니다. 아파토사우르스, 디플로도쿠스, 스테고사우르스 … 줄줄이 외운다. 좀 어눌하기는 해도 거침이 없다. 나는 몇 번을 들어도 외우지를 못하겠는데. 어쨌든 제 아빠와 한결이가 만든 온갖 모양의 수제비를 온 식구가 맛있게 먹었다.

우리 집에서는 가을이면 울타리콩을 산다. 꼬투리를 까서 냉동실에 넣어두었다가 겨우내 밥에 둬 먹는다. 울타리콩 세 포대를 샀는데, 두 포대는 한결이 할아버지와 같이 까고, 한 포대는 일부러 남겨놓으면서 한결이 오면 깔 거라고 했다.

"참, 잘도 까겠다."

"잘 까려고 그러나? 뭐. 한결이와 장난하려고 그러는 거지."

거실에 신문지를 깔고 콩 한 포대를 몽땅 쏟아놓으니 작은 산처럼 수북하다. 한결이가 주위를 빙빙 돌며 좋아하더니 주저앉아 콩을 깐다. 입을 쭉 빼어 물고 콩을 까고 있는 한결이의 굼뜬 손놀림이 앙증맞다. 행여 잘 안 까져서 싫증을 낼까 봐, 까기 좋게끔 꼬투리를 살짝 갈라서 옆에 밀어 놓아주었다.

"한결아, 함무니가 하는 말 따라 해볼래?"

콩을 까고 있으니 옛날 생각이 나서 한마디해본다. 한결이가 고개를 끄덕인다.

"뜰에 저 콩깍지는 깐 콩깍지인가, 안 깐 콩깍지인가?"

짧게 잘라 말해주면서 따라 해보라고 했다. 나름대로 따라 하기는 하는데, 얼버무리다가 말꼬리가 가늘어져서 알아들을 수가 없다. 공룡 이름 말하기보다 더 어려운 모양이다. 대신 서재에 있는 제 엄마가 따라 한다. 한결이가 손가락으로 서재를 가리킨다.

"엄마가."

제 엄마가 대신 한다는 뜻이다.

"뜰에 저 콩깍지는 …."

따라 하는 한결이 말투가 우스워서 한마디했다.

"엉망진창."

저도 따라 "엉망진창." 말하면서 웃는다.

우리가 어렸을 때는 '콩깍지' 그게 어려운 게 아니라고 배웠다. '예'나 '아니요'로 대답할 때가 훨씬 어려운 거라고 배웠다. 살면서 깨닫기는 했지만, 당시야 그게 왜 어려운 건지 이해하지 못했다.

살면서, 그래 살면서 한결이도 '콩깍지'를 말하는 것보다 훨씬 말하기 어려운 게 있다는 것을 알게 될 것이다.

드디어 콩 까기가 싫증이 났나 보다. 깐 콩이 들어 있는 양푼에 발을 슬쩍 넣어보더니, 이 양푼에서 저 양푼으로 옮겨보더니, 일어나더니, 거실 바닥에 폭삭 쏟아버린다. 그러고는 밟고 다닌다. 신나게, 신나게, 아주 신나게. 어차피 콩 한 포대는 한결이를 위해서 남겨놓은 것이다. 그것도 놀이라면 실컷 놀아보렴. 콩 까기가 한결이의 인내력을 키워주고, 굼뜬 손끝을 여물게 해주는 데 조금이라도 도움이 되었으면 좋겠다.

저녁때다. 한결이를 샤워 시켜서 먼저 내보내고, 뒤따라 내가 나갔더니 젖은 내 머리를 본 한결이가 말한다.

"함무니 머리, 엉망진창."

낮에 한 말을 잘도 기억하네, 잊어먹지 않고.

판박이

지금이야 아기가 엄마 배 안에 있을 때부터 사진을 찍고, 태어나자마자 사진을 찍어 모습을 남겨놓을 수가 있지만, 딸이 태어난 1970년대에는 사진 찍기가 수월하지 않았다. 그나마 우리 집에는 카메라가 없어서 친구에게 빌려서 딸이 태어난 지 사흘 만에 사진을 찍을 수가 있었다.

한결이가 산부인과에서 우리 집으로 바로 왔을 때, 제 아빠 품에 안겨 있는 한결이 모습과 딸이 어렸을 때 모습이 너무 닮아서 기가 막혔다. 부랴사랴 옛날 사진첩을 뒤져 딸의 어렸을 때 사진을 찾아냈다. 디지털 카메라로 딸의 사진을 찍고, 강보 속의 한결이를 찍어 컴퓨터에 나란히 올려놓고 보니, 이건 완전 판박이였다. 피부의 주름살, 색깔, 감은 눈, 다문 입, 귀 밑으로 흘러 목을 살짝 덮은 새까만 머리카락 …. 사진이 흑백과 컬러로 구별되지

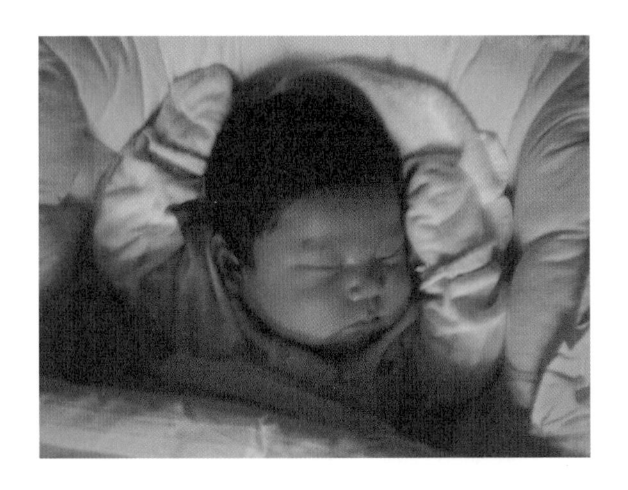

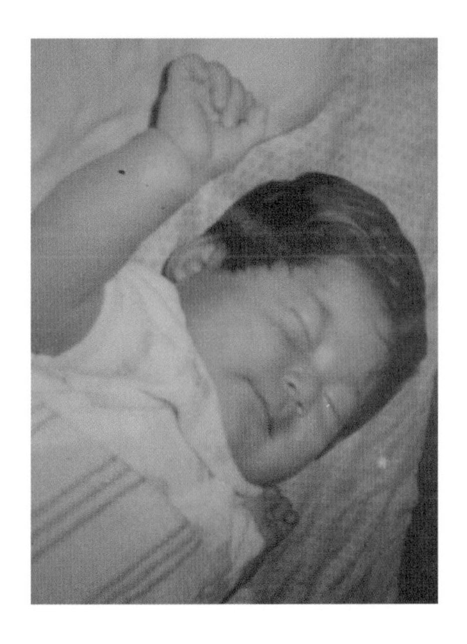

않았다면, 정말 누가 누군지 구별하기 힘들 정도였다. 사진을 보면서 한결이 아빠까지도 '하하, 크크' 웃었다.

지금은 울고 웃고 장난치는 모습을 동영상으로 찍어 모습은 물론 목소리까지 그대로 들을 수가 있고, CD에 옮겨 담아 장소도 차지하지 않는다. 딸이 어렸을 때는 사진을 찍고, 현상을 하고, 일일이 사진첩에 정리를 해야 했기 때문에 비용과 시간과 자리 차지가 만만치 않았다. 한결이가 제 엄마 배 속에 있을 때부터 지금까지 찍은 사진을 현상해놓는다면 대체 그 분량이 얼마나 될까.

아기들은 어느 한쪽을 쏙 빼닮고 태어났다 해도 자라면서 아빠와 엄마를 같이 닮아가는 것 같다. 판박이라고 할 만큼 제 엄마와 똑같던 한결이도 자라면서 제 아빠를 닮았다는 말을 듣는다. 나와 같이 있으면 나를 닮았다고도 한다. 오랜 세월 같이 살아온 부부가 서로 닮았다는 소리를 듣듯이 지극한 사랑을 주고받는 사람들끼리는 서로 닮아 가는가 보다.

사진은 추억이요, 삶의 증명서다. 가버린 것에 대한 아쉬움이다. 그때그때 나이만큼 그 나이의 삶이 배어 있거니와 그 사람의 환경, 성격, 취미도 대강은 짐작할 수가 있다. 제 엄마가 태어난 지 사흘 후에 찍은 사진이 없었다면 한결이가 제 엄마의 카피라는 증명을 할 길이 없는 것이다. 먼 훗날 훌쩍 자란 한결이가 사진을 보면서, 자신의 어린 날들을 좋은 추억으로 기억했으면 좋겠다. 한결이도 그때 가서 제 엄마와 제 사진을 비교해 보면서 제 아빠처럼 '하하, 크크' 웃을 것이다.

생일 축하하기

"생일 축하하기다. 생일 축하하기다. 사랑하는 아기의 생일 축하하기다."

한 달 전, 그러니까 태어난 지 22개월 되었을 때 한결이는 제 외삼촌 생일에 축하 노래를 불렀다. '합니다'를 '하기다'로 부르고, '삼촌' 대신에 '아기'를 넣어 불러서 삼촌 생일이 아니라 제 생일이 되긴 했지만. 한결이는 저를 언제나 '아기'라고 말한다. 한결이가 '합니다'를 '하기다'로 부를 때마다 "그래 하자, 그래 하자구, 하자니까." 맞장구치면서 한바탕 웃었다.

언제 생일 축하 노래를 배웠나? '언제'라는 말, 시기를 말하는 게 아니다. 제 엄마가 가르쳐주긴 했겠지만 이제 말문이 트여 겨우겨우 말을 하는 한결이가 가르친다고 해서 어떻게 생일 축하 노래를 끝까지 부를 수가 있는 건지 그게 신기해서 하는 말이다.

한결이를 업어서 재울 때 자장가 외에 불러주는 노래가 있다. '산골짝에 다람쥐 …', '깊은 산속 옹달샘 …', '기찻길 옆 오막살이 …'. 제 삼촌의 생일 축하 노래를 부른 후로 내가 저 재울 때 노래를 불러주면 한결이는 내 등에 업혀 끝까지 노래를 따라 불렀다. 아마도 재울 때마다 불러주던 노래가 한결이의 머릿속에 잠재하고 있다가 한 번 말문이 트이니 부스스 잠재에서 깨어나는 모양이다. 그렇지 않고서야 어떻게 저처럼 줄줄이 노래를 끝까지 따라 부를 수가 있을까?

노래를 따라 부르는 게 신기해서 한 곡을 끝까지 따라 부를 때마다 "100점." 하고 칭찬해주고, 다시 한 곡이 끝나면 "또 100점." 해줬더니 내가 큰 소리로 '100점'만 하면 저는 낮은 소리로 '또 100점' 한다. '100점, 또 100점'. 장長과 단短이 그렇게 잘 맞을 수가 없다. 처음 '100점'이라고 말했을 때 얼핏 '어른들은 왜 숫자를 좋아하는지 모르겠다'던 '어린 왕자'를 생각하며, 내가 너무 '숫자적으로 말한 게 아닌가' 하고 잠깐 후회를 했었다. 나중에 한결이가, 함무니가 '잘 했어요' 하는 말을 그렇게 표현한 것이라고 이해해주기를 바라면서 지금도 '장단 놀이'를 계속하고 있다.

삼촌에게 생일 축하 노래를 불러주고 난 후 한결이는 촛불도 제가 껐다. 뒤에 켜 있는 촛불은 끌 수가 없으니까 상 주변을 빙빙 돌면서 껐다. 그러고는 케이크를 자르는 일에까지 참견했다. 삼촌 생일인지, 제 생일인지 분간이 서지 않는다. 그동안 우리 집에서나 제 집에서나 생일잔치를 치른 적이 없는데 아주 능숙했다.

아직도 직장에 다니고 있는 내가 휴일인 금요일 오후부터 일요

일 오후까지 한결이를 돌봐준다는 것, 물론 힘에 부친다. 월요일 출근할 때면 어깨도, 팔도, 허리도 아프다. 그러나 내 생애 지금처럼 행복한 적은 없다. 내 아이들이 자랄 때도 느껴보지 못했던 감정이다. 그동안 한결이에 대한 이야기를 열다섯 편 썼다. 신들린 것처럼 쓴 것 같다. 글 한 편 쓰는 것도 쩔쩔매는데, 8월부터 10월 사이에 열다섯 편을 썼다는 것은 그만큼 한결이에 대한 내 감정이 행복해서일 거다.

앞으로 열흘 후면 한결이가 두 번째 생일을 맞는다. 한결이는 제 생일 케이크를 앞에 놓고, 제 생일 축하 노래를 부를 것이다. 그때 나는 한결이의 생일 선물로 열다섯 편의 글을 CD에 담아 카드와 함께 케이크 앞에 놓아줄 작정이다. 그리고 카드에는 이렇게 써넣을 것이다.

'한결아, 네가 태어난 것을 축하한다. 할무니는 너와 함께 있는 시간이 제일 행복하단다.'

나뭇잎 바이올린

한결이가 떡갈잎 바이올린을 켜고 있다. 아니, 바이올린 켜는 흉내를 내고 있다. 흉내가 정말 같다. 떡갈잎은 바이올린과 비슷한 모양으로 생겼고, 나뭇가지가 휘기는 했지만 바이올린 현으로 손색이 없다. 한결이가 바이올린 켜는 모습은 아주 낭만적이다. 낙엽과 나뭇가지로 만든 가을풍 바이올린이기 때문이다. 떡갈잎은 한결이 할아버지와 나와 한결이가 산에서 주워 온 것이다.

한결이가 집에서만 놀고 있는 것이 안돼서 밖으로 나가자 했더니 한사코 '아니야'라고 한다. 산에 가면 다람쥐를 볼 수 있고, 도토리도 주울 수 있다고 살살 달래서 겨우 밖으로 데리고 나갔다.

아파트 앞의 6차선 도로를 건너면 바로 울창한 숲으로 덮여 있는 낮은 산이 나온다. 그 산이 늘 울창한 숲으로 덮여 있는 것은 서울특별시 유형문화재 69호와 70호인 벽진 이씨 충숙공의

신도비神道碑와 묘역이 있기 때문이다.

산에 풀어놓으니 집에서 연방 '아니야'라고 말할 때와는 달리 어깨춤까지 추며 '좋아라' 하며 걷는다. 준비해간 주머니에 낙엽을 주워 모으며 걸었다.

"함무니, 저기 가면 다람쥐 있어요? 도토리 있어요?"

한결이는 가다가 묻고는 했는데, 나는 다람쥐와 도토리를 보여줄 수 있는 확신이 서지 않아 대답을 얼버무리며 걸었다. 집으로 돌아올 때서야 '도토리는 땅에 떨어진 것을 다람쥐가 먹이로 다 가져갔기 때문에 없고, 다람쥐는 추워서 땅속에서 코 자느라고 나오지 않았다'고 얘기해주었다.

집에 도착하자마자 한결이는 현관에 선 채 끙끙대면서 일러준 말을 제 엄마에게 늘어놓았고, 제 엄마는 같이 끙끙대면서 한결이 말에 맞장구를 쳐주었다. 주머니 속의 낙엽을 마루에 쏟아놓으니 빨강, 노랑, 갈색, 초록색 나뭇잎이 고운 산을 이루었다.

2주 전쯤인 것 같다. 우리 집에 온 한결이가 제 집에서 배웠는지 느닷없이 〈도레미송Do Re Mi Song〉을 불렀다. 놀면서 부르고, 걸핏하면 불렀다. 가만히 듣고 있자니 '레'를 건너뛰고 부른다.

"한결아, '레'는 어디 갔지? 회사 갔니?"

쑥스럽다는 듯 고개를 어깨에 살짝 묻는다. 그부터는 '레'가 어디 갔느냐고 묻기만 하면, '회사' 한 마디로 잘라서 대답했다.

"어머나, '레'가 아직도 회사에 있어? '레'는 언제나 오나?"

고개를 어깨에 묻고 쑥스럽다는 듯한 한결이의 몸짓이 보고 싶어 자꾸 물어보곤 했다.

우리 집에는 바이올린 켜는 인형이 있다. 제 엄마가 고등학교 다닐 때 남학생으로부터 선물로 받은 것이다. 인형은 노란 머리에 검정색 모자를 쓰고 있는데, 머리가 모자 밖으로 나와 이마와 두 귀를 덮고 있다. 빨간 구두를 신고, 연주복인 듯 넓은 흰색 칼라가 달린 감색 웃옷과 검정 바지를 입었다. 몇 살쯤 됐을까? 우리 집에 온 지 15년이 되었으니, 적어도 15살은 됐음직한데, 그때나 지금이나 4살짜리 아기 모습 그대로다. 엉덩이 부분에 있는 태엽을 감아줄 때마다 두 눈을 살짝 감고 고개를 좌우로 천천히 돌리면서 바이올린을 켠다. 연주할 줄 아는 게 〈오! 스잔나〉밖에 없다.

지금 한결이는 그 인형의 바이올린 연주 모습을 흉내 내고 있다. 떡갈잎 바이올린을 왼손에 들고, 나뭇가지 활을 오른손으로 잡고, 눈을 지그시 감고, 고개를 좌우로 흔들며 바이올린을 켜고 있다. 〈도레미송〉을 부르면서다. 역시 '레'를 빼놓고 '도미파솔라시도'로 부른다. 제 엄마는 인형을 선물로 받을 때부터 시큰둥해하더니 이제야 활짝 웃는다.

"엄마, 이걸 아직까지 간직했어요? 좋네."

인형 흉내를 내는 한결이의 모습이 예쁘긴 한 모양이다. 〈도레미송〉을 부르던 한결이가 느닷없이 노래를 바꾼다.

"그중에 한 놈이 잘난 체하면서 까불까불하더라."

그게 무슨 노래냐고 제 엄마에게 물으니 〈산중호걸〉이라는 호랑이에 관한 노래의 한 구절이라고 한다. 그러니까 한결이는 노래의 후렴만 되풀이해서 부른 것이다. 까불까불하면서.

"바이올린 켜줄게. 동물들 모두 모두 모여서 춤춰봐"

이어서 부른 노래는 완전히 한결이가 작사, 편곡한 것이다. 작사는 물론 곡도 제 멋대로다. '춤춰봐, 춤춰봐, 춤춰봐' 할 때는 춤이라도 출 듯 무척 흥겹게 부른다. 눈을 지그시 감고. 후후.

한결이는 악기 이름을 꽤 많이 알고 있다. 내게는 낯선 악기 이름인데 한결이는 잘 알고 있다. 나는 트럼본과 트럼펫을 구별할 수가 없는데 한결이는 정확하게 집어낸다.

《Zin! Zin! Zin! a Violin》이라는 책이 있다. 트럼본과 트럼펫이 나오는 책이다. 남자 연주자가 트럼본을 불며 홀에 등장한다. 솔로다. 이어서 여자 연주자가 트럼펫을 불며 나타난다. 둘은 금세 듀오가 된다. 다음은 프렌치호른, 그래서 트리오가 되고, 다음은 첼로, 그 다음은 바이올린. 플루트, 클라리넷, 오보에, 바순, 하프 연주자가 순서대로 나타나서 순식간에 오케스트라를 형성한다. 부드럽고, 애처롭고, 힘차고, 경쾌한 악기 나름대로의 음률이 서로 화음을 이룬다. 개와 고양이와 쥐도 등장한다. 동물들이 연주자

다리 사이로 돌아다니고, 악보를 보기도 하고, 고양이가 쥐꼬리를 물고 맴을 돌면서 홀 안을 휘젓고 다니고, 고양이와 쥐와 개가 어깨동무를 하고 춤을 추기도 한다. 무질서하고 부산한듯하지만 그게 오히려 애교스럽고, 흥을 돋운다. 이야기와 그림과 음악과 춤이 함께 있는 좋은 책이다. 화합과 낭만과 즐거움이 있다.

한결이는 이 책뿐만 아니라 음악에 관한 책을 꽤 여러 권 독파한 모양이다. 악기도 정확하게 집어내고 악기 이름도 줄줄이 알고 있다. 여러 권의 음악책이 한결이에게 흥興을 알게 한 것 같다. 한결이는 나뭇잎 바이올린을 턱 아래 살짝 끼고 나뭇가지 현으로 바이올린을 켜면서 노래를 부른다.

"아기가 바이올린 켜줄게. 동물들아, 모두 모여 춤춰봐, 춤춰봐, 춤춰봐!"

한결이가 음악에 관심이 많은 것 같아서 악기 하나 레슨을 받게 하는 게 어떠냐고 제 엄마에게 의견을 타진했다. 우습게도 세 살이나 네 살 때부터 피아노를 쳤다는 유명한 음악가들을 떠올리면서다. 그랬더니 제 엄마가 대꾸한다.

"엄마는…, 요즘 아기들은 한결이 정도로 악기를 다 알고 있어요. 한결이가 조금도 특별한 게 아니거든요."

또, 내 눈에 무언가 더께로 씌었던 게다.

그림자 놀이

밖에서 저녁을 먹고 집으로 돌아오는 길이다. 한결이가 제 아빠보고 안아달라고 한다. '어둠을 싫어해서 그런가 보다' 하고 생각했는데 그게 아닌 모양이다. '요즘 한결이가 걸핏하면 안아달라고 한다'고 제 엄마가 귀띔한다.

"아빠, 안아줘."

"한결아, '주세요' 해야지."

"아빠, 안아주세요."

재빨리 고쳐서 말한다. 걷지 않으려는 욕심에서 그랬겠지만 아빠가 안아주는 게 안전하고 편안하다는 것을 한결이는 잘 알고 있다. 제 엄마나 내가 안아주면 불안한지 "똑바로 안아주세요." 하니까. 기가 막혀.

안전 점검이라고 하기에는 뭣하지만 한번은 이런 일이 있었다.

의자에 올라갔다가 내려올 때 앞으로 내려오기에 '앞으로 내려오면 넘어져 다치니까, 뒤로 내려와야 한다'고 일러주었더니, 일단 앞으로 내려왔다가 의자로 다시 올라가더니 뒤로 내려온다. '어디 함무니 말이 맞나 봐야지' 그런 마음이었던 것 같다. 그 다음부터는 어김없이 뒤로 내려오는 것을 보면 한결이는 그렇게 하는 게 안전하다는 것을 알아챘던 모양이다.

밥을 먹었으니 걸려야 한다고 제 엄마가 투덜댔지만 제 아빠는 무동까지 태우고 걷는다. 보다 못해 내가 한결이를 제 아빠로부터 떼어내어 땅에 내려놓았다.

음력 그믐 때인가. 달은 뜨지 않았지만 별빛만으로도 땅에 그림자가 드리는 늦은 저녁이었다. 제 아빠와 제 엄마가 열심히 별을 가리키며 한결이에게 별을 찾아보라고 한다.

"한결아, 저~기 하늘 좀 봐, 별 찾아볼래? 어디 세어보자, 저기 하나, 저기 둘, 저기 셋 …."

한결이는 고개를 한껏 젖히고 하늘을 보며 별을 찾는다. 그러면서 한 걸음씩 한 걸음씩 집을 향해 걸었다.

"한결아, 우리 그림자놀이 할까?"

그쯤에서 나도 한결이가 계속 걷도록 살살 유도작전을 폈다.

한결이가 막 걸음마를 시작했을 무렵이다. 열려 있는 거실의 유리문 앞에 앉아 무언가를 열심히 눈으로 쫓고 있다. 제 이름을 불러도 모를 정도다. 가을이었지만 집이 남향이라 거실 바닥에 햇볕이 스며들어 실내가 밝고 따뜻했다. 베란다에 놓여 있는 화분에서 시클라멘 빨간 꽃잎이 시나브로 떨어져 내리고 있다. 가을,

한낮, 햇볕, 새빨간 꽃잎, 정적 그리고 미동도 없이 앉아 있는 한결이가 한 폭의 그림 같다. 한결이 곁에 살며시 앉아 한결이의 눈길을 쫓아 보니 시클라멘 꽃잎이다. 아무도 밀어주는 이 없어도 누군가 밀어주는 것처럼 새빨간 꽃잎이 그림자를 앞세워 스르르 미끄러지며 가고 있다. 바람이 부는 대로 가다가 멈추고 멈추었다가 가곤 한다. 그게 신기했던 게다.

생각해 보니 한결이는 어떤 물체의 그림자를 유난히 좋아했던 것 같다. 길을 가다가도 나뭇잎과 나뭇가지가 바람에 흔들리며 벽에 그림자를 만들면 멈춰 서서 바라본다. 비둘기가 땅에 내려앉아 모이를 찾아 그림자를 끌며 걸어갈 때도 오랫동안 서서 바라보고, 안방 창문으로 햇볕이 들어와 방바닥에 격자무늬를 만들면 관조하듯 하염없이 바라보곤 했다.

그림자를 좋아하는 한결이를 보고, 내가 손으로 방바닥이나 벽에 그림자를 만들어주었다. 익숙하게 만들 수 있는 그림자가 개 모양이다. 어렸을 때 많이 해본 장난이기 때문이다. 두 손의 엄지손가락만 빼놓고, 오른손을 왼손에 덮어씌우듯 하며 쥐면 두 개의 엄지손가락은 엇갈려 사이가 벌어진다. 엇갈린 두 엄지손가락은 개의 귀가 되고, 왼손의 네 개 손가락은 개의 주둥이가 된다. 네 개의 손가락 중에 검지와 장지를 붙이고, 무명지와 새끼손가락의 간격을 만들면 검지와 장지는 개의 콧등이 되고, 무명지는 개의 혀가 되고, 새끼손가락은 개의 턱이 된다. 무명지를 움직일 때마다 개가 짖는 모습이 된다. 영락없는 '멍멍' 하고 짖고 있는 개 모양 그림자다. 그런 식으로 주전자 그림자를 만들고 기러기, 토끼, 거위 그림자도 만든다. 한결이는 그림자를 쫓아다니며 진짜인지 가짜인지 구별하려는 듯 손으로 만져보는데, 그러면 제 손등에 또 그림자가 만들어지고, 제 손등의 그림자를 물끄러미 내려다보곤 했다.

한결이는 제 아빠와 엄마의 그림자를 밟으며 뛰어다니기 시작했다. 제 아빠 그림자에서 제 엄마 그림자로, 제 엄마 그림자에서 내 그림자로 뛰어다닌다. 그림자밟기놀이로 한결이는 한 번도 안아달라는 말이 없이 집까지 뛰면서 왔다. 할머니 작전이 성공한 것이다.

요즘 아기들이 걷기 싫어하는 것은 흙과 친하지 않기 때문인지도 모른다. 우리가 어렸을 때는 공기놀이, 구슬차기, 고무줄놀이, 줄넘기 그리고 물론 그림자밟기도 하면서 자랐다. 흙은 생명을 잉태하고, 생명을 낳고, 생명을 자라게 하는, 살아 숨 쉬는 생명체다. 아기들이 흙과 친하게 놀면 저절로 온몸에 생명의 활기찬 기운이 생기지 않을까?

말의 연상

원고 쓰게 한결이 데리고 밖에 '좀' 나갔다 오라고 제 엄마가 부탁을 한다. 한결이가 거실, 방, 주방에서 재깔거리면 원고가 써지지 않는다고 하면서. 한결이가 "엄마는 뭐해요?" 하고 물었을 때 '엄마는 공부한다'고 말해주면 서재에는 들어가지 않는데도 그런다. 그러니 제 엄마가 말하는 '좀'이라는 말 속에는 '제발'이라는 뜻이 들어 있는 셈이다. '한결이와 놀고 싶지만, 지금 그럴 수가 없으니 나도 안타까워요'라는 뜻도 들어 있다.

감기 끝이라 코 밑이 깨끗하지 않아 밖으로 데리고 나가기가 뭣해서 집 안에서만 뭉그적거렸던 것인데, 제 엄마가 데리고 나가라는데 뭐, 나가야지.

한결이 스웨터를 짜 주려고 겨자색 실로 막 코를 잡았을 때였다. 털실이 담긴 바구니를 한쪽으로 밀어놓고, 한결이를 데리고 밖으로 나갔다. 한결이 몸무게가 15킬로그램이다. 유모차 탈 시기는 지났지만 이젠 안거나 업기가 버거워서 유모차에 앉혀서 공원으로 향했다. 건널목에서 신호 대기에 걸려 서 있으면서 한결이에게 말을 걸었다.

"한결아, 지금 신호등 색깔이 뭐지?"

"빨간색."

"빨간색일 때는 어떻게 해야 하지?"

"멈춰요."

내친김에 계속 물었다.

"초록색일 때는?"

"출발."

"노란색일 때는?"

"기다려요."

"백점!"

"또 백점!"

공원 나들이 초두부터 100점이다. 나도 한결이도 신이 나서 찻길을 건넌다.

가을의 공원은 쓸쓸했다. 놀이터 모래밭에도 아이들이 없다. 그제 내린 눈이 녹다만 채 군데군데 남아 있다. 그래도 한결이는 유모차에서 내려달라고 한다. 개미를 찾겠다는 거다.

"함무니, 개미가 왜 없어요?"

"개미가 추워서 제 집으로 다 들어갔나 봐."

"제 집이 어디에요?"

"땅속."

"땅속이 어디에요?"

한결이가 이젠 자꾸 물어볼 나이가 되었나 보다. 아무렇게나 대답해줄 수는 없는 노릇이다. 알 수 없는 긴장감이 인다.

여름날의 영화를 잃어버린 채, 시소가 외롭다. 한결이가 시소로 올라가더니 내 손을 잡고 옆으로 걸어 내려오면서 말한다.

"꽃게처럼 걸어요."

"꽃게처럼?"

'처럼'이라는 조사를 아주 능숙하게 표현하는 한결이가 놀라워, 혼자 반문하며 웃는다. 언젠가 제 엄마가 꽃게는 옆으로 걷는다고 얘기해주었던 모양이다.

"하나, 둘, 셋, 넷…."

다시 유모차를 타고 공원 안으로 걸어 들어가는데, 한결이가 고개를 까딱대고 몸까지 흔들며 낙엽을 센다. 열까지밖에 세지 못하는 녀석이 저렇게 많은 낙엽을 어떻게 세려고 그러나?

"한결아, 그럴 때는 '낙엽이 셀 수 없이 많아요'라고 하는 거야."

집에 가서 엄마한테도 그렇게 말하라고 이른다. 꼭 그렇게 말해야 한다고 새끼손가락을 걸며 약속까지 한다. 복습을 위한 것이지만, 그건 어디까지나 일방적인 약속이다. 왜냐하면 꼭 그렇게 말해야 한다고 강요 비슷하게 말했으니까. 한결이는 약속을 잘 이행하는 편이다. 틀림없이 신발도 벗지 않은 채 현관에 서서 제 엄마에게 내가 이른 말을 전할 것이다.

나무를 쳐다보던 한결이가 묻는다.

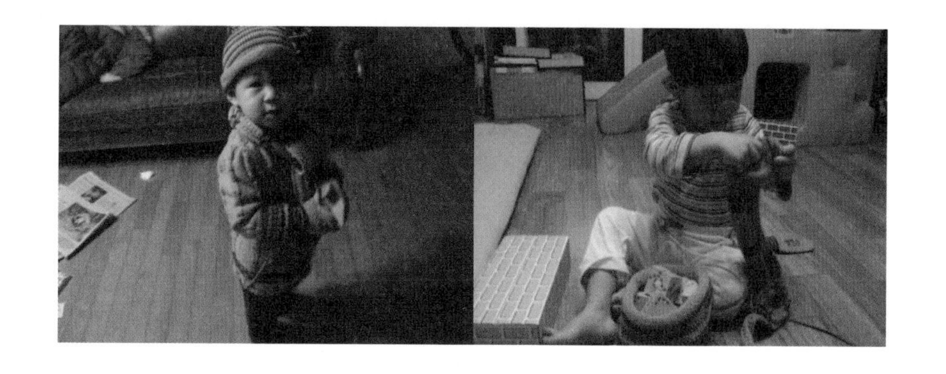

"함무니, 나무에 왜 낙엽이 없어요?"

"한결아, 그럴 때는 '낙엽'이라고 하는 게 아니야, '나뭇잎'이라고 하는 거야."

"나뭇잎이 왜 없어요?"

"날씨가 추워서 나무에서 내려와 나무 밑에 모여 서로 안아주고 있는 거야. 서로 안아주면 따뜻하니까. 한결이도 엄마가 안아주면 따뜻하잖아?"

알아듣거나 말거나 설명을 해준다. 적어도 '엄마가 안아주면 따뜻하다'는 말은 알아들었을 테다.

지난여름, 버찌를 따던 벚나무 아래를 지났다.

"한결아, 함무니가 버찌를 어디서 따줬지?"

버찌를 따던 벚나무를 아나 모르나 싶어서 짐짓 벚나무를 그냥 스치고 지나치면서 물어본 것인데, 한결이는 고개를 돌려 벚나무를 손가락으로 가리키면서 말한다.

"함무니, 함무니, 저거! 함무니, 버찌는 왜 없어요?"

또 '왜 없어요?'다.

"버찌는 여름에 열리는 거니까, 지금은 없어. 내년 여름에 또 오자?"

공원의 끝은 산 들머리다. 산자락에 있는 주말 농장에는 배추, 무, 파, 갓이 아직도 남아 있다. 몇몇 사람이 배추와 무를 뽑아 손수레에 싣고 있다. 한결이는 배추와 무를 잘 안다.

"함무니, 배추, 배추."

손가락으로 배추밭을 가리키며 소리를 지른다. 자신이 알고 있는 배추, 무를 만난 게 즐거운 모양이다. 유모차에서 내려주니 배추 겉대만 널려 있는 배추밭으로 뛰어든다. '아빠 배추, 엄마 배추' 하면서 배추 겉대를 하나하나 주워 날라다 길에 늘어놓는다. 어떤 것이든 한결이에게 큰 것은 '아빠'고, 작은 것은 '엄마'다.

"함무니, 배추가 구멍이 뻥뻥 뚫어졌어요."

벌레 먹은 배춧잎에 손가락을 집어넣어 빙빙 돌리기도 한다. 한결이 손이 빨갛다. 빨리 스웨터를 짜고 남은 실로 장갑을 떠줘야 하겠다. 스웨터를 입고 장갑을 낀 한결이 모습을 생각하는 것만으로도 즐겁다. 휑한 주위를 둘러보니 나무 우듬지에 까치집이 덩그러니 놓여 있다.

"한결아, 까치집 봐. 저기 나무 꼭대기에 까만 집 보이지? 그게 까치집이야."

신기한 것을 가르쳐주기라도 하는 것처럼 한결이는 어깨를 흔들며 소리를 지른다.

"함무니, 까치는 어디 있어요?"

"까치는 까치집 안에 있지, 추우니까."

"까치집이 흙처럼 까맣다."

배추를 걷어가고 까만 흙만 남은 배추밭을 가리키더니 까치집을 올려다보며 그렇게 말한다.

한결이는 요즘 단어의 연결, 말의 연상聯想을 곧잘 한다. '사과' 얘기가 나오니 "사과는 사과논에서 나와요?" 하고 묻고, '새끼'라는 단어가 나오면 "새끼줄 따라 나팔꽃도 어울리게 피었습니다." 하고 〈꽃밭에서〉 노래를 부른다.

한결이에게는 제 고모가 사준 앙증맞은 우쿨렐레(하와이에서 사용하는, 기타와 비슷한 작은 현악기)가 있다. 제가 켜다가 거실에 놓아둔 것일 텐데, 바닥에 누워 있는 우쿨렐레를 가리키며 묻는다.

"함무니, 바닥에 떨어진 건 주워 먹으면 안 돼요?"

바닥에 떨어진 음식은 주워 먹지 말라 하던 언젠가의 말을 연상해낸 게 틀림없다.

"야, 이 녀석아. 음식 떨어진 것을 주워 먹지 말라고 했지…."

말하다 말고 웃어버린다.

집에 돌아와 저녁을 서두르는데 통통통 부엌으로 뛰어오는 소리가 들린다.

"이게 뭐야? 이게 뭐야? 이게 뭐야…?"

'이게 뭐야'를 연달아 말하면서 제 스웨터를 짜주려고 거실 한편에 놓아두었던 털실을 풀어서 목에, 가슴에, 손목에, 손가락에 걸고 부엌으로 뛰어오면서 하는 소리다. 그것도 모자라 손아귀에도 한 줌이다.

“어머나, 어머나!”

놀라서 소리 질렀는데 내 말을 받아서 저도 대꾸한다.

“어머나, 어머나! 함무니, 이건 토끼풀 반지예요.”

손가락에 감긴 털실을 가리키며 ‘토끼풀 반지’라고 너스레를 떤다. 목에 걸린 털실은 ‘토끼풀 목걸이’라고 하고, 파랑색 털실을 보며 ‘블루 호-르스(파란색 말)’라고 한다. 한술 더 떠서 손아귀에 한 줌 쥐고 있던 아이보리색 털실을 보면서 이렇게 말한다.

“함무니, 이건 엄마가 좋아하는 쫄깃쫄깃한 인절미예요.”

토씨를 잘라먹고 단어만 이어서 말했을 때가 어제 같은데, 이젠 토씨도 형용사도 제법 잘 쓰고, 게다가 말의 연상이 기가 막히다. 나는 그만 어이가 없어서 웃어버렸다. 정말, 언제 저렇게 자랐나? 내 사랑, 이한결.

우리의 봄날

오늘은 딸이 3년간의 출산 휴가를 끝내고 학교로 돌아가서 처음 맞이한 '일토(일하는 토요일)'다. 딸이 휴가를 받아 집에 있을 때는 매주 금요일에 딸과 한결이가 우리 집으로 왔었는데, 이번에는 반대로 남편과 내가 엊저녁에 2시간이나 걸려서 목동에 가서 어린이집에서 나오는 한결이를 데리고 왔다.

"엄마, 마음이 짠해요."

제 엄마 떨어져서 자는 게 이번이 처음은 아닌데, 일 때문에 그리할 수밖에 없는 것이 가슴이 아팠던 게다. 딸의 눈에 눈물이 핑 돌고, 하루 종일 제 엄마와 떨어져 있던 한결이를 바로 또 떼어놓는다고 생각하니 나조차 눈물이 핑 도는데, 금요일이면 으레 할머니 집에 가는 걸로 알고 있는 한결이는 제 엄마에게 '바이' 하더니 즐겁게 우리 차에 올라탄다. 엄마가 워킹우먼이면 시댁,

친정 할 것 없이 온통 정신이 없다.

"엄마가 보고 싶어요."

금요일 밤을 나와 함께 자고 일어난 한결이가 잠깐 엄마를 찾더니 금세 노는 것에 몰입한다. 한결이는 스스로 노는 것을 잘 만들어낸다. 끊임없이 만들어낸다. 동물원을 만들고, 마을을 만들고, 도서관도 만들고, 원형극장도 만든다. 원형극장에 무대를 만들어놓고, 바이올린을 켜는 인형, 나팔 부는 인형, 아코디언 연주하는 인형을 올려놓고 '강 마에'라나? 지휘하는 사람도 그 앞에 세워놓는다. 얇은 이불을 돌돌 말아 색깔별로 전철 1호선부터 5호선까지 만들어 기차놀이를 하고, 갖가지 블록을 쌓아 차량기지를 만들어놓고 전철을 몽땅 잠재우기도 한다.

"인천행 전철이 들어오고 있습니다. 승객 여러분께서는 안전선 밖으로 한 걸음 물러나주시기 바랍니다."

뭐, 그래가면서 말이다.

남편은 농장에 내려가고 집에는 한결이와 나만 남았다. 밖은 아직 추운데 우리 집 베란다에는 봄이 한창이다. 영산홍 붉은 꽃이 흐드러지게 피었고, 진달래도 두어 송이 활짝 피었는데, 사랑초·베고니아·시클라멘·난꽃이 다투어 피어난다. 군자란도 오므렸던 입을 열었다.

"코알라가 여기서 잠을 자면 좋겠다."

베란다에서 꽃구경을 하며 돌아다니던 한결이가 V자형 나뭇가지를 보며 하는 말이다. 한결이에게 '코알라는 나뭇가지 사이에서 잠을 자는데 자다가 눈을 뜨고 유칼리 잎을 따먹고 그러고는 또 자고, 또 자고, 또 자고 한다'고 설명을 해준 일이 있었다. 그때 '또 자고, 또 자고, 또 자고…'를 되풀이해서 말해주었더니 재미있다는 듯 까르륵까르륵 웃어댔다. 그 얘기가 생각났던 모양이다.

"그럴까? 한결아, 곰 인형을 가져올래?"

한결이는 샌들을 벗어던지고 마루로 뛰어 나가더니 귀엽게 생긴 흰곰을 갖고 나왔다.

"잘 자."

나뭇가지 사이에 끼어 앉히고 다독여준다.

"할머니, 진짜 코알라 같아요."

"그러네. 코알라는 햇볕이 따뜻해서 유칼리 잎이 없어도 햇볕에 취해서 잘 잘 거야."

"그럴 것 같아요, 그런데 할머니, 나무는 무얼 먹고 살아요?"

"햇볕, 물, 공기 그리고 사랑을 먹고 살아. 제일 중요한 건 사랑이야. 한결이가 엄마 아빠 사랑을 받으며 예쁘게 자라는 것처럼 나무도 꽃도 사랑해주면 잘 자라."

"이것 봐요, 할머니. 꽃이 예쁘지요?"

어느 틈에 군자란 꽃잎을 살짝 만져주면서 자신이 사랑을 주고 있기 때문에 꽃이 예쁘게 피어난 것처럼 말한다.

우리 집 베란다에서는 건너편으로 울창한 숲이 보인다. 5월이면 그 숲에서는 미미한 바람결에도 아카시아 꽃향기가 실려 실내까지 밀려든다. 그 전에 개나리가 산을 덮고, 개나리가 모습을 거둘 무렵에는 진달래가 불꽃처럼 타올라 숨을 턱 막히게 한다. 숲 뒤로 여러 마리의 짐승이 엎드려 있는 것처럼 부드러운 능선이 이어지고, 능선은 제 잔등으로 무늬인양 구름이 떠돌기도 하는 하늘을 떠받히고 있다. 어쩌다가 아침에 베란다 앞에 서면 하늘이 떠오르는 해의 붉은 빛을 그 너른 품에 품고 있는 장관을 볼 수 있다. 그러고는 하루 종일 햇볕이 머무는 베란다. 우리 집 베란다의 꽃나무들은 친정어머니가 살아계셨을 때 지극한 보살핌 때문에도 꽃을 잘 피웠지만 하루 종일 머무는 햇볕도 한몫을 했다.

8년 전, 숲과 능선과 하늘이 완전한 수채화 구도를 만들고 있는 저 풍광이 좋아 이것저것 따지지 않고 이 집을 샀다. 사고 나서 얼마나 애를 먹었는지 모른다. 우리가 들어와 고쳐서 지금은 편안히 살고 있지만 처음에는 비만 오면 베란다 천정에서 물이 흐르고, 수돗물은 가늘고, 찻길에서 뛰어 들어오는 차 소리 때문에 문을 열어놓을 수가 없었다. 세상에, 집을 사고 파는 큰일을 치루면서 어떻게 숲만 보고 집을 샀는지 알 수 없다. 무모한 일이었다. 그러나 정말 무모한 일이기만 했을까? 한결이와 베란다에서 이렇게 행복한 한낮을 보내고 있는데….

"할머니, 우리 저 숲에 갔었지요?"

한결이는 숲만 보면 숲에 갔었던 이야기를 꺼낸다.

"그러~ㅁ, 갔었지, 버찌를 따먹고, 강아지와 개미하고 놀았지."

"뱀딸기도 땄어요, 밭에서 배춧잎 갖고 놀고, 까치집도 봤어요, 도토리도 줍고, 솔방울도 줍고, 낙엽 바이올린도 만들었어요."

한결이와 나는 두서없이 머릿속에 떠오르는 대로 숲속 이야기를 주고받는다. 정말, 내가 이 집을 산 게 무모한 짓이었다고는 말할 수 없을 것 같다.

한결이와 나는 이제 누렇게 시든 잎을 따주고 있다.

"오래된 잎은 따줘야 새로 나오는 잎들이 잘 자라."

샛노란 잎도 있고, 갈색 잎도 있고, 갈색으로 물들다 만 잎도 있다. 바짝 말라서 조금만 건드려도 떨어지는 잎이 있고, 손으로 딸 수 없는 질긴 잎도 있다. 내가 가위로 잎을 따서 한결이 손에 쥐어주면 한결이는 손으로 잎을 모아 쥐며 내 뒤를 따른다. 노란 잎을 보며 말한다.

"옥수수 같아요. 할머니, 우리 낙엽으로 음식을 만들어서 만찬에 초대해요."

"누구를 초대할 건데?"

"동물들을 초대하면 되잖아요?"

"음식은 어떻게 만들 건데?"

"으응, 이건 고등어조림, 이건 뱀장어조림, 이건 미역국."

둥글고 노란 잎은 고등어, 길고 가는 잎은 뱀장어, 길고 너른 잎은 미역이란다. 한결이가 나뭇잎 모양에 따라 음식 종류를 만들어내고 있다. 마루로 올라와 아기담요를 카펫으로 깔아주고, 카펫에 조그만 찻상을 올려놓았더니, 한결이는 신이 났다. 쿠션 네 개를 의자라고 하며 갖다 놓고, 각각의 의자에 곰 세 마리와 강아지 한 마리를 앉힌다.

우리 집에는 산이나 숲에 갔을 때 주워온 열매가 많다. 도토리, 밤, 은행, 호두, 맥문동 열매, 플라타너스 열매, 호박씨, 심지어 살구씨도 있다. 한결이의 좋은 놀잇감이다. 상자에 넣어두면 뒤엎어서 마루 가득 늘어놓기 때문에 치우려면 난감하긴 하지만, 한결이가 워낙 좋아해서 버릴 수가 없다. 버리기는커녕 나 자신도 그런 자연의 장난감을 좋아해서 열심히 챙겨두곤 한다.

한결이는 도토리, 밤, 은행으로 잡곡밥을 짓고 나뭇잎을 잘게 썰어 미역국을 끓인다. 고등어조림을 만들고, 뱀장어조림을 만들어 그릇에 담아 네 마리 곰 인형 앞에 각각 차려놓는다. 숟가락은 쭉정밤숟가락이다. '알밤농장'에 갔다가 주워 온 쭉정밤에 꼬챙이를 꽂아 만든 숟가락이다. 갖가지 과일 모양의 지우개로 후식을 준비하고, 주스도 글라스에 담아 올려놓더니 꽃병에 꽃을 꽂아 식탁을 장식한다. 이렇게 아름답고 완벽한 식단을 본 적이 없다.

"할머니, 이 곰은 혼자서 못 먹어서 먹여줄래요."

한결이가 곰 한 마리를 무릎에 앉히더니 미역국을 떠 먹여준다. 한결이 소매에 걸려 곰 인형 한 마리가 그만 뒤로 넘어졌다.

"어마, 한결아, 곰 인형이 한결이가 차려준 음식이 너무 맛있어서 기절했나 봐."

"그런가 봐요."

"우리도 간식 먹을까?"

한결이에게는 딸기를, 나는 커피 한잔을 타서 둥근 2인용 다탁에 마주 앉는다. 오늘은 한결이와 나의 봄날이다.

크리스마스 선물

크리스마스트리용 데커레이션을 한 상자 샀다. 집에 자그마한 소나무가 있는데, 데커레이션이 시원치 않아 해마다 사야지 하면서도 사지 못하다가 이번에 실천에 옮긴 것이다. 무엇보다 한결이와 크리스마스트리를 같이 장식하고 싶었기 때문이다.

곰 두 마리 그림이 들어 있는 크리스마스카드도 한 장 샀다. 한결이 크리스마스 선물로 그동안 틈틈이 메리노털실로 짜온 겨자색 바탕에 수박색과 베이지색 털실로 무늬를 놓은 스웨터, 모자, 목도리, 장갑, 양말을 크리스마스트리 아래에 놓아줄 예정이다. 미처 끝내지 못했지만 수박색 털실로 바지와 조끼도 짜줄 작정이다. 한결이보다 제 엄마가 더 좋아할 것 같다. 크리스마스카드에는 이렇게 글을 넣어주어야지.

정서를 겸비한 이지, 감성 갖춘 이성, 풍부한 유머 감각.

그리고 활달하고 재치 있게, 신의 있고 겸손하게

그렇게 자라렴, 한결아.

크리스마스트리에 종을 달고, 방울을 달고, 선물상자를 달고, 석류를 달고, 산타클로스를 달고, 솜을 얹어놓고, 은색 금색 술을 걸어놓았다. 'Merry Christmas'라는 문패도 달았다. 한결이와 나는 장난을 치며, 키득키득대며 크리스마스트리에 장식을 했다.

"곰 두 마리네!"

한결이가 크리스마스카드를 펴들더니 흥분해서 소리를 지른다. 제가 좋아하는 동물 그림이 있기 때문이다. 아기 곰 두 마리가 마주 서서 선물을 주고받는 입체 그림이다. 카드 안에 있는 분홍색 간지에 내가 쓴 글을 보며 읽는 흉내를 낸다. 지금 뭐하느냐고 물었더니, 공부를 한단다. 뭐, 공부를 해? 트리 앞에 서서 허리를 굽히더니 손가락으로 금색 글씨 'Merry Christmas'를 가리키며 '메리 크리스마스'라고 또박또박 읽는다. 글을 모르면서 읽는 흉내를 그럴 듯하게 낸다. 그 능청이라니, 어머머. 요즘 나는 한결이 말에 종종 놀란다. 어이없어 놀라고, 재미있어 놀라고, 그 능청에 놀란다. 제 엄마가 물었다.

"할머니한테서는 스웨터랑 모자랑 목도리랑 장갑이랑 양말이랑 선물을 받았는데, 한결아, 엄마는 무슨 선물을 줄까?"

"병아리."

서슴없이 대답한다.

"병아리로 뭐할 건데?"

"엄마 닭 만들 거예요."

"병아리로 닭을 만든다고? 하하, 어떻게 만들 건데?"

"소금 넣고~, 후추 넣고~, 휘휘 저어서~, 소금 넣고~, 후추 넣고~, 휘휘 저어서~ …."

"계속 소금 넣고, 후추 넣고, 휘휘 저어서 … 그렇게 할 거야?"

"닭이 될 때까지, 딩동댕!"

'딩동댕'은 또 어디서 배웠담. 크리스마스트리에 장식해놓았던 솜을 걷어다가 무언가 열심히 만들고 있다.

"한결아, 뭐 만들지?"

"함무니, 솜이 우유 색깔이라서 한결이가 우유 만들어요."

"우유 만들어서 어떻게 할 건데?"

"마셔요."

손에 든 솜뭉치를 입에 가져다 대더니 마시는 흉내를 낸다.

한결이에게는 벽돌 모양의 상자 블록이 있다. 블록을 높이 쌓아놓고, 솜을 비스듬히 흐르듯 걸쳐놓더니 '폭포'라고 한다. '폭포를 땅까지 흘러내리게 해서 땅으로 스며들게 할 것'이라고 한다. 마리 브로소니가 엮은 《자연과 만나요》라는 책이 있다. 목록 중 '돌고 도는 물'에 폭포가 나온다. '빗물로 불어난 강물은 바다로 흘러가고, 바닷물은 다시 하늘로 올라가, 하늘에서 땅으로, 땅에서 하늘로, 물은 끊임없이 돌고 돈다'고 설명이 되어 있다. 한결이는 그 면을 볼 때마다 흥미로워 하더니, 솜으로 폭포를 만들어놓고는 그 면을 기억해낸 게 틀림이 없다.

'가만 있자, 근처에 폭포가 어디 있지? 한결이에게 실제로 폭포를 보여주고 싶네.'

트리 아래에 선물로 놓아두었던 스웨터를 한결이에게 입혀주었다. 목도리를 둘러주고, 장갑을 끼워주려고 하니까 장갑은 안 끼겠다고 버틴다. 하기야, 실내에서 장갑까지 끼게 하는 것은 너무한 일이지 뭐. 그러나 껴주고 싶은 것을 어떻게 한담.

"장갑 안 끼면 개미 줄 거야."

"함무니, 개미 어디 있어요?"

엄포를 놓으니 통통통 부산하게 개미를 찾으러 돌아다닌다.

열심히 트리 장식하며 놀던 것도 잠시다. 솜을 떼어내 우유를 만들어 마시고, 폭포를 만들어 땅으로 스며들게 하더니, 이번에는 석류를 떼어내 묻는다.

"함무니, 이게 뭐에요?"

"석류."

"이 안에 뭐가 들어 있어요?"

"석류씨가 들어 있지."

"까보면 안 돼요?"

또 호기심 발동이다. 우리나라에서 석류는 다산多産의 의미가 있고 '좋은 약재'로 알려져 있다. 그런데 크리스마스트리 장식품에 석류가 왜 등장하는 걸까? 크리스마스와 석류는 대체 무슨 관계가 있는 걸까? 궁금했다. 알고 보니, 성경에는 30회에 걸쳐 석류라는 말이 나오고. 예루살렘에서는 석류 모양을 나타낸 토기가 출토되었고, 고대히브리 사람들은 옷의 술을 석류 모양을 본떠서 무늬를 만들어 입었고, 솔로몬의 성전에도 석류 모양을 새겨넣었고, 이집트의 무덤인 피라미드 벽화에도 석류 그림이 나온다. 아하, 그래서 크리스마스트리 장식품에는 석류가 있는 거구나.

그러지 않아도 지난주에 한결이가 우리 집에 왔다가 간 후, 시장에 나갔다가 석류가 있기에 한결이에게 보여주기 위해 사 왔다. 어른의 두 주먹을 합한 것만 한 빨간 석류는 참 탐스럽고 예쁘다. 바구니에 담아 공부방 한편에 놓아두었던 석류를 한결이가 부지런히 들고 나온다. 석류를 칼로 조각내어 놓으니 한결이 눈이 호기심으로 반짝인다.

"함무니, 먹어도 돼요?"

"그럼, 함무니랑 같이 먹자."

한결이는 석류씨를 발려 접시에 담아놓기가 무섭게 집어 먹는다. 살만 발려 먹고, 딱딱한 것은 뱉어내라고 해도 잘만 먹는다.

"함무니, '꿀꺽' 넘어가요."

대체, 한결이는 못 먹는 게 없고, 안 먹는 게 없다. 입 주변은 물론 두 뺨, 턱, 손, 옷까지 석류 색깔로 빨갛게 물이 든다. 한결이와 나는 서로 보며 하하 웃는다.

"함무니, 석류가 새콤달콤해요. 빨간 콩자반 같아요."

한결이 말은 볼 것, 들을 것, 생각할 것이 많은 고속도로다. 말의 비교와 말의 연상이 엉뚱하긴 하지만 재미있고, 토씨 사용이 정확한데다가, 형용사 활용이 거침없다. 한결이는 좀 길게 말을 해야 할 때는 생각대로 말이 안 나오는지 고개를 끄덕이며 말꼬리를 길게 끌며 말을 한다. '넣고~, 저어서~' 그런 식이다. 한결이

가 그렇게 말을 하면 듣는 사람도 저절로 고개를 끄덕이게 된다.

우리의 아이들이 어렸을 때는 크리스마스에 부모가 선물을 사서 포장까지 해서 아이들이 자는 동안 머리맡에 놓아주었다. 그럼으로써 자고 나면 착한 아이에게는 산타가 선물을 주고 간다고, 아이들이 '착하기'를 은근히 강요하기도 했다. 지금 와서 생각하니 산타의 선물은, 선물을 받지 못하는 아이와 선물을 받는 아이가 착하고 착하지 않는 아이로 이분화되고, 산타가 있다고 믿는 아이는 '순수하고 꿈이 있는 아이'로, 머리맡에 놓여 있는 선물이 산타가 준 게 아니라 엄마가 마련한 선물임을 아는 아이는 '꿈이 없는 아이'로 이분화 될 염려스러운 말이었음을 깨닫는다.

산타가 아닌 함무니가 포장도 하지 않고 선물한 스웨터가, 저와 함께 신나게 트리를 장식하던 일이, 석류를 빨간색 페인트처럼 얼굴에 옷에 색칠을 해가면서 먹던 일이 한결이에게 오래도록 기억할 수 있는, 잊지 못할 크리스마스 선물이 되었으면 좋겠다.

"함무니, 코 자고, 하부지랑 함무니랑 아빠랑 엄마랑 한결이랑 루돌프 사슴 보러 눈에 가자."

한결이는 지금 잠을 자고 있다. 깊은 잠에 골아 떨어졌다. 낮에 신나게 논 것이 고단했던 게다.

2장

손자와 함께 떠나는 감성 여행

내일이 있으니까

바탕골미술관

1월 13일 일요일이다. 원고 청탁이 들어오기 전에 한결이 데리고 열심히 미술관에 다녀야겠다는 딸의 말에, 지지난 주부터 남편과 나까지 복에 겨운 미술관 나들이를 하고 있다. 남편과 딸이 번갈아 운전을 하고, 나는 한결이와 뒷좌석에 앉아서 간다. 뒷좌석에서 한결이와 놀고 있으면 아무리 먼 곳이라 해도 한달음이다.

바탕골미술관은 가는 길도 정답다. 겨울이라 산이나 들, 논과 밭이 쓸쓸해 보이긴 해도 미술관 가는 마음은 항상 풍성하다. 무수리라는 동네를 지나가고, 속새벌 버스정거장을 지나간다. 쇠뫼기음식점이 지나가고, 토담골음식점도 지나가고, 곤드레음식점도 지나간다. 돼오닭? 음식점인데, 대체 무슨 뜻일까? 돼지, 오리, 닭고기 요리를 한다는 뜻일까? 돼오닭음식점이 저만치 멀어지니, 곶감이 주렁주렁 발처럼 늘어져 있는 곶감가게를 지나가고, 모과가 산같이 쌓여 있는 모과가게를 지나간다.

"모과! 모과!"

한결이가 모과를 보더니 소리를 지른다. 내가 사무실 뜰에서 모과를 따다가 접시에 담아놓았더니, 모과는 향기가 좋다고 일러 주었더니, 모과를 코앞에 대고 킁킁 냄새를 맡으며 돌아다니더니, 지금 모과를 따다 준 효력이 맹렬히 나타나고 있는 것이다.

너와집도 지나간다. 창밖을 내다보며 한결이에게 열심히 자연 공부를 시키고 있는데, 까만 글씨로 '펜션으로 이루어진 전원 속 문화 공간'이라고 쓴 붉은색 간판 앞에 차가 멈춘다. 미술관에 도착한 것이다. 경기도 양평군 강하면 운심리가 주소다. 나지막한 마명산 산자락에 푹 안겨서 남한강의 사계절을 내려다보고 있다.

바탕골미술관은 '로고'도 정답다. '농악놀이'다. 삿갓 쓰고, 뒷짐 진 놀이꾼이 옷고름 풀풀 날리며 춤을 추고 있다. 발밑에는 북과 북채가 놓여 있고. 절로 신바람이 나는 그림이다. 미술관 그림지도를 보니 그 또한 정감이 있다. '조각로'가 그렇고, '외갓집 바비큐 테라스'가 그렇고, '전망 좋은 찻집'이 그렇고, '안마당'과 '산책로'가 그렇다. 예술극장, 미술가게, 도자기실, 미술관 Ⅰ·Ⅱ가 있다.

정문을 지나 왼쪽 돌계단을 오르니 눈 덮인 산책로다.

"조심조심, 한결아!"

행여 넘어질세라, '조심'을 입에 달고 산책로를 걷는다.

도자기실 앞에 '손끝으로 표현하는 마술 같은 공간'이라고 쓰여 있다. 도자기실로 들어선다. 손도장 찍기, 물레, 코일링, 판 작업, 토우 등 흙으로 만나는 세상이라고도 한다. 영화 〈사랑과 영혼〉의

몰리 젠슨 같이 아름다운 여인네가 혼자 앉아 흙으로 도자기를 빚고 있을 뿐 도자기실은 쓸쓸했다. 그동안 어린이나 어른이 함께 빚은 소품들이 즐비해서 그나마 쓸쓸함을 덜어주고 있다.

"엄마, 날씨가 따뜻해지면 한결이 여기 데리고 와서 도자기 빚게 해야겠어요."

미술관 섭렵시키는 것도 모자라 도자기까지 빚게 한단다. 딸의 말에 '여기가 대체 어딘데 한결이를 데리고 다녀?' 속으로 끌끌 혀를 찬다.

겨울철이라 사람들이 찾아오지 않아서인지, 미술가게도 식당도 문이 닫혀 있다. 도자기실을 나와 언덕을 오르니 넓은 마당이다. 마당은 눈으로 덮여 있고, 짚으로 이엉을 얹은 건물 지붕 끝에는 고드름이 주렁주렁 매달려 있다. 한결이가 고드름을 보더니, 저를 업고 잠재울 때 가끔 불러주던 〈고드름〉 노래를 2절까지 부른다.

"고드름 고드름 수정 고드름 고드름 따다가 발을 엮어서 각시방 영창에 달아놓아요 ⋯."

"100점!"

내가 손뼉을 쳐주니, 저도 손뼉을 친다.

"또 100점!"

한결이와 내가 늘 하던 장난이다. 고드름을 따주니, 좋다고 들고 다니다가 눈 위에 꽂아놓는다. 마당에는 장작이 쌓여 있는 걸 볼 수 있고 멍석, 지게, 도자기, 항아리, 가마솥을 볼 수 있다. 가마솥에 아주머니가 낙엽으로 불을 때고 있다.

"가마솥 안에 뭐가 들어 있어요?"

"물이 들어 있지만 물을 데우려고 낙엽을 태우는 게 아닙니다. 낙엽을 태워 그 재를 밭에 뿌리면 해충이 다 죽어요. 자연은 하나도 버릴 게 없어요."

아주머니가 대답해주신다. 나중에 알았지만 내 눈에는 50대로밖에 안 보이는 그녀는 스스로를 '바탕골할머니'라고 말하는 일흔 가까운 할머니였고, 미술관 대표였다. 베로니카라는 세례명이 있다. 세례를 받았다고 해서 가톨릭 신자로만 사는 게 아니다. 그네는 자신이 성당에 가고, 교회에 가고, 절에도 가는 불성실한 가톨릭 신자라고 고백한다. 스님에게 배웠다고 하면서 손금 보는 솜씨도 자랑한다. 그네는 바탕골미술관이 누구나 가슴 한구석에 그리워하고 있는 작은 동산 같은 곳, 늘 따뜻한 외할머니 집 같기를 바라고, 그게 자신이 갖는 꿈이기도 하다고 말한다.

한결이에게 가마솥을 보여주고, 낙엽으로 불을 때는 광경을 보여주고, 굴뚝에서 연기가 모락모락 나오는 광경을 직접 보게 해준 것은 큰 수확이다. 꽃이 피는 계절이면 미술관 곳곳에는 야생화가 지천이라고 한다. 마당 한편에서 오리를 키우고 칠면조를 키우고 개도 키운다. 한결이가 우리를 떠나려 하지를 않는다. 군데군데 조각 작품이 놓여 있다. 황량한 겨울철이건만 이 마당에는 오순도순 나눌 이야깃거리가 많다.

미술관 Ⅰ에서는 '가족 나들이' 전을, 미술관 Ⅱ에서는 '사랑방과 어머니' 전을 하고 있다. 미술관이 들어앉은 풍광부터 마당의 풍경, 로고, 할머니 대표, 전시회 제목까지 모두가 정겹다. 미술관 Ⅰ에 들어선다. 사진, 판화, 조각, 목공예가 전시되어 있다. 미술관

Ⅱ에는 전통 목가구, 수납가구, 반닫이, 약장, 화조도 병풍, 조충도 병풍, 민화가 전시되어 있다. 연적, 면경, 안경도 전시되어 있다. 우리 전통의 아름다움에 젖어볼 수 있는 전시다.

전시실을 나와 '전망 좋은 찻집'으로 내려갔다. 찻집 앞에 드럼통이 두 개 놓여 있다. '고구마 2~3개에 2000원, 셀프 서비스'라고 써 있다. 연인, 친구, 가족이 미술관 나들이 왔다가 전망 좋은 찻집에 앉아 고구마를 먹으며 얘기를 나눈다! 참, 괜찮은 생각이다. 찻집에는 모두가 셀프 서비스다. 주인이 없다. 커피, 코코아는 1000원, 쿠키는 2000원이다. 코코아와 쿠키를 사 들고 탁자에 앉았다. 눈 덮인 산과 들과 길과 미술관내 뜰이 한눈에 내려다보인다. 네 식구가 준비해 간 도넛과 커피와 딸기와 귤을 점심 대신 들었다.

'조각길'을 걸어 내려오는데 길섶에 작품들이 도열하고 있다. 미술관 나서는 길도 흐뭇하고 즐겁다. 그림을 그리는 한 평범한 여인의 꿈이 이렇게 많은 사람을 위한 야무진 문화 공간을 만들어놓았다. 그네는 아주머니에서 할머니로 바탕골미술관과 함께 나이 먹어가고 있다. 그게 그네는 행복하단다. 그래서 이렇게 말을 한다.

"오늘도 행복합니다, 내일이 있으니까요."

한결이와의 미술관 탐방도 이제 처음이지만 행복하다. 다음이 있으니까.

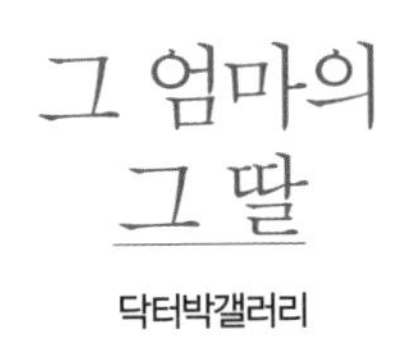

그 엄마의 그 딸

닥터박갤러리

의사면 의사일 것이지, 컬렉터면 컬렉터일 것이지, 어쩌자고 두 가지를 다 겸비했나? 박호길 갤러리 대표는 내과의사다. 문화 향유를 통한 마음의 치유도 중요하다는 사실을 알게 되어 현대미술 작품을 가장 많이 소유한 사설 미술관을 꿈꿨단다.

팔당댐의 수문을 열면 강물은 서쪽에서 동쪽으로 흐르고, 닫으면 다시 강물은 동쪽에서 서쪽으로 흐른다. 닥터박갤러리는 가만히 있어도 물길을 따라 서쪽에서 동쪽으로, 동쪽에서 서쪽으로 움직이는 모양새가 된다. 그래서 닥터박갤러리를 '남한강에 떠 있는 배'라고 한다.

"한결아, 지금 우리는 어디 가고 있지?"

남편은 일이 있어 못 가고 딸이 운전하는 차 뒷좌석에 한결이와 앉아 가다가 내가 물었다.

"닥터박갤러리."

"꼬마가 '닥터 박'이라고 하니까, 좀 건방진데…."

내 말에 제 엄마가 '닥터'는 '의사'를 말한다고 일러주니, 한결이 눈이 별안간 동그래진다. 한결이에게 '의사'는 아주 싫은 사람이기 때문이다.

"아냐, 아냐. 병원에 가는 게 아니고, 의사 선생님이 만든 미술관에 가는 거야."

그제서 동그래졌던 한결이 눈이 본래대로 돌아간다.

닥터박갤러리에서는 '프레양평환경미술제'가 열리고 있었다. 주제가 '소요유^逍遙遊^'다. 《장자》에서 따온 말로 '거닐다(환경-친화), 아득하다(문명-비판), 노닐다(공존-사유)'라는 뜻이 들어 있다. 양평이 지닌 지역, 환경, 문화 특성을 예술로 승화시키겠다는 의도다.

미술관은 3층 건물이다. 녹슨 철 덩어리를 건물의 예각에 장식하고 암적갈색의 외벽이 직사각형으로 되어 있어 완강하게 보이긴 하지만, 막상 문을 열고 들어가면 그렇게 포근하고 따뜻할 수가 없다. 겨울인데도 말이다. 문을 열고 들어서니 빨간색 잠바를 걸친 아저씨가 웃음으로 맞으면서 엘리베이터를 타고 3층으로 올라가라고 일러준다. 누구지? 혹시 이 갤러리의 대표 닥터 박?

3층에서 엘리베이터를 내리면 바로 유리문이 보인다. 염불보다 잿밥이다. 갤러리를 돌아보기 전에 우선 하늘정원으로 나간다. 말 그대로다. 하늘, 강, 산, 길, 나무가 두 눈 가득히 달려든다. 수직으로 내려다보이는 1층 테라스에 두 사람이 마주 앉을 수 있는 탁자와 의자가 보인다. '연인의 공간'이라 부르고 싶다. '연인의 대화'라

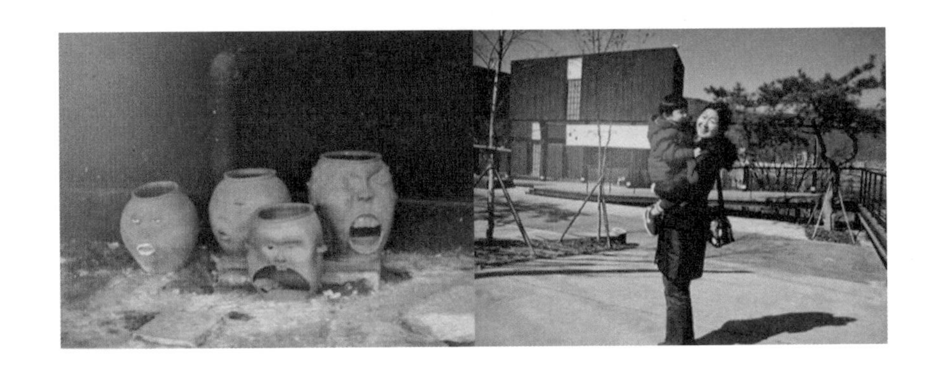

고 하면 어떨까? '연인의 추억 만들기'는? 그러고 보니 미술관의 로고가 '닥터박갤러리에서 새로운 추억을 만들어드립니다'다.

"의자하고 식탁이 있어요"

한결이가 먼저 소리를 지른다. 수직으로 내려다보이는 아득한 1층 테라스가, 거기에 놓인 탁자와 의자가 한결이는 신기했던 거다.

"그래, 한결아. 우리 여기 구경하고 내려가서 앉아 보자."

딸이 한결이의 흥분을 가라앉힌다.

3층 갤러리를 돌아본다. '프레양평환경미술제' 출품작들이 전시되어 있다. 이이남 작가의 〈새가 열리는 나무〉는 사계절 변하는 나무 모습을 보여준다. 잎이 무성한 여름이나 흰 눈이 덮인 겨울이나 노란색 혹은 초록색의 새들이 수없이 나무로 날아들면 한 마리도 남김없이 나무가 감싸 안는다. 감쪽같이 새들이 사라진다. 잠시 후 다시 날개를 퍼덕이며 일제히 날아오른다. 반복되는 모습에 한결이는 그 곁을 떠나지를 못한다.

2층도 갤러리다. 직접 손으로 만들었다는 액세서리, 찻잔, 그림 액자, 도기, 철기 등이 예쁘게 비치되어 있다. 딸은 물고기 모양의 수저받침을 사고, 나는 이용재 작가가 쓴《딸과 함께 떠나는 건축 여행》을 샀다.

3층부터 보라는 예의 그 아저씨 말의 뜻을 1층 카페에 앉아서야 깨닫는다. 3층부터 관람하고 전망 좋은 1층 카페에서 편안한 휴식을 취하라는 얘기가 아니겠는지. 머핀과 커피, 우유로 점심을 들었다. 커피 값은 입장권에 포함되어 있대나? 세 명의 점심 값이 8000원이다. 가격도 미술관답게 산뜻하다.

카페는 사방이 유리벽이다. 그림 같은 풍경을 보면서 다과를 들라는 미술관의 배려이겠다. 새 세 마리가 빠르게 강물 위로 날아가고, MTB 행렬이 강 건너 도로를 달려간다. 카페 한편에 박종민 작가의 조각품 〈순이〉, 〈내가 놀던 곳〉이 놓여 있다. 둘 다 고향과 동심을 떠올리게 한다. 붉은색 보가 덮인 탁자, 초가 꽂혀 있는 장식된 컵이 미적 쾌감을 갖게 한다. 그리고 조용히 실내를 떠도는 음악. 혼곤할 때 맛있는 잠속에 빠져들 듯 분위기에 젖어들다가 문득 딸에게 말을 걸었다.

"본희야, 나는 이런 데서 책이나 3시간쯤 읽었으면 좋겠어."

"엄마, 실은 저도 아까부터 그런 생각을 했어요."

딸이 중얼거리듯 대답한다. 왜 하필 3시간쯤일까? 그때가 오후 2시였다. 3시간만 지나면 서서히 해 저무는 게 저 유리문을 통해 보일 테고, 그러면 하늘과 강물에 노을이 뜰 것이라고 생각했던 게다. 그러고는 왜 또 뜬금없이 '여행'이라는 단어가 떠올랐는지 모르겠다.

"여행할 때, 나는 잠자리나 음식이 좀 부실해도 내실 있는 여행을 하려고 했어."

"저도 그래요. 그런데 엄마, 그와 반대인 사람도 많아요. 우선 잠자리가 편해야 하고 음식도 좋아야 한다고 하는 사람들이 적지 않아요."

그 엄마의 그 딸인가 보다.

카페 문을 밀고 야외 테라스로 나갔다. 강바람이 싸하다. 한결이의 머플러를 꼭꼭 눌러 둘러주고, 잠바 옷깃을 여며준다. 팻말이 붙어 있지 않아 '강변정원'인지, '쉴만한 물가'인지, '나루터에서'인지는 알 수 없지만 여하튼 세 가지가 다 있을법한 테라스다.

마루 밑으로 분수가 보인다. 뿜어져 나오는 구멍 가장자리가 얼음으로 두툼하게 돋아 있다. 한결이가 구멍에서 퐁퐁퐁 솟아오르는 분수를 가다가 되돌아와서 보고, 가다가 되돌아와서 보고는 한다. 분수 앞 팻말에는 '물댄동산A Watered Garden'이라 적혀 있고, 다음과 같은 부연 설명이 따르고 있다. '물댄동산은 물이 끊어지지 아니하는 샘이 있고, 강이 흘러 동산을 적시며, 풀이 나고 꽃이 피고 과실나무가 열매를 맺으며, 만물이 보기 좋게 조화를 이루고 있는 동산입니다.' 그러니까 분수가 나오고 있는 그 주위를 풀이 나고, 꽃이 피고, 과실나무가 열매를 맺는 생명이 자라는 아름다운 동산으로 조성해놓은 것이다. 그곳은 위에서 보면 마루 밑이고, 계단을 내려와서 보면 아무것도 자랄 수 없는 쓸모없는 땅 같은 곳이다.

나무계단 구석에 그리고 마루 밑 샘이 있는 그 주위에 사람 얼굴을 조각해놓은 토기 항아리가 있다. 웃고, 울고, 화내고, 소리 지르는 표정들이 다양하다. 그동안 미술관을 탐방하면서 가끔 떠올리는 말이 있다. 알뜰살뜰. '알뜰살뜰' 하면 '절약'을 먼저 떠올리겠으나 미술관에서 느끼는 알뜰살뜰은 그게 아니다. 공간 절약이라고 해야 할까? 구석구석 그냥 놓인 것 같으면서도 하나도, 하다못해 티끌조차도 그냥 놓인 게 아닌 것 같음을 말한다. 돌아 내려가는 계단 구석구석, 마루 아래에 둘 또는 서너 개씩 얼굴을 그린 항아리가 놓여 있는 걸 보면서 나는 또 그 말을 떠올렸다.

나무계단을 내려갈수록 강물이 가까워진다. 강물이 살짝 얼어 있는데, 얼지 않은 부분이 뱀처럼 길게 누워 물결을 만들며 흘러가고 있다. 키 큰 억새가 헝클어진 머리를 흔들어댄다. 나무계단이 끝나는 자리에 돌계단이 징검다리처럼 강변까지 이어진다. 돌계단에는 얼음이 깔려 있어 더 이상 강변 가까이 내려갈 수가 없다.

다시 계단을 올라 회랑을 따라 건물을 돌아 나가니 야외극장이다. 극장 테라스에 놓인 의자에 앉아 강물을 배경으로 사진을 찍는다. 한결이 혼자, 딸 혼자, 나 혼자 그리고 둘이서, 셋이서.

닥터박갤러리는 본래의 자연을 훼손하지 않고 그 속에 자연스럽게 녹아들어 마치 하나의 풍경처럼 보이는 건축물을 마련하고 싶어 했던 건축가 승효상의 의도대로 자연과 미술관이 합일을 이루면서 남한강에 떠 있다. 닥터박갤러리는 미술관 자체가 미술품이다. 풍경화 속에 풍경화다. 닥터박갤러리를 찾은 딸과 한결이와 나도 하마, 자연의 일부가 되었으리.

미술관 옆 조각공원

마나스아트센터, 사진갤러리 와

루소, 밀레 등 풍경화가들이 모여 살며 그림을 그렸던 프랑스 바르비종은 광대한 퐁텐블로 숲으로 이어지는 아름다운 전원 마을로 '화가마을'로 불린다고 한다. 경기도 양평은 산과 강이 아우러지는 빼어난 경치가 하나의 예술품 같기도 하거니와 북한강과 남한강이 그 강변에 미술관을 구슬처럼 꿰고 흐르고 있기 때문에 '문화 예술의 도시'라 불러도 손색이 없다.

2월 23일 토요일, 네 식구가 집을 나섰다. 가다가 길이 막히면 양수리의 서종갤러리로 방향을 틀기로 했는데, 다행히 길이 막히지 않아 처음 계획대로 마나스아트센터로 향한다.

흐린 날이다. 2월의 차창 밖 풍경이 왜 저리 차분하고 평화롭게 보이는 걸까? 산, 들, 개천, 나무, 집, 흙마저 회색빛이다. 하늘의 구름 색과 잘 어울린다. 먼 산을 바라보던 한결이가 말한다.

"산이 악어 같아요."

"정말 악어 같네."

벌거벗은 나무의 우듬지에 까치집이 걸려 있다.

"한결아, 저게 까치집이야."

"까치 어디 있어요?"

"까치가 저네 집을 튼튼하게 고치려고, 지푸라기를 물러 집 밖 먼 데까지 날아가서 집에 없는지도 몰라. 봄이 와서 나뭇잎이 집을 덮어 사람들 눈에 안 띄게 되면 알을 낳으려고."

"알 어디 있어요?"

"조금 더 있어야 알을 낳아."

창밖 풍경이 정답다. 마나스아트센터에 도착한 것은 오전 10시 20분이다. 정오에 개장한다고 한다.

"강바람이 찬데 어디에 가 있지?"

"여기서 멀지 않은 곳에 갤러리 와가 있어요. 거기 갔다 오면 시간이 맞을 것 같아요."

딸이 말한다. 어찌 미술관을 그리 잘 아누. 내심 딸이 신통했다.

갤러리 와[瓦]에 도착했지만 이곳도 개장하려면 시간이 좀 남아 있다. 밖을 내다보고 있던 안내원이 빨리 들어오라고 손짓한다. 어린 한결이가 추울까 봐 걱정이 되었던 모양이다. 안으로 들어가니 서둘러서 어른에게는 커피를, 한결이에게는 코코아를 타준다. 갤러리 이름이 특이해서 안내원에게 살짝 물었다.

"밖에서 보신 것처럼 외벽이 기와로 장식되어 있어요. 그리고 남한강이 바로 눈앞에 있어 바라보이는 전망이 '와!' 하고 저절로 감탄사가 나올 만큼 아름다워 그렇게 이름을 지은 것입니다."

"그렇군요. 그런데 하나 더 덧붙여도 되겠어요, '오세요'라는 의미의 '와'로요."

"네, 그런 뜻도 있긴 있어요."

김경희 관장이 사진 전문 갤러리를 개관하게 된 데는 그 동기가 있다. 성당에서 봉사 활동을 할 때 여행에서 찍은 사진을 매주 재소자들에게 보여주곤 했는데, 별 생각 없이 보여준 사진 한 장 한 장에 재소자들이 눈물을 흘리며 좋아하는 걸 보고 사진의 가치와 문화적 영향력을 널리 알리고 싶어서 그리했다고 한다.

기획전 '진행형의 캔버스 초상화Portrait' 전이 열리고 있다. 디지털 미디어를 이용하는 젊은 작가들의 시각으로 본 자연과 인간이라는 테마를 소재로 한 사진전이다. 글쎄, 젊은 작가들의 감수성 많은 시각을 어찌 따를 수가 있겠는지….

나무와 나무 사이에 줄을 매놓고 맨발로 줄타기를 하고 있는 오상택의 〈Process 2007〉은 무슨 뜻이며, 빨간색 스타킹에 분홍색 드레스를 입은 여인이 잔디밭에 엎드려 있는데 얼굴이 잔디밭에 파놓은 구멍에 목이 잘린 것처럼 묻혀 있는 손준호의 〈뜬구름 드래그〉는 대체 무엇을 뜻하며, 사막 같은 아니면 너른 모래밭 같은 곳에 드문드문 쇠기둥을 박아놓고 그 쇠기둥 끝에 네모난 철판이 달려 있는데 그 위에 하얀 옷을 입은 남자가 누워 두 팔과 두 다리를 아래로 늘어트리고 있는 박현두의 〈Goodbye Stranger〉는 무엇을 뜻하는지…. 이해할 수 없는 사진 앞에서 고개를 갸우

뚱해본다. 언제는 이해하며 감상을 했었나 뭐.

에펠탑이 있고 사람의 키와 그 높이를 비교해보려는 뜻인지 몇몇 사람이 에펠탑 다리 근처에 모여 있는 사진이 있다. 딸이 한결이에게 그를 설명해주면서 물었다.

"한결아, 에펠탑 두 다리 사이로 한결이는 지나갈 수 있겠니?"

"에펠탑이 사진 속에 있어서 들어갈 수가 없어요."

우문현답이다.

2층 전시실에는 창가에 간이 탁자와 대나무로 정교하게 만든 의자가 강을 향해 나란히 놓여 있다. 의자에 앉으면 남한강이 손에 잡힐 듯 가깝고 강을 둘러싸고 있는 주위의 풍경이 정말 '와!' 감탄사가 나올 만큼 아름답다. 가지고 온 방울토마토와 딸기를 먹었다. 미술관에 갈 때마다 과일을 준비해 가는데, 어느 때 한결이는 그림을 돌아보기도 전에 과일을 먼저 먹자고 조르기도 한다.

서가에 사진집이 가지런히 꽂혀 있다. 가슴 높이의 서가에는 중요한 장면을 찍은 사진이 한눈에 볼 수 있게끔 책이 펼쳐져 있다. 1960년도 사진도 있다. 서가 앞에는 '얼마든지 앉아서 책을 읽어도 좋아요' 하듯이 편안해 보이는 소파가 놓여 있다. 가정집 같다. 아닌 게 아니라 딸이 사진집 하나를 펼쳐들고 무엇인가 열심히 적고 있다. 11시 40분이다. 떠나고 싶지 않지만 떠나야 한다.

마나스아트센터는 조각 전문 갤러리다. 한결이가 좋아하는 미술관 옆 조각공원이 있다. 본관과 신관이 있다. 공예관도 있는데, 도자기 작품을 판매하는 한 구석에 그랜드 피아노가 놓여 있다.

양성원의 첼로 연주회, 이호교의 콘트라베이스 연주회가 있을 예정이라고 하더니 아마 이 공예관에서 열릴 모양이다.

전시장으로 들어간다. '이상민 유리조각가와 훼센의 만남'전을 하고 있다. 유리 작품이 전시되어 있고, 천정에도 갖가지 유리 작품이 매달려 있다. 옆방으로 걸음을 옮긴다. 이재삼의 〈저 너머〉다. 나무에 마디가 있는 것을 보니 대나무숲 같다. 나뭇잎이 석탄가루를 뒤집어 쓴 듯 거뭇거뭇하고, 사이사이로 언뜻 보이는 그 너머는 목탄색이다. 캄캄하다. 한결이가 그 앞에 서더니 묻는다.

"엄마, 저 너머에 버팔로가 숨어 있어요?"

숲 저 너머에 버팔로가 무리를 져서 돌아다닐 거라는 상상을 했나 보다.

2층 휴게실에는 조각공원으로 나가는 문이 있다. 조각 재료가 흑돌이다. 모두 아프리카 짐바브웨의 소나족들의 작품이다. 엄마와 아이, 연인, 새, 가족, 친구, 기도, 잠, 할머니 …. 작품이 아기자기하다. 짙은 가족애, 사랑, 우정, 아낌, 돌봄을 느낀다. 한결이가 흥미가 있는 모양이다. 나가자고 하니까 싫다고 한다.

신관에도 그림 전시장이 있고 야외 조각정원이 있다. 역시 짐바브웨의 소나족들의 작품이다. 한결이가 집게벌레가 거꾸로 놓여있는 작품을 보고 묻는다.

"조각이라서 저 집게벌레는 안 움직여요?"

한결이의 명언(?)은 계속된다.

"한결아. 미술관에서 장난치면 그림은 언제 보니? 그림을 볼 수 없잖아?"

"그래서 미술관에서 금방 나왔잖아요."

이제 28개월밖에 안 된 녀석의 말치고는 너무 성숙하잖아, 이거.

'마나스'는 산스크리트어로 '마음, 영혼'을 뜻하고, 히말라야의 여덟 번째 봉우리 '마나슬루'와도 같은 어원을 가지고 있다고 한다. 그래서 마나스아트센터는 로고가 필요 없을 것 같다. 마나스라는 말 자체가 대신할 수 있으니까.

'아름다운'이 붙은 말은 무조건 아름답다. 아름다운 자연환경, 아름다운 미술관, 아름다운 마음 …. 그리하여 이 시대 지친 영혼을 쉬게 하고 감성적 기쁨을 누릴 수 있게 해주는 미술관 설립자들은 참으로 아름답다. 뜻하지 않게 '사진 전문 갤러리'와 '조각 전문 갤러리'를 탐방한 오늘은 정말 복된 하루였다.

낭창낭창 걸어보자

석화촌

찻길에 기어 나온 으아리 넝쿨

그러면 안 돼요 발에 밟혀요

여기저기 감고 있는 넝쿨을 풀어

사람 없는 호젓한 산을 향해 옮겨놓는다

누구일까, 그런 시심詩心을 가진 사람은. 올해 여든을 넘긴 김돈식 시인이다. 그는 50여 년 동안 꽃나무를 수집해오다가 20여 년 전 남양주에 땅을 마련해 석화촌을 조성했다. 차창 밖으로 민들레꽃씨가 눈송이처럼 흩날리던 날, 우리 네 식구(남편과 나, 딸과 한결이)는 그곳을 탐방했다. 석화촌이란 이름이 의아했지만 그 안에 굽이굽이 산길을 걸으면서 꽃과 돌조각이 많아 그리 불렀음을 알았다.

석화촌石花村은 글자 그대로 꽃과 돌이 어우렁더우렁 어우러져 사는 마을이다. 어찌 그들뿐일까. 하늘, 구름, 바람, 새소리, 꽃향기 … 어우러지지 않는 게 없는 것을. 철쭉 종류도 많다. 영산홍, 백영산, 자산홍, 한철, 겹산철 … 철쭉 중에 꽃잎이 가장 크다는 대왕, 250살 먹은 영산홍도 있다. 으아리처럼 나는 너를, 너는 나를 서로 얼싸안고 춤추고 싶을 만큼 오만 가지 꽃들이 한창 흐드러지게 피어 있다.

돌조각도 유난히 많다. 미풍양속을 나타내는 조각이 주를 이루는데, 전문적인 조각가의 작품이 아니라 그냥 김 시인의 입맛에 맞게 조성해놓은 듯하다. 다소 어수선하기까지 하지만 오히려 김 시인의 다정한 미소가 스며 있는 듯해서 웃음이 절로 난다. 조각품마다 나무 팻말에 전해 내려오는 민속 이야기를 소개해놓았다. 우물에서 퍼 올린 물을 담은 바가지에 버들잎을 띄워 나그네에게 건네주는 아낙네, 장기 두는 할아버지, '쉬' 하고 있는 꼬마, 피리 부는 아저씨, 지게에 어머니를 받혀지고 가는 아들, 배불뚝이 스님 그리고 오리, 거위, 물고래, 당나귀, 해태, 코끼리, 사슴 ….

"토끼랑 사진 찍을까?"

땅에 기어 다니는 풍뎅이와 놀던 한결이가 토끼 돌조각을 보고 그 옆에 앉는다. 토끼가 자그마한 게 귀엽다. 한결이는 말 잔등에 올라타고, 코끼리 잔등에도 걸터앉는다.

장독이 나란히 놓여 있는 걸 보니 뒤뜰인가 보다. 돌로 만든 남근 앞에 남자는 두 무릎을 세우고 앉아 두 손으로 무릎을 감싸고 있고, 아내는 한 무릎만 세우고 다소곳이 앉아서 두 손으로 바닥

을 짚고 있다. 커다란 네모 반석에 소반이 놓여 있고, 소반에는 정화수 그릇이 놓여 있다. 아마도 아기를 낳게 해달라고 기도하고 있는 중인가 보다. 그 간절한 마음이야 어찌 모르쇠 할까, 저리도 애틋한 걸.

여인이 방아를 찧고 있다. 한결이에게 절구와 절굿공이를 가르쳐주고, 지금 저 아주머니가 떡방아를 찧고 있는 중이라고 했다. 한결이가 낙엽이 들어 앉아 있는 절구 안을 들여다본다.

"할머니, 이건 뭐에요?"

"쌀."

"이게 쌀이에요?"

"낙엽이지만 쌀이라고 해야지, 뭐."

그때부터 한결이는 부지런히 낙엽을 두 손으로 날라다 절구 안에 쏟아 붓는다. 그러고는 막대기를 하나 주어다가 절굿공이라고 하면서 방아 찧는 흉내를 낸다.

"한결이는 무슨 떡을 만들 건데?"

"으응, 송편 만들 거예요. 시루떡도 만들고, 무지개떡도 만들고, 수리취떡도 만들 거예요."

"뭐? 수리취떡? 어머머, 수리취떡이라니…."

한결이가 뜻밖에 말을 하거나 예쁜 짓을 할 때 내가 잘 쓰는 말이 있다. '한결이가 지금 너무 예쁘거든. 할머니는 한결이가 예쁘면 어디 깨물어주고 싶거든' 그렇게 말하면 한쪽 발을 얼른 내밀곤 했다. 한결이의 한쪽 빰은 아빠 것, 다른 한쪽은 엄마 것, 발 하나는 할아버지 것, 다른 하나는 할머니 것이다. 그렇지만 이런 공공장소에서 발을 내밀라고 할 수는 없지 않은가. 두 손으로 얼굴을 감싸주며 "이그…." 하는 것으로 대신했다.

언덕진 길을 오르락내리락하다가 평상 같은 돌상에 앉아 군고구마, 오렌지, 토마토, 토마토주스, 대추차로 점심을 들었다. 우리가 앉은 뒤편에는 나무숲이 우거지고, 앞쪽은 진주홍 철쭉꽃이 만발하고, 까마득히 높은 나뭇가지에는 까치집이 얹혀 있다. 까치가 알이라도 낳는지 까치집 둘레가 사뭇 조용하다.

밥상을 거두고 다시 걷는다. 좁은 산책로를 오르다가 문득 한결이가 걸음을 멈춘다. 뭐하느냐고 물었다.

"소리를 듣고 있어요."

"무슨 소리?"

"새소리에요. 그런데 할머니, 무슨 새 소리에요?"

"할머니도 잘 모르겠네. 책에서 본 방울새 소리 같은데. 방울이 굴러가는 것처럼 들리잖아. 데구루루, 데구루루…."

흉내까지 냈더니 좋아서 까르르 웃는다. 그러고는 가뿐가뿐 뛰면서 언덕진 산책로를 내려간다.

딸이 안내지도를 보며 폭포를 찾아갔지만 폭포는 휴식 중이다. 바닥이 말라 있는 걸 보니 아직도 겨울잠을 자고 있는 모양이다.

"할머니, 왜 물이 없어요?"

"폭포가 아직도 잠을 자고 있나 봐. 늦잠을 자나 봐."

"새 나라의 어린이는 일찍 일어납니다…."

내 말이 떨어지기가 무섭게 한결이는 〈새 나라의 어린이〉 노래를 부르며 또 깡충깡충 뛰며 앞으로 나간다. 조금 더 내려가니 분수가 보인다. 분수는 물을 세차게 뿜어 올리고 있다. 분수 앞 등나무에 보라색 등꽃이 주렁주렁 매달려 있는 걸 한결이가 호기심 가득한 눈으로 바라본다.

"할머니, 고드름 같아요."

등꽃과 고드름은 전혀 닮은 데가 없는데 왜 그렇게 생각했을까. 거꾸로 매달려 있는 게 같아서 그렇게 생각했나 보다고 제 엄마가 거든다.

"한결이는 고드름을 어디서 봤는데…?"

"바탕골미술관에서요."

바탕골미술관의 어느 건물 지붕 끝에 주렁주렁 매달려 있던 고드름을 기억해낸 것이다.

온갖 꽃이, 온갖 나무가, 온갖 나물이, 온갖 새소리가 흥청망청하니 한결아, 우리 걷자. 자꾸자꾸 걷자. 꽃길, 돌길을. 꽃처럼 바람처럼 새소리처럼 낭창낭창 걸어보자. 한결이는 꽃길 돌길을 깡충깡충 뛰면서 가고, 한결이 손을 잡은 나도 덩달아 뛰면서 간다. 남편과 딸이 저만치 뒤처져서 어슬렁어슬렁 걸어오고 있는데.

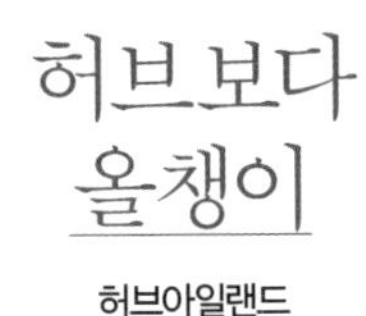

허브보다 올챙이

허브아일랜드

"사슴이 코~ 자고, 닭이 코~ 자고, 꿩이 코~ 자고 …."

밤 10시, 여느 날과 달리 오늘은 한결이의 잠자는 시간이 늦어지고 있다. 방 불을 끄고 한결이와 베개를 나란히 하고 누웠는데, 낮에 놀던 생각 때문일까? 한결이는 얼른 잠이 들지 못하고 있다. 거실에서 놀다가 잠재우려고 방으로 들어온 지 한 시간 지났다.

한결이는 잠자기 전에 책을 읽는다. 책꽂이에 꽂힌 책 중에서 읽고 싶은 책을 뽑아오라고 했다.

"《기차를 타요》 읽어주세요."

한글을 아는 아이처럼《기차를 타요》를 꺼내 온다. 요즘 한결이는 기차, 지하철, 고속철에 열광한다. 놀이도 기차와 연관된 놀이를 많이 한다. 무엇이든 길게 연결해서 기차를 만든다. 터널도 만든다. 화물열차도 만들어 짐을 잔뜩 싣는다. 봉제완구가 짐이 되고, 온갖 동물도 짐이 된다. 은행이나 호두, 솔방울도 짐이 된다. 기관사 아저씨는 당나귀도 되고, 인형도 되고, 가끔 저도 기관사 아저씨라고 하면서 제가 만든 기차에 올라앉는다. 나들이 갈 때도 엄마 차보다 지하철 타기를 열망한다. 기찻길만 봐도, 기차역만 봐도 소리를 지른다. 어쩌다 기차가 지나가면 고개가 기차를 따라 뱅그르르 돈다. 그러고는 기차의 꽁무니가 사라지면 섭섭한 듯 언제 또 오느냐고 채근한다. '기차'의 '기' 자만 말해도 눈이 빛난다. 오늘 낮에 낯선 지하철역을 지나치기에 말했다.

"보정역이네."

보정역이라는 말이 채 끝나기도 전에 한결이가 묻는다.

"보정역이 어디 있어요?"

운전하던 제 할아버지와 제 엄마와 내가 한바탕 웃었다. 기차에 너무 열광하니까, 내심 걱정이 되기도 한다. '이거 여행 벽을 타고 난 거 아냐?'

《기차를 타요》를 읽어주고 이제 그만 자자고 했다.

"하나만 더요."

집게손가락을 펴면서 '하나만, 하나만 …'이 벌써 몇 번째인지 모른다.

"그래, 이 책 하나만 더 읽고 꼭 자는 거야, 약속~!"

"약속~!"

저와 내가 약속을 외치며 새끼손가락을 걸며 약속하지만 한결이는 번번이 약속 파기다. 그래서 강제로 불을 끄고 누운 참이다. 나란히 누워 사슴이 자고, 닭이 자고, 꿩이 잔다고 주워섬겼더니,

내가 주워섬기는 동물 이름이 낮에 허브아일랜드에서 본 동물이라는 걸 기억해내고, 그 다음은 제가 줄줄이 꿴다.

"금계도 자고, 칠면조도 자고, 토끼도 자고 …."

우리 안에 있던 동물을 꿰더니 이젠 하늘, 땅, 물 종횡무진이다.

"나비도 자고, 벌도 자고, 거미도 자고, 올챙이도 자고, 소금쟁이도 자고 …."

올챙이와 놀던 도랑물이 기억에 많이 남았던지 도랑물도 잔단다. 도랑물도 자고, 물에 띄우면서 놀던 꽃잎도, 풀잎도 잔단다. 폭포도 자고, 분수도 자고, 그네도 잔단다. 그러더니 슬그머니 잠이 들었다.

오늘 낮에 포천 허브아일랜드에 갔다. 딸이 미술관을 섭렵하더니 이제는 수목원을 돌잔다. 허브아일랜드라 허브 꽃이 많을 줄 알았는데, 막상 별로 없다. 허브레스토랑, 허브갈비집, 허브베이커리, 허브카페, 허브선물가게, 허브하늘정원, 허브공방 … 이름에만 허브 천지다. 한결이에게 이 모든 건 관심이 없다. 인기 있는 건 미니동물원과 아무도 들여다보지 않는 도랑물이었다.

동물원에서 내려와 새빨간 비치파라솔이 한낮의 햇볕을 가려주는, 허브공방 테라스의 둥근 테이블에 앉아 가지고 간 간식으로 아침 겸 점심을 들었다. 딸기, 바나나, 군고구마, 떡, 대추차 … 테이블에 차려진 우리의 점심이다. 테라스 앞부분에 줄지어 있는 라벤더 화분에서 꽃향기가 바람에 날려 파도처럼 밀려왔다.

테이블에서는 도랑이 내려다보였다. 의자에 올라가 넘어질 듯

칸막이 너머로 도랑을 내려다보던 한결이가 기어코 자리에서 일어나 자갈밭을 걸어 도랑가 돌더미에 앉았다. 올챙이가 떼 지어 꼬리를 흔들며 바위 사이사이에 포진한 것처럼 몰려 있다. 마치 바위 때문에 밖으로 못나가는 것처럼, 바위를 뚫고라도 나갈 것처럼 머리를 바위 쪽으로 두고 꼬리를 연신 살랑대며 헤엄을 치고 있다. 물고기도 아닌 것이, 지느러미도 없는 것이 꼬리만으로 헤엄을 치고 있는 것이 신기하다. 그들의 몸짓은 꽤나 유연해 보이지만 지느러미가 아닌 꼬리로 헤엄치는 게 힘이 들었던 모양이다.

'개구리, 올챙이 적 생각을 못한다'며 지난날 어렵게 지내던 때를 잊어서는 아니 될 것이라고 사람들에게 경고하는 우리 속담이 있다. 그러나 정작 올챙이 적 생각하는 개구리가 몇이나 될까? 오히려 현존하는 영광 속에 지난날의 가난이나 고통은 없었던 걸로 하고 싶은 게 사람들의 속성인 것을.

한결이가 현장에서 올챙이를 보기는 처음이다. 흥분할 수밖에 없다. 한결이와 내가 돌멩이를 던졌다. 한결이가 던진 돌은 바로 발 밑 도랑물로 떨어져 올챙이까지 가기에는 어림도 없다. 팔을 어깨 너머로 올렸다가 던지라고 가르쳐주었더니 그제서 돌은 제법 먼 데까지 날아갔다. 풍덩, 우르르, 풍덩, 우르르, 풍덩, 우르르 …. '우르르'는 올챙이가 흩어지며 나오는 모습이다. 문득 '사람들이 무심코 던진 돌에 개구리는 목숨을 잃는다'는 말이 떠올랐다.

"한결아, 우리가 돌을 던지면 올챙이들은 뭐라고 생각할까?"

"감사합니다, 그럴 거예요."

오른손을 배에 붙이고 고개까지 숙이며 올챙이가 고마워할 거라고 서슴없이 말한다.

"뭐?!"

한결이 대답이 엉뚱했다. 한결이는 왜 올챙이가 '감사하다' 할 거라고 생각했을까? 내가 되묻는 것은 한결이에게 너무 어려운 질문이 될 것 같아 되묻지 못한 채 한결이를 바라보다가 금세 해답을 얻었다.

'그래, 올챙이들은 탈출구를 찾지 못해 바위 밑에 몰려 있었던 거야. 그건 속박이지, 뭐. 우리가 돌을 던짐으로써 올챙이들이 물 있는 쪽으로 방향을 틀어 몰려나온 걸 보면 알 수 있는 거지. 말하자면, 한결이와 내가 올챙이에게 자유를 준 거지. 탈출구를 만들어준 거지. 한결이도 그렇게 생각했을 거야.'

올챙이는 숨을 쉬고 싶어 바위와 물 사이에 얼굴을 내미느라 몰려 있었던 것을. 마침 벚꽃이 풀풀 날리고 있었다. 한결이와 나는 땅에 떨어진 벚꽃을 주어다 도랑물에 뿌리고, 종이배처럼 둥둥 떠내려가는 꽃잎을 쫓으며 좋아서 손뼉을 쳤다. 소금쟁이 서너 마리가 덩달아 물 위에서 폴짝폴짝 뛰며 좋아했다.

집으로 돌아온 것이 오후 3시다. 딸은 결혼 5주년 기념일이라고 집에 도착하자마자 서둘러 한결이 아빠 만나러 나가고, 한결이는 오후 내내 그리고 잠이 들 때까지 나와 같이 놀았다.

지금은 밤 11시다. 곤히 잠든 한결이 곁에 누워 있자니 온몸, 온마음으로 따스함이 밀려든다. 허브아일랜드에서 허브보다 올챙이를 더 좋아했던 한결이는 꿈속에서도 올챙이와 노는 꿈을 꾸며 하하 웃을 것이다. 세상이 온통 정적이다. 축제이듯 사람들이 하 많던 허브아일랜드도 이젠 잠들어 있겠지? 밤도 이렇듯 깊은 잠에 빠져 있으니까.

무릉도원이 따로 없네

홍릉수목원

홍릉수목원은 일요일에만 개방한다. 입장료가 없다. 집에서 그다지 멀지 않아 한결이 소원을 들어줄 겸 지하철을 타기로 했다.

'원, 무슨 일로 지하철을 그리도 좋아하는지 몰라.'

6호선 고려대역에서 내리니 거리가 너무 짧았나 보다. 한결이는 구태여 다음에 오는 지하철을 한 번만 더 보고 가자고 집게손가락을 세운다. 의자에 앉아 기다리는데, 그새 못 참고 채근이다.

"왜 지하철이 안 와요?"

"한결아, 아빠가 뭐라 했지? 좋은 건 기다려야 한다고 했잖아."

제 엄마가 채근하지 말라는 뜻으로 그렇게 말을 하곤 한다. '좋은 것은 기다려야 가질 수 있다….' 어머, 한결이는 아주 좋은 말을 연수 중이네. 나는 '좋은 것일수록 위험과 인내를 필요로 한다'는 지론을 갖고 있다. 한 가지 예를 들어서 산을 오를 때 위험한 것을 피해, 그리고 인내가 부족해서 정상까지 오르지 못한다고 하자. 그러면 정상에서의 엑스터시를 가져볼 수가 없는 것이다.

드디어 안내 방송이 나오고, 지하철 소리가 들려오고, 터널 속으로 불빛이 보이니 한결이의 표정이 활짝 밝아진다. 웃음을 함빡 물며 의자에서 일어난다. 기다리던 임이 온다 한들 저렇게 기쁠까? 지하철의 뒷부분이 안 보일 때까지 눈으로 쫓다가 터널 속으로 사라지니 아쉽다는 듯 제 엄마 손을 붙든다.

홍릉수목원은 한국 최초의 수목원이다. 정식 명칭은 국립산림과학원인데, 1993년 4월부터 매주 일요일에만 자연 학습과 환경교육을 위해 일반에 공개하고 있다.

침엽수원, 활엽수원, 관목원, 외국 수목원, 약초원, 고산식물원으로 나뉘어 깔끔하고 질서 정연하게 다듬어져 있다. 문득, 스리랑카의 페라데니야 식물원이 생각났다. 더운 나라이긴 하지만 1년 내내 꽃이 피고 나무가 무성하다. 꽃 한 송이, 나무 한 그루, 풀 한 포기가 그냥 그 자리에 있는 게 아닌 듯 그림의 구도처럼, 썩 잘 어울리는 옷차림처럼 반듯하고 깔끔하다. 홍릉수목원이 그렇다. 나무, 약초, 풀꽃이 저마다 이름과 출생지를 기록한 이름표를 달고 있다. 털개살구나무-광덕산, 참빗살나무-광릉, 난티나무-점봉산, 섬단풍-울릉도, 비비추-태기산, 찰피나무-계방산, 굴피나무-중국 … 열거하기에도 벅차다. 고향은 저마다 달라도 홍릉수목원으로 이주해서 한 가족처럼 오순도순 듬직하게 자라고 있는 꽃나무들. 페라데니야 식물원은 꽃과 나무를 생물공학, 생태학, 분류학을 동원해서 과학적으로 프로그래밍 한다고 했다. 홍릉수목원도

틀림없이 과학적으로 프로그래밍하고 있을 터다. 그렇지 않고서야 고향이 서로 다른 꽃나무들이 이렇듯 하모니를 잘 이루며 무성하게 자라날 수가 없다.

"할머니, 도와주세요."

한결이의 SOS다. 땅에 떨어진 개살구를 주워 제 바지주머니에 넣다가 잘 안 들어가니까 도와달라고 한다. 주머니를 벌려 넣어주었다. 조금 걷다 보니 어느새인가 개살구가 주머니에 가득하다. 더 이상 넣을 수 없으니 어떻게 하느냐는 표정으로 나를 쳐다본다. 주머니에 있는 것을 가방에 옮겨 주머니를 비운 다음 또 주워넣으면 된다고 했더니 한결이 표정이 금세 밝아진다. 손잡고 걷다가 주워넣고, 깡충깡충 뛰어가다가 또 주워넣는다. 괴불나무 열매도 질펀히 떨어져 있다. 그것도 주워 주머니에 넣는다. 사과나무는 사과를 솎아서 따버려야 남아 있는 사과가 실하게 자란다고 한다. 땅에 떨어진 개살구나 괴불 열매도 남아 있는 너희들이나 잘 자라라고 스스로가 알아서 떨어져내린 것이 아닐까? 한결이를 데리고 다니면서 자연의 섭리를 배운다.

전공이 식물학인지 남녀 한 쌍의 대학생이 꽃이나 나무 열매에 열심히 사진기를 들이대고 있다. 꽃도 아름답지만 그들의 모습 또한 아름답다.

"할머니, 이거 쌈이에요."

커다란 나무 이파리로 낙엽과 열매를 싸서 쌈이라고 하면서 먹으라고 내민다.

"냠냠, 아이 맛있어. 한결아, 너도 먹어."

한결이도 나처럼 먹는 흉내를 낸다.

"냠냠, 아이 맛있어."

조금 더 걷다가 이번에는 자갈을 집어 든다. 한쪽이 떨어져나간 자갈이다.

"할머니, 여긴 누가 깨트려서 먹었나 봐요."

"그러네. 누가 배가 고팠나 봐, 그렇지?"

"우리도 뭣 좀 먹을까?"

정자에 앉아 으레 그렇듯 간식을 풀어놓았다. 한결이는 땅에 기어 다니는 개미하고 놀다가 오렌지를 집어 먹고, 둥둥 떠다니는 구름을 바라보다가 물을 달래서 마시고, 포르르 나는 새를 쫓다가 토마토를 집어 먹는다.

다시 밭 사잇길을 걷는다. 네모반듯하게 구획이 그어져 있는 밭마다 들풀이 가득가득하다. 이름을 알 수 없는, 이름이 이상한, 이름을 처음 들어보는 들풀들이 수두룩하다.

"한결아, 이건 개똥이래."

개똥쑥을 가리키며 '쑥' 자를 쑥 빼놓고 '개똥'이라고 말해주니까, 한결이 눈이 동그래지더니 까르륵 하고 웃는다.

'어차피 한 번 보고는 외우지 못할 들꽃이니, 웃기나 하지 뭐.'

"이건 빗자루네-비짜루. 어머머, 이건 멸치래-멸가치. 그리고 이건 꿩다리-꿩의 다리."

말해줄 때마다 한결이가 즐거워 어쩔 줄을 모른다. 그 자리에서 빙글빙글 돌기도 하고, 허리를 구부리며 웃는 흉내도 낸다.

"이건, 골무."

골무꽃을 가리키며 골무라 했더니, 한결이가 되묻는다.

"할머니, 골무가 뭐에요?"

바느질할 때 바늘에 손가락이 찔릴까 봐 손가락 끝에 끼는, 손가락집 같은 거라고 설명을 해준다. '도깨비부채'를 '부채'로, '토끼로마'를 '꼬마'로, '까마귀베개'를 '베개'로 … 계속 이어나가다가 이름표가 없는 곳을 건너뛰는데, 그냥 지나치지 않고 묻는다.

"할머니, 이 꽃은 무슨 꽃이에요?"

"할머니도 잘 모르겠는데. 이름표 없는 건 묻지 마."

큰소리로 말했더니, 남편과 딸이 뒤따르다가 하하 웃는다. 한결이와 나는 숨바꼭질하다가 걷고, 기차놀이를 하다가 걷고, 손 마주 잡고 춤을 추다가 걷고, 노래도 부르면서 걷는다. 비둘기가 우니 소쩍새가 화답한다. 딱따구리가 나무를 쪼는 소리도 끼어든다.

홍릉은 명성황후 민씨의 능이 있던 곳이다. 능 터를 지나 입구 쪽으로 걸어 나오니 모란꽃 밭이다. 세상에! 모란꽃 종류가 이렇게 많을 줄은 '예전에는 미처 몰랐어요'. 초출, 신천지, 화왕, 성대, 화경, 군방전 … 화사한 모란꽃을 배경으로 사진을 찍었다.

꽃길 따라가다 보면 화장실이 나온다. 아주 가까이 가도 냄새가 전혀 나지 않는다. 꽃과 나무 향에 화장실 냄새가 묻혀버렸나 했더니 그게 아니다. '미생물 투여 자연 발효식 화장실'이라 그렇단다. 역시 여기는 산림과학원(옛 임업연구원)이라 다르네.

홍릉수목원은 무릉도원이다. 꽃길 따라, 풀길 따라, 숲길 따라 걷다보면 복숭아꽃을 따라 걷다가 무릉도원에 도착했다는 〈도화원기桃花源記〉의 어부가 된다. 무릉도원은 유토피아처럼 이상향일 뿐, 실제로는 없는 곳일지도 모른다. 남양에 사는 인품 높은 선비인 유자기가 평생을 두고 무릉도원을 찾으려 헤맸지만 끝내 찾지 못하고 병들어 죽은 걸 보면 말이다. 무릉도원을 찾아다니기에는 실패했지만, 선비 유자기가 정작 필요했던 건 찾으려 돌아다닐 때의 희망과 꿈이었을 것이다. 나에게는 한결이와 이렇게 즐겁게 걸을 수 있는 곳이 바로 무릉도원이다.

우리 그냥 여기서 살까?

포천뷰식물원

봄이면 양귀비, 꽃창포, 튤립 축제. 여름이면 백합, 아이리스 축제. 가을이면 구절초, 국화, 낙엽, 억새 축제. 겨울이면 눈썰매, 불꽃 축제. 한결이 말을 빌리면 '차~암, 좋겠다'다. 어디 그 뿐인가? 저학년을 위한 '올챙이와 개구리', '물속 친구 이야기', '들꽃과 친구해요', '꽃으로 만들어요'라는 체험 학습 교실도 열린다고 한다. 그래서다. 나와 딸과 한결이가 포천뷰식물원을 탐방하기로 한 것은. 정말 차~암 좋을 것 같아서다.

오후에는 비가 내리겠다는 일기예보다. 비 맞기 전에 갔다 와야 하겠다고 서둘러 아침 일찍 집을 나섰다. 5월 13일 석가탄신일에.

포천뷰View식물원은 우리 꽃 식물원이다. '경관, 휴식, 낭만의 양귀비 식물원'이라고 한다. 그만큼 양귀비가 많다는 뜻이겠으나, 왜 하필 양귀비일까? 양귀비는 무려 70여 종에 달하는데 마약 성분이 있는 것은 단 두 종류이고, 식물원의 양귀비는 마약 성분이 없는 관상용 양귀비다. 매표소에서 받아들은 안내책자에도 양산을 같이 쓴 연인이 새빨간 양귀비밭을 거닐고 있는 사진이 들어 있다. 모네의 〈양귀비밭〉이 생각난다. 양귀비꽃에 마약 성분이 없다고 해도 새빨간 꽃 색깔과 아름다운 꽃 모양에 취해버릴 것 같다. 실제 인물인 천하일색 양귀비의 배꼽이 저렇듯 예뻤을까?

백조호숫가 자작나뭇길을 걷는다. 까치 두 마리가 얕은 물가에서 수면을 쪼고 있다. 모이를 찾는 모양이다. 한 폭의 그림 같다. 한결이가 손으로 까치를 가리키며 묻는다.

"할머니, 까치가 어푸어푸(한결이는 수영을 그렇게 말한다.)해요?"

"할머니 생각에는 어푸어푸하는 게 아니고, 새끼에게 주려고 모이를 찾는 것 같은데."

들판을 지난다. 양귀비꽃이 아직 많이 피어 있지 않아서 사진에서처럼 온통 새빨간 양귀비밭이 아니다. 노란색 양귀비가 군데군데 섞여 있기도 했다. 한결이가 꽃에 앉은 파리를 보며 말한다.

"할머니, 파리도 벌처럼 꿀이 먹고 싶은가 봐요."

"그런가 봐."

한결이는 가는 곳마다 묻는다. 민들레 꽃씨를 보고 쫓아가서 따더니 훅훅 불며 말한다.

"멀리 멀리 날아가라."

'민들레는 사람이 꽃씨를 불어서 멀리 보내주면 좋아해, 왜냐하면 씨를 퍼뜨려 많은 민들레꽃을 피울 수가 있으니까.'라고 언젠가 한번 설명을 해주었더니 민들레 꽃씨만 보면 따서 훅훅 분다.

앵초가 가로수처럼 길섶에 줄 지어 피어 있는데 눈길로 좇다 보니 아득히 멀리 떨어져 있는 차도로 차들이 소리 없이 달리고 있다. 비닐하우스 지붕 위로 떨어지는 햇빛이 눈부시고, 그 옆 호수에 떨어지는 햇빛도 질세라 수면에 눈부신 은색 물무늬를 그리고 있다. 이 세상에 남자가 있고 여자가 있어서 조화를 이루듯이 호수가 있어 식물원은 더욱 아름답다.

알파인아일랜드가든을 지날 때다. 양쪽 꼬리가 아래로 약간 처진 눈썹, 주먹코, 밤톨 물은 것 같이 볼록한 두 뺨, 까만 콩 같은 눈, 꾹 다문 입매 … 대체로 그런 모양을 한 세 사람의 석고상이 꽃밭에 들어 있다. 남자 둘, 여자 하나다. 셋 다 모자를 썼다. 가운데 사람은 물지게를 지고 있고, 왼쪽에 서 있는 사람은 삽을 땅에 꽂아놓고 있고, 여자는 싸리비를 안고 있다. 꽃밭을 가꾸다가 쉬고 있는 참인 듯하다. 한결이가 꽃밭으로 걸어 들어가더니 물지게를 가리키며 묻는다.

"할머니, 이게 뭐에요?"

꽃밭에 물을 주려고 물통을 지고 있는 거라고 했다.

"그런데 왜 물통에 물이 없어요?"

한결이는 모든 사물이 사람처럼 살아간다고 생각하는 듯하다. 석고상뿐만 아니라 꽃에게, 돌에게, 벌레에게, 호수에게 말을 건다. '뭐 먹니? 많이 먹어, 어디 가? 이리 와, 내가 해줄게, 아프니? ….'

'애기 동물원' 안내판을 따라 애기 동물원 쪽으로 방향을 틀었는데 가다가 보니 마땅히 또 있어야 할 안내판이 없어 애기 동물원을 찾을 수가 없다. 마침 식물원을 순회하고 있는 차인지, 얼굴이 까맣게 탄 마음씨 좋아 보이는 아저씨가 '달달달' 차를 끌며 지나간다. 오토바이보다 조금 넓고 높이가 낮은 차인데 그 소리가 '달달달' 하는 것처럼 들려서 내가 붙인 이름이다.

아저씨는 친절하게도 차에서 내려 애기 동물원을 가리켜주며 지금은 동물이 별로 없고 토끼만 세 마리 있을 뿐이라고 미안해한다. 토끼들은 옆으로 눕힌 드럼통 안에 들어가 있다. 풀을 뜯어다 유인하니 뛰어나와 철망 가까이까지 뛰어온다.

"토끼야, 배고프니?"

풀을 허겁지겁 받아먹는 토끼 뒤로 회색 토끼가 주춤거린다.

"회색 토끼야, 너도 먹어."

회색 토끼를 앞으로 불러낸다. 제 엄마와 나는 풀을 뜯어다 대고, 한결이는 열심히 풀을 토끼에게 먹인다. 이제 그만 가자고 해도 한사코 거절이다. 끊임없이 '한 번만 더'다.

언덕 위로 올라가 나무 그늘이 짙게 드리운 벤치에 앉아 간식을 들고, 작은 폭포가 3단으로 흘러내리고 있는 도랑물가로 내려갔다. 돌을 주어다가 퐁당, 퐁당 던지며 놀던 한결이가 말했다.

"물속에 들어가고 싶어요."

제 엄마가 물이 더러워 들어가지 말라고 이른다.

"그럼, 자갈은 어떻게 해요?"

한결이는 더러운 물에 빠져 있는 자갈이 걱정스럽다.

'꽃보다 잎'이라고 하면 좀 그렇지만 꽃처럼 예쁜 '잎꽃'인 꽃밭을 지나, 한련[旱蓮]이 한창인 둔덕을 지나, 나무계단을 밟고 내려가면 또 다른 호수를 만난다. 호수에서 몇 계단 내려서면 지붕을 짚으로 얹은 초가집 마당인데, 초가집 옆으로 돌아가니 장터 마당이 나온다. 장터 마당에서 '양귀비국수'와 '묵'을 시켜 지붕만 있고 사방이 탁 트인 식탁에 앉아 늦은 점심을 들었다. 양귀비잎을 곁들인 '양귀비국수'는 생각보다 구수한 게 괜찮았다.

집으로 가기 위해 주차장 쪽으로 걸어 나온다. 소 세 마리(조각품)가 우두커니 서 있는 너른 들이 보인다. 그 너머에 산, 하늘 … 이곳은 천상의 정원이다. 그래서 한결이에게 묻는다,

"우리 그냥 여기서 살까?"

공룡은 살아 있다

우석헌자연사박물관

"한결아, 이제 그만 자."

포천뷰식물원을 떠나 집으로 돌아오는 길이다. 차 안에서 잠이 들어버린 한결이를 깨웠다. 그 넓은 식물원을 휘젓고 다녔으니 고단하긴 할 게다. 아침에 식물원으로 가는 길에 창밖을 내다보다가 어느 건물 앞에 거대한 공룡이 문설주처럼 양쪽에 서 있는 것을 발견했다. 차가 지나가는 대로 시야를 스치며 지나가던 입간판의 글 '우석헌자연사박물관'. 지금 그 앞에 차가 멈춘 것이다. 한결이는 아침에 그 앞을 지날 때 차창에 얼굴을 부착시키며 공룡에 열광했었지.

우석헌, 박물관 설립자의 이름이거니 했다. 그게 아니다. 우석헌愚石軒은 '어리석지만 아름다운 돌의 집'이라는 뜻을 지니고 있다. 어리석음이 아름다움일 수도 있다는 뜻이 되겠다. 참으로 매력적인 말이다. 돌은 믿음이요 신념이다. 외부에서 오는 충격에 갈라지고, 부서지고, 가루가 될망정 끝까지 돌로 남아 자신의 정체성을 지킨다. 그게 돌의 아름다움이다.

잠이 덜 깬 한결이를 차에서 안고 내렸는데 웬걸, 마당에 내려놓으니 쏜살같이 공룡 있는 곳으로 달려간다. 한결이 키는 공룡의 다리 길이에도 못 미친다. 의자에 올라가 아이들을 공룡에 태워보라는 뜻이었을까? 공룡 옆에 의자 서너 개 놓여 있는데, 의자에 올라가도 내 힘으로는 한결이를 공룡에 태워줄 수가 없다. 남편이나 한결이 아빠가 있으면 좋으련만.

공룡[恐龍], 글자 그대로 '두려울 만큼 무서운 용'이다. 그런데 아이들은 왜 공룡에 열광하는 걸까? 사라진 것에 대한 동경? 아니면 외모에서 느끼는 그 거대한 힘? 거대한 몸집에서 무엇이든지 해낼 수 있을 것 같은 어떤 능력? 동경이든, 힘이든, 능력이든 과거로부터 필요한 것을 유추해서 내 것으로 만들 일이다. 공룡의 겉모습은 도마뱀과 악어의 퓨전이다. 공룡은 알에서 태어난다. 우습지 않은가? 대체 알에서 태어난 게 어찌 그리도 거대한 몸집을 갖출 수 있는 걸까? 도대체 몇 년 만에 그런 몸집으로 자라나는 것일까? 쑥쑥 자라는 모습이 눈에 보이는 듯하다.

한결이는 태어난 지 이제 2년 7개월인데 그보다 더 어렸을 때에도 내가 몇 번이고 외우려고 했지만 외울 수 없었던 공룡의 모습과 그에 따르는 공룡 이름을 훤히 꿰뚫고 있었다. 알로사우루스, 프로토케라톱스, 프테라노돈, 트리케라톱스 …. 2층 전시실에 작은 공룡은 상자 속에 들어 있고, 거대한 공룡은 그대로 놓여 있다.

한결이가 쪼르르 어떤 공룡 상자로 달려가 머리를 숙이고 창문을 들여다보더니 '트리케라톱스'라고 말한다. 나는 상자 위에 붙은 이름표를 더듬더듬 읽고 있는데, 제 엄마가 뒤를 따르다가 웃는다.

"엄마, 트리케라톱스는 뿔을 세 개 갖고 있어서 다른 공룡과 구별하기가 쉬워요. 그래서 한결이가 잘 알고 있는 거예요."

나도 한결이처럼 허리를 굽히고 창 안을 들여다보니 아닌 게 아니라 트리케라톱스는 이마에 뿔이 세 개가 붙어 있다. 프테라노돈도 하늘을 날았던 공룡이라 한결이가 잘 알고 있다고 했다. 공룡 이름에는 제 각각 뜻과 별칭이 있다. 티라노사우르스-폭군 도마뱀, 벨로키랍토르-날쌘 도둑, 데이노니쿠스-무시무시한 발톱, 마이아사우라-좋은 어머니 도마뱀 …. 신기한 것은 부드러운 뜻이나 별칭을 갖고 있는 공룡은 그 모습도 부드럽다는 것이다. 부드러운 모습이라서 그렇게 부른 것인지, 그렇게 불러주니 부드러운 모습이 된 것인지 모르겠다. 사람도 불혹의 나이가 되면 자신의 표정에 책임을 져야 한다는 말이 있다. 자신의 표정은 자신의 삶을 반영한다는 뜻이겠다. 나이 마흔이 되면 그동안 어떻게 살아왔느냐가 표정으로 굳어지고, 굳어진 표정을 어찌할까? 앞으로 남은 생애는 굳어진 표정대로 살아갈 수밖에 없는 것을. 그러니 잘 살아야지 뭐. 부드럽고 온화하게 마음을 다스리면서.

공룡 전시실을 지나 회랑에 들어서니 공룡으로부터 새, 물고기, 거미, 곤충, 꽃잎, 꽃에 이르기까지 화석과 표본이 벽과 벽 아래 유리장 안에 진열되어 있다. 놀랍게도 자연사박물관에서는 사진을 마음대로 찍으라고 했다. 아이들이 앉고 엎드리고 뛰고 만져도 나

무라지 않는다. 열려 있음, 곧 자유는 박물관을 설립한 김정우, 한국희 부부의 취지이기도 했다. 한결이도 앉았다, 일어났다, 뛰었다 하면서 그 긴 회랑을 몇 번씩이나 갔다 왔다 하며 좋아했다.

마당으로 나선다. 마당에는 강아지 두 마리가 뛰어 놀고 있다. 아기 키우듯 집안에서만 키우는, 족보가 있을 듯한 예쁜 강아지다. 계단을 뛰어 오르내리고, 마당 구석에서 뒹굴고, 두 마리가 헤어졌다가 다시 만나고, 차도 사람도 따라 붙다가 돌아오고, 짐을 들고 가던 직원이 귀엽다는 듯 발을 굴러 멀리 쫓으면 도망가다가 돌아와 바짓가랑이를 물고 늘어진다. 강아지가 물지 않느냐고 물으니 물지 않는단다. 강아지를 무척 좋아하면서도 무서워서 가까이 가지 못하던 한결이가 괜찮다고 하니 그때부터 장난을 치며 신나게 뛰어다닌다. 바람 불어 추운 날이다. 제 엄마가 차에 시동을 걸어놓고 집에 가자고 해도 막무가내다.

온몸과 온 마음을 던져서

벽초지수목원

매표소에서 나누어준 안내장은 온통 녹색이다. 푸른 하늘에 흰 뭉게구름이 떠 있고, 층층이 늘어진 버드나무 푸른 잎이 호수 속에 네 발을 담그고 있는 정자를 반나마 가리고 있는데, 그와 똑같은 모습이 수면 아래 드리워져 있어 안내장의 전체가 녹색으로 채워져 있다. 그래서 눈이 싱그럽다.

정자 이름이 파련정이다. 무슨 뜻일까? 푸른 호수에 떠 있는 수련을 의미하는 게 아닐까 하고 나름대로 생각을 해본다. 수목원 이름이 푸를 벽[璧] 자, 풀 초[草] 자, 연못 지[池] 자를 쓰니까. 벽초지의 로고는 소나무 잎과 솔방울이다. 트레이드마크는 타원형인데 바탕색이 녹색이고, 실같이 가는 흰색 선으로 소나무 잎과 솔방울을 그렸다. 그 또한 눈을 싱그럽게 한다.

한결이가 친구들과 놀다가 발목을 겹질려 다리를 조금 절게 되었다. 많이 걸리지 말라는 의사의 권고다. 할 수 없어 유모차를 차에 실었다. 다리가 아파서 그랬는지, 아니면 제 입맛대로 지하철을 타고 가지 않은 게 불만이었는지 그 수려한 테마 꽃밭인 빛솔원, 들꽃원, 퀸즈가든을 지나 버들나무길, 나래길, 고운길을 지나도록 한결이는 시무룩했다. 다리가 아파도 집에서는 기차게 뛰어논 걸로 봐서는 아마도 지하철을 타지 않은 게 불만이 아니었나 싶다.

몰입沒入이라는 말에는 '온몸과 온 마음을 던져서'라는 뜻이 들어 있다. 한결이는 제가 좋아하는 일에는 몰입을 잘한다. 땅으로 벌레가 기어가면 코가 땅에 닿을 정도로 엎드려서 따라간다. 거실에서 기차놀이를 할 때 저도 기차처럼 길게 엎드려 무언가 끊임없이 혼자 중얼거리며 기차가 움직이는 대로 따라 움직인다.

'지금 터널을 지나가는데, 손님이 목동역에서 기다리고 있는데, 빨리 타, 가만히 있어 ….'

'고운길'을 지나 '습지원'인 호숫가에 닿았을 때 한결이는 언제 시무룩했느냐는 듯 유모차에서 튕겨서 내려왔다. 수심이 2미터라고 했다. 나무막대로 울타리를 쳐놓았고, 울타리를 감싸며 화사한 꽃들이 얼크러져 피어 있는데, '들어가지 마시오'라는 팻말이 꽃 속에 숨어 있는 듯 꽂혀 있다.

들어가면 안 된다고 타일렀지만 한달음에 제 할아버지에게 달려가 안기더니 넘겨달라고 떼를 쓴다. 한결이가 아니라 해도 몇몇 사람이 이미 넘어가 있는 상태였다. 호숫가는 자갈밭이다. 한결이는 그 자갈밭이 좋았던 것이다. 물속에 돌 던지는 재미를 익히 알고 있기 때문이다. 나와 한결이는 자갈밭에 주저앉아 호수에 돌을 던졌다. 돌을 던질 때마다 '퐁당' 소리가 나면서 물이 분수처럼 솟아올랐고, 분수 둘레에는 수없는 동그라미 무늬가 만들어지곤 했다. '물방울무늬'라는 말이 바로 여기서 나왔나 보다 하고 생각을 하고 있는데, 한결이가 말을 건넨다.

"할머니, 물에 들어가도 돼요?"

신나다 못해 물속으로 들어가고 싶은가 보다. '몰입'하는 성격이 발동을 한 것이다.

"네가 물에 들어가면 엄마가 울어. 할아버지도 할머니도 울고."

맞은편 나무 그늘에 앉아 책을 읽고 있는 제 엄마를 쳐다보더니 그만 단념해버린다. 한결이보다 좀 큰 아이를 데리고 들어온 아이의 아빠가 물수제비를 뜬다. 어떻게 무거운 돌이 물 위를 구르듯 달려갈까? 한결이가 돌 던지기를 멈추고 신기한 듯 쳐다본다.

손님을 태우고 호수를 떠다니던 배일까, 아니면 풍경을 연출하기 위해 끌어다 놓은 배일까? 배 한 척이 물과 뭍에 허리를 걸치고 있다. 꼬리는 물 쪽을 향해, 머리는 뭍 쪽을 향해 서로 다른 꿈을 꾸고 있다. 얼마나 오래 되었는지 낡아서 누군가가 배를 타면 폭삭 무너져내릴 것 같다. 배 뒤쪽으로는 키가 큰 수초가 무리를 져서 떠 있고, 그 옆에 이름 모를 꽃들이 피어 있다. 호수와 수초와 꽃과 낡은 배 … 한 폭의 수채화다. 한결이는 이중섭 그림이 들어 있는 노란 티셔츠에 밤색 바지를 입었는데, 배 앞에 서 있는 한결이의 모습 또한 한 폭의 수채화 같다. 한결이를 안아다 배에 태웠다.

"근데, 할머니. 왜, 배에 물이 들어와 있어요?"

배 안은 정말 반나마 물이 차 있다. 선미 부분이다.

"배에 구멍이 났나 보다. 배가 땅으로 올라오고 싶어도 물이 들어와 있으니 힘이 들어서 못 올라오나 봐, 그지?"

한결이가 그럴 듯하다는 듯 고개를 끄덕인다.

"배가 물에 들어가고 싶어 할까? 땅에 올라오고 싶어 할까?"

"한결이처럼 물에 들어가고 싶어 할 거예요."

호수가 보이는 데크에 앉아 점심을 들 때였다. 잠자리가 제 할아버지 손에 잡혔다. 신기해서 쳐다보고 있는 한결이에게 물었다.

"날려 보낼까? 말까?"

"말까."

말은 그리하면서 제 손으로 잠자리를 날려 보낸다. 잠자리가 사라져버린 나뭇잎 사이를 쳐다보던 한결이가 묻는다.

"할머니, 잠자리는 원래 저렇게 빨라요?"

"그럼, 하마터면 죽을 뻔했는데 빨리 날아가야지, 뭐."

파리가 날아왔다가 날아간다.

"파리야, 왜 자꾸 오니? 그리고 어디 갈 거니?"

어디선가 뻐꾸기가 운다.

"뻐꾸기는 안 보이고, 왜 뻐꾸기 소리만 들려요?"

한결이 말만 듣고 있어도 나는 즐겁다.

점심을 먹고 수련길을 따라 벽초지로 향했다. 벽초지에는 폭포가 시원스레 떨어지며 수면에 포말을 만들고 있다. 둥근 수련 잎 사이사이로 살포시 내민 수련의 얼굴이 곱다. 수련은 차분하고 정숙한 여인처럼 조용히 물 위에 떠 있다. 참으로 평화로운 풍경이다. 모네가 수련에 반한 것도 이 같은 평화로운 풍경 때문이 아니었을까? 내가 엎드려 손으로 물을 떠서 수련 잎에 떨어트리니 한결이도 따라서 한다. 물은 수련 잎에 기름처럼 도르르 말리며 물방울을 만들더니 이리저리 굴러다닌다. 한결이는 그게 재미있어 또 몰입이다. 한결이가 물속으로 떨어질까 봐 등허리를 붙들고 있다. 그만하자고 해도 막무가내다. 한 번만, 두 번만 … 다섯, 여섯 번만 하고 그만하잔다.

잉어 대여섯 마리가 물속을 헤엄쳐 다닌다. 몰려갔다가 몰려온다. 어떤 녀석은 물 위로 입을 내밀고 입질을 한다. 뻐끔뻐끔. 한결이가 이번에는 잉어에 몰입한다.

나는 '벽碧' 자가 들어가는 말을 좋아한다. 지리산 등반할 때 '벽소령' 그 고개가 '그리움'만 같아서 쉬며, 쉬며 넘었었다. 푸른빛이 돌 정도로 맑고 깨끗한 시냇물을 가리키는 벽계수, 듣기만 해도 신선하지 않는가? 벽초지도 그렇다. 딸이 벽초지 수목원에 가자고 했을 때 '벽' 자 하나만 듣고도 기꺼이 따라 나섰다.

주목朱木 터널을 걸어 입구 쪽으로 나왔다. 주목은 흙길을 가운데로 하고 양쪽으로 줄을 서서 연인이 손을 맞잡듯 가지를 뻗어 서로 손을 잡고 있다. 입구에 있는 체험실에는 나무로 만든 어린이들 작품이 비치되어 있고, 동물도 있다. 토끼, 생쥐, 고슴도치, 장수풍뎅이, 애벌레 …. 한결이는 그 앞을 또 떠나려 하지 않는다.

나비처럼 춤을 추고 싶을레라

꽃무지풀무지수목원

친구들과 놀다가 발목을 겹질려 아직도 다리가 아픈 한결이를 유모차에 태우고 수목원 문 앞에 섰을 때, 그 풍광 때문에 고향에 온 것처럼 기분이 오롯했다. 통나무 세 그루를 하나로 묶어 문설주를 만들었는데, 양쪽에 나무 막대가 아치형으로 가로질러 놓여 있고, 긴 네모 모양의 '꽃무지 풀무지' 문패가 매달려 있다. 글꼴이 인형극을 하고 있는 인형같이 알콩달콩하다. 문[門]은 문이되 문이 없는 문이다. 울타리도 없고 지붕도 없어 안이 훤히 들여다보이는 문이다.

흰나비 한 마리가 길을 안내하듯 앞서서 나풀나풀 날아간다. 나비를 따라 문 안으로 들어서니 벌개미취, 동자꽃, 참나리가 반갑게 맞이해준다.

꽃풀이 맞나, 풀꽃이 맞나? 흔히 우리는 풀꽃이라고 불러왔는데, 이 수목원에서는 한사코 꽃풀이라고 한다. 꽃풀샘, 꽃풀가게, 꽃풀쉼터, 꽃풀정자, 꽃풀마당, 꽃풀식당 …. 혹시 '꽃무지'에서 '꽃' 자를 따고, '풀무지'에서 '풀' 자를 따서 그리 부르는 건 아닐까?

처음 들어간 곳은 야생화 판매장이다. 야생화가 모판에 가득가득 채워져 저마다 이름표를 달고 있다. 한결같이 활짝 웃고 있다. 한결이가 신이 났다. 홍릉수목원에서 해본 짓거리가 있기 때문이다. 꽃 이름 바꿔 부르기.

"이것은?"

"매미꽃(노랑매미꽃)."

"이것은?"

"노루의 귀(노루귀)."

"이것은?"

"발톱(매발톱꽃)."

한결이가 빙글빙글 돌며 웃는다.

"이것은?"

"당나귀(참당귀)."

"이것은?"

"나물(물레나물)."

"맛있겠다."

'먹보는 다르다니까'

"이것은?"

"용머리."

"용도 아닌데, 용머리가 있어요? 이것은?"

"큰 펑(큰 펑의 비름)."

한결이가 두 팔을 한껏 벌리고 묻는다.

"이만큼 큰 펑이에요?"

한결이와 나의 짓거리는 끝이 없다. 야생화가 좀 많아야지!

딸이 화장실 간 사이에 이곳으로 들어왔는데, 휴대폰으로 장소를 설명했어도 한참 찾은 모양이다. 야생화 판매장으로 들어선 딸이 한결이와 내가 노는 모양을 보며 어이없어 하더니 그만 저도 따라 짓거리를 이어간다.

'꽃풀쉼터'에는 '우리 꽃 티셔츠 만들기' 체험 행사가 있다. 면 티셔츠가 한 장에 5000원이다. 한결이가 선택한 파랑과 노랑 물감으로 기차를 그려 넣고, 제 엄마가 '6월 7일'이라고 날짜를 적어 넣었다. 한결이 티셔츠는 가장 작은 사이즈를 골랐는데도 무릎까지 내려와서 원피스를 입은 것 같다.

오후 1시 30분이다. '달콤한 오디 축제'가 있는 시간이다. 뽕나무 밑에 대형 그물을 쳐놓고, 직원 한 사람이 나무에 올라가 나뭇가지를 흔들었다. 오디가 우박같이 떨어져 내린다. 그때마다 사람들이 벌 떼같이 달려든다. 딸과 내가 종이컵에 오디를 주워 담아 건네주면 한결이는 멀찌감치 떨어져 오디를 먹느라고 여념이 없다. 입 주위가 온통 오디물이 들어 빨갛다. 빨갛다 못해 까맣다. 손도 까맣다. 후훗. 뽕잎차를 마시고, 오디빵을 먹고, 오디잼도 한 통 샀다. 한결이뿐만 아니라 어른들도 이 순간의 즐거움을 오래오래 기억할 것 같다.

뽕나무 맞은편에는 '꽃풀약수'가 있다. 호수를 통해 흘러내리는 물이 돌확에 넘쳐흐른다. 돌확에는 질경이가 꼭지를 단 채 둥둥 떠다니고 있다. 오디물이 든 입과 손에 질경이를 대고 수세미처럼 문지르면 오디물이 말끔히 닦인다. 이곳의 질경이는 천연 비누인 셈이다. 사람들이 손을 씻으러 모여 드는데, 한결이는 질경이를 갖고 노느라고 그 자리를 떠나려 하지 않는다. 돌확, 호수를 통해 끊임없이 종알거리며 흘러내리는 물, 질경이 … 어디서 그런 풍경을 다시 볼까? 질경이 제기차기 대회도 있다고 한다. 정말 꼭지가 달려 있는 질경이는 제기와 그 모양이 흡사하다.

'꽃풀약수'에서 얼마 떨어지지 않은 곳에 '고무신 수목원'이 있다. 고무신에 수목원을 붙이다니, 엉뚱하지 않은가? 운동화나 구두를 고무신으로 갈아 신고 발과 땅의 만남을 주선하라고 한다. 그리하여 천천히, 여유롭게 수목원을 걸으면서 땅이 주는 신선한 감각을 느껴보라고 한다. '고무신 수목원'에는 고무신 신발장이 있고, 신발장에는 고무신이 나란히 놓여 있다.

'화전놀이'에도 참여했다. 화전을 직접 부쳐 먹는 것이다. 노랑, 분홍, 녹색, 흰색 네 가지 색깔의 쌀 반죽이 준비되어 있다. 반죽은 지름 5센티미터 정도의 작은 공만 한 크기다. 한결이가 고른 노랑과 녹색 반죽으로 송편을 빚을 때처럼 동글동글 만들다가 손바닥으로 눌러 전을 만들고, 꽃잎과 이파리로 무늬를 만들어놓으면 아주머니가 즉석에서 화전을 부쳐준다. 접시에 담아 놓은 화전은 먹기가 아까울 정도로 예쁘다. 한결이는 아주머니가 집어주는 한련 꽃잎을 맛있게 먹어 치운다.

"먹어도 돼요?"

처음 먹어보는 꽃잎이라 미심쩍은 모양이다.

"그럼~!"

때가 단오절이라 창포에 머리 감기 체험도 있지만 한결이가 한사코 싫단다. 머리 감기를 포기하고 정자에 앉아 우리가 가지고 간 간식을 먹고, '꽃풀마당'에서 직원들이 직접 가마솥에 찐 감자도 맛본다. 손에 잡힐 듯 가까이 있는 앵두나무와 벚나무와 석류나무가 한창 자신들의 열매를 자랑하고 있다.

30도를 오르내리는 무더운 날씨인데 정자로 불어 들어오는 바람결은 22도쯤, 쾌적하다. 바람이 실어오는 싱그러운 풀냄새가 찐 감자의 맛을 돋운다. 셋이 대나무 바닥에 들어 누워 낮잠을 자고 싶었지만, 낮잠 잘 시간을 놓친 한결이가 잠이 안 오는 모양이다. 부스럭대다가 일어나고 말았다.

언덕진 곳으로 계속 올라갔다. 햇살언덕(야생화원)을 둘러보고, 제비고향(식물원)을 둘러보고, 생명의 터(습지원)에서 호수와 창포를 만났다. 알콩달콩(꽃풀생태원)에서 잠시 놀다가, 무지개여신(붓꽃원)에 도착했다. 올라갈수록 야생화는 안 보이고 울울창창한 수목원이다. 하늘이 보이지 않는다. 우거진 숲속을 발걸음도 가볍게 흙길을 걷는다. 앞서 가던 딸이 길섶에 주저앉아 손짓으로 한결이를 부른다. 가까이 가니 뱀딸기밭이다. 뱀딸기를 한결이 손에 쥐어준다. 진한 숲속 공기만을 먹고 살아서 그런가, 흙먼지 하나 없이 눈부시게 새빨간색이다.

"할머니, 뱀딸기는 뱀만 먹어요?"

산딸기와 달리 뱀딸기는 숲속의 낮은 바닥에서 뱀처럼 기어 다

니면서 열리고, 뱀딸기가 익을 무렵이면 뱀이 활동하는 시기라서 뱀딸기가 있는 곳에는 뱀이 있다고들 했지. 뱀딸기는 맛이 없어서 옛날 어른들이 '뱀이나 먹어라' 했다지. 왜 그런 노래도 있잖아? ' 뱀딸기 있는 곳에는 뱀이 있다고 / 오빠는 말하지만 나는 안 속아 / 내가 따라갈까 봐 그러는 게지 …' 하는 노래.

"한결아, 뱀만 먹는 게 아니고, 뱀딸기는 맛이 없대, 맛이 없어서 입에 넣었다가 '퉤퉤퉤' 하고 뱉는데."

'퉤퉤퉤' 뱉는 흉내까지 냈더니 까르륵, 신이 나서 웃는다.

'하늘타기'는 덩굴식물원이다. 덩굴식물의 본능은 무엇인가 타고 오르는 것. 그래서 '하늘타기' 정원이라고 불러주나 보다. '으아리'라고 이름표를 단 덩굴식물 앞에서 걸음을 멈춘다. 으아리. 석화촌 할아버님이 '으아리'에 대해 쓴 시가 생각난다. 할아버님의 시에서 '으아리'를 읽었을 때 도대체 으아리란 어떤 꽃인가 궁금했었다. 석화촌에도 으아리가 있었을 텐데, 4월에는 으아리가 피는 계절이 아니었나 보다. 어쩌면 이름표가 없어 무심히 지나쳤는지도 모른다. 그런데 이곳 '하늘타기' 정원에는 으아리가 지천이다. 으아리꽃은 꽃잎이 없다. 갈래갈래 갈라진 녹색의 가는 실 같은 꽃잎이 양파 모양으로 피어난 '잎꽃'이다. 크기가 탁구공만 하다. 울타리에 덩굴로 휘감고 오르다가, 그 끝에 화사한 연두색 잎꽃으로 피어난다. 꽃잎보다 더 예쁜 잎꽃이다.

'꽃풀정자'에서 한결이와 제 엄마가 잠시 쉬고 있는 동안 나는 카메라를 들고 더 높은 곳의 수목림을 찾아 들었다. 버섯원, 양치식물원, 약초원, 국화원, 암석원, 붓꽃원, 향기원 …. 각각 식물의 종류와 특성을 설명해놓았다. 예를 들어 '향기원'에는 말발도리, 용머리 모싯대, 지장보살, 충꽃, 숲패랭이, 원추리 등이 있는데 '이런 식물을 이용하면 마음을 편안하게 하고, 정신과 신체의 질병을 치료하여 정신 함양에도 탁월한 효과가 있다'고 써놓았다.

이 숲속을 거닐던 사람들이 언제쯤 앉아서 쉬었다가 떠났을까? 울창한 숲속 깊숙한 곳에 낡은 나무탁자와 나무의자가 그리움처럼, 기다림처럼, 외로움처럼 놓여 있다. 수목원은 미로 같았다. 휴대폰이 들어 있는 가방까지 내려놓고 혼자만 올라온 것이 겁이 난다. 길을 제대로 찾아 내려갈 수 없을 것 같아서다. 근처에는 사람도 없었다. 조금 헤매긴 했지만 꽃풀정자로 내려오니 한결이가 도화지에 열심히 그림을 그리고 있다. 빨간 크레용과 까만 크레용으로 찍찍 선으로만 그려놓은 그림에서 눈을 씻고 찾아봐도 비슷한 모양이 없는데 펭귄이고, 밤나무고, 오리라고 제 엄마가 신이 나서 설명을 한다. 눈에 콩깍지가 씐 사람이 나만은 아니네.

'꽃풀식당'에서 점심을 들었다. 1인분이 6000원이다. 웰빙 식단이다. 미역국, 오이물김치, 열무김치, 버섯볶음, 가지볶음, 호박나물, 뽕잎장아찌. 그중에 뽕잎장아찌가 일품이다. 식당에는 나름의 예법이 있다. '손님의 건강을 생각합니다. 식사를 많이 하거나 빨리 드시는 것은 몸에 좋지 않습니다. 웃음과 더불어 천천히 드시기 바랍니다. 적당량 드시고 맛있는 반찬은 추가로 더 드셔도 됩니다. 반찬을 남기면 깨끗한 지구를 오염시키는 쓰레기가 됩니다.'

꽃무지 풀무지 수목원에는 꽃이 무지무지하게 많다. 풀도, 나무도 무지무지하게 많다. 그래서 꽃무지 풀무지에서 '무지'는 '무지무지하게 많다'는 뜻으로 해석하면 될 것 같다. 꽃무지 풀무지를 나서는 발걸음은 가벼웠다. 몸도 마음도 날아갈 듯 가벼웠다. 나비처럼 춤을 추고 싶을레라. 우리, 나비처럼 춤을 출까? 한결아.

3장

함께하기에 더 행복한 여행

좋은 건 기다려야 가질 수 있어

들꽃수목원

"엄마, 한결는 수목원에 데리고 다니는 게 더 좋은 것 같아요."

들꽃수목원에 다녀온 날, 저녁 밥상머리에서 딸이 말했다. 미술관을 탐방할 때도 한결이는 미술관보다 그 옆 조각공원을 더 좋아했다. 갇힌 공간보다 열린 공간을 더 좋아하는 것 같다. 남편과 나도 딸의 말에 전적으로 공감했다. 수목원에서는 꽃과 나무는 물론 하늘, 강, 바람, 새, 벌레 등을 벗할 수 있기 때문이다.

수목원 이름이 그냥 보통 명사 '들꽃'이다. 이름 앞에 붙어서 수목원 성격을 한정 짓는, 어쩌면 설립자의 품성까지도 한정 지을 수 있는 수식어가 따로 없다. 그래서 딸이 '들꽃수목원'에 가자고 했을 때 "뭐라고? 무슨 수목원?"을 되풀이해서 물었다. 아무래도 뭔가 빠진 것 같아서다.

경기도 양평에 있는 들꽃수목원의 정일모 원장은 무전기 회사의 회장이었다. 10만 평방미터의 수목원 대지를 구입할 때만 해도 직원 연수원을 지으려고 했는데, 볼거리로 만든 박물관에서 아이들이 좋아하는 모습을 보고 생각을 고쳐먹었다고 한다. 당신이 어렸을 때는 산으로 들로 냇가로 뛰어다니며 입이 까매지도록 버찌를 따먹고 잠자리를 잡고 물고기도 잡으며 놀았는데, 산으로 들로 뛰어다닐 데가 없는 요즘 아이들이 불쌍해서 수목원을 열기로 했단다. '고맙습니다, 정 원장님'

차에서 내리자 한결이는 미끄럼틀로 달려간다. 6월 15일의 뜨거운 한낮이다. 그때까지 태양열을 받고 있던 미끄럼틀의 철판이 무척 뜨겁건만 한결이는 아랑곳없다. 다람쥐처럼 미끄럼틀로 달려가고 미끄럼틀에서 미끄러져 내린다. 금세 이마에 땀이 송골송골 맺힌다. 어린이놀이터에는 '놀이기차'도 있다. 어린이들을 태우고 다닌 지 꽤 오래된 듯 레일 위에서 낮잠을 자고 있다. 한결이가 놀이기차를 타자고 졸랐지만 기차는 낮잠에서 깨어날 성싶지 않다.

겨우 달래서 계단을 이용해 수목원 마당으로 내려서니 미니 운동장인 듯한 풀밭이 나온다. 스탠드가 텅 빈 채 그마저 낮잠을 자고 있다. 어, 저게 뭐지? 운동장 한가운데에 '말타기 놀이'를 하고 있는 조형물이 있다. 내가 어렸을 때 해본 놀이다. 한 사람이 서 있고, 또 한 사람이 90도 각도로 허리를 구부리고 서 있는 사람의 벌린 두 다리를 잡고 있으면, 줄 서서 있던 다른 사람들이 한 사람씩 뛰어나와 높이뛰기를 할 때처럼 엎드려 있는 사람의 잔등에 올라타는 놀이다. 주로 남자 아이들이 하는 놀이었는데, 나도 그 놀

이를 즐겨 해서 아버지에게 꾸중도 많이 들었다. 지금 그 광경이 해학적으로 재연되고 있지만, 요즘 아이들이 말타기 놀이를 알기나 할는지 모르겠네. 한결이가 그 옆을 그냥 스쳐 지나간다.

들꽃수목원은 강변을 따라 꽃밭처럼, 나무숲처럼, 아이들의 동산처럼 앉아 있다. 햇볕이 강물에 은색으로 부서진다. 수상스키를 타는 사람의 발뒤꿈치에 물거품이 길게 꼬리를 물고 있다. 한순간 수상스키 타던 사람이 물속으로 가라앉아 보이지 않는다. 배에 타고 있던 사람이 배를 가까이 대고 빠진 사람을 건져 올린다. 수상스키는 다시 물거품을 일으키며 물살을 가른다. 강물을 물끄러미

바라보고 있던 한결이가 문득 묻는다.

"무슨 물이에요?"

"무슨 물? 으응, 강물, 바닷물, 찬물, 뜨거운 물 …."

주워섬겼더니 이내 받아넘긴다.

"기차 물, 지하철 물, 고속철 물 …."

눈으로 강물을 바라보면서 머릿속으로 제가 좋아하는 기차, 지하철, 고속철을 생각하고 있었나 보다. 후훗.

그러고 보니 생각나는 말이 있다. 대야에 받은 물이 뜨거워서 찬물을 섞고 있는데, 손을 넣어보던 한결이가 "할머니, 물이 차가울랑 말랑, 뜨거울랑 말랑 해요." 해서 한바탕 웃었다. 그래서 '울랑 말랑'은 한결이의 신조어新造語가 됐다.

"할머니, 바람 마중 나갈 거예요."

바람이 인다. 강물을 거쳐 불어오는 바람에 나뭇잎의 뒤집기를 보고 있던 한결이가 느닷없이 바람을 마중 나가겠다고 한다. 한결이는 가끔 뚱딴지같은 말을 할 때가 있다. 그런데 생각해보면 전혀 연관이 없는 말은 아닌 것 같다.

며칠 전 비가 쏟아지며 천둥 번개가 치던 저녁이었다고 한다. 딸이 비 오는 것을 구경 시켜주려고 일부러 한결이를 데리고 아파트 현관으로 내려갔다고 했다.

"비가 많이 오지?"

"근데 엄마, 소리도 많이 나요."

"으응, 그걸 천둥이라고 해."

"엄마, 비가 오면 비 마중 나갈 거예요."

하루는 갖고 놀던 매트를 세탁기에 넣었는데 한결이가 찾으러 물어왔다.

"할머니, 매트 어디 갔어요?"

"빨려고 세탁기 입에다 넣어버렸어."

"세탁기가 싫다고 '퉤' 하고 뱉었는데."

그런 식이다. '바람 마중'은 비 오는 저녁에 제 엄마와 나누던 대화의 연장선상일 것이다.

"그래, 바람 마중하러 가자."

한결이를 데리고 강가 산책로를 걷는다. 어디론가 끝 간 데 없이 우리를 데리고 갈 것만 같은 흙길이다. 길 왼쪽에서 폭 30센티미터밖에 안 되는 작은 도랑이 계속 따라온다. 도랑을 보더니 제 엄마와 한결이가 주저앉는다. 개구리가 폴짝 뛰어오르는 게 보였기 때문이다. 제 엄마가 차마 잡을 수 없는지 나한테 미뤄버린다.

"엄마가 장갑을 끼고 있으니, 엄마가 잡아봐요."

용기를 내서 한 번 덮쳤으나 장갑만 도랑물에 폭 젖어버렸을 뿐 개구리는 잽싸게 저만치 달아나 있다. 왜 안 그렇겠는가? 개구리에게는 필사의 도망인데. 개구리 대신 날개와 다리가 긴 벌레가 제 엄마 손에 잡혔다. 좀 굼뜬 벌레였나 보다. 한결이 손에 건네주다가 그만 날개 하나가 떨어져 나갔다.

"엄마가 다시 붙여주세요."

"뭘로 붙여?"

"테이프로요."

걷다가 돌의자에 앉아 쉰다. 돌의자 양쪽 끝으로 강아지가 팔걸

이처럼 앉아 있다. 아마 아기들이 앉았다가 떨어지는 걸 방지하기 위해서인가 보다. 돌의자에 앉아 스케치북을 꺼내 주었더니, 얼른 일어나 강아지에게 말을 건다.

"한결이가 그림 그려줄까?"

쉬었다가 다시 걷는다.

"할머니. 왜 솔방울이 초록색이에요?"

어른 키만 한 소나무에 솔방울이 다닥다닥 달려 있는 걸 보며 묻는다. 땅에 떨어져 있는 갈색 솔방울만 보아오던 한결이에게 초록색 솔방울이 낯선 모양이다.

"아기 솔방울이라서 그래, 봐, 아기처럼 참 예쁘지?"

한결이를 안아 솔방울을 가까이서 볼 수 있게 해준다.

"참 예쁘다."

"근데 할머니, 왜 나무에 '눈'이 있어요?"

조금 더 걷다가 나무옹이를 보며 묻는 말이다.

"그걸 옹이라고 해. 한결아, 나무도 그 눈으로 저 강물을 보고 있나 봐."

흙길이 끝나는 곳에 '떠드렁섬'이 있다. 아득한 곳에 숲이 우거진 섬 하나 떠 있고, 강물이 잔잔한 물결로 슬며시 다가왔다가 물러서곤 한다. '떠드렁섬'은 다리로 연결되어 있다. 이름이 희한하다. 앞니가 밖으로 뻗은 이를 '뻐드렁니'라고는 한다지만, 그럼 들꽃수목원에서 강 쪽으로 뻗어나가 떠 있기 때문에 '떠드렁섬'이라 했나? 아니라고 한다. 홍수에 돌과 모래와 나무가 떠내려 와서 형성된 섬이라 '떠드렁섬'이라 했단다. 사전에도 없는 '떠드렁'이라는 말, 이거 '차가울랑 말랑 뜨거울랑 말랑' 같은 신조어를 만들어내는 한결이와 통하는 데가 있잖아!

자연생태박물관 입구에는 수목원을 상징하는 대형 나비 조형물이 공중에 걸려 있다. 정 원장의 아이디어로 수백 장의 CD로 만들었다고 하는데, 은색의 나비가 하늘로 날아오르면 하늘을 가려 대지는 금세 어두워질 것 같다. 자연생태박물관 안으로 들어간다. 쉬리·산천어·버들붕어 등 50여 종의 토종 민물고기수족관이 있고, 나비·풍뎅이·매미 등 각종 곤충표본실이 있다. 낮잠 잘 시간을 놓쳐 비몽사몽이던 한결이가 박물관에 들어서니, 다람쥐처럼 쪼르르 수족관으로 달려간다.

"할머니, 이 수족관에는 왜 물고기가 없어요?"

"쏘가리 수족관인데, 어디 숨어 있나 봐."

"쏘가리야, 나와라."

작은 손을 나풀대며 쏘가리를 불러낸다. 장수풍뎅이 애벌레가 흙 모판 안에서 꿈틀꿈틀대며 기어 다니고, 병 수십 개에도 장수풍뎅이 애벌레가 배양되고 있는데, 가을이면 장수풍뎅이가 떼 지어 날아다니는 장관을 직접 볼 수 있다고 한다.

'손바닥정원'에 이른다. 다섯 개의 손가락을 쫙 편 모양의 화단이다. 빨간 꽃무리가 손가락 하나하나에 그리고 손바닥 가득히 피어 있다. 그 옆 '봄꽃전시장'에는 화분마다 풀꽃들이 담뿍담뿍 피어 있는데, 드는 햇빛으로 신부처럼 화사하다. 송엽국, 코틸레돈, 루위지아, 카멜레온, 약모밀, 마주스, 풍접초, 꽃지황 ….

수목원 입구에 조형물이 있다. 가족 음악단이다. 아빠, 엄마, 아이 둘이 각기 첼로, 바이올린, 클라리넷, 트라이앵글을 들고 연주를 하고 있다. 가족 모두 나뭇잎이나 풀잎 옷을 입고 있다. 음악단 앞 벤치에 앉으면 4차선 도로가 마주 보이고, 춘천행 기찻길도 보인다. 마침 기차가 지나간다.

"어디 가는 기차에요?"

한결이가 눈을 빛내며 소리친다.

"할머니, 기차가 언제 또 와요?"

좋은 것은 왜 그리 빨리 지나가는 걸까? 빨리 가버리는 기차가 실망스럽다는 듯 묻는다.

"한결아, 아빠가 뭐라고 그랬지?"

"좋은 것은 기다려야 한다고 그랬어요."

그 벤치에 주저앉아 다음 기차가 올 때를 기다리다가 그대로 잠이 든다. 잠든 한결이 얼굴로 강바람, 꽃바람이 스쳐 지나간다.

함께 일하는 재미 함께 먹는 즐거움

율봄식물원

논에 백로가 낮게 날고 있다. 앉을 자리를 듣보나 보다. 딸이 운전을 하면서 한결이에게 소리쳐 가리켜준다.

"한결아, 백로 봐, 저게 백로야."

"으응, 어디? 어디?"

한결이가 벌떡 일어나 창밖으로 눈을 돌리며 묻는 사이, 차는 그만 그 앞을 지나쳤다.

"한결아. 또 나오면 할머니가 가리켜줄게."

백로의 흰색과 벼의 초록색이 어울리니 흰색은 더욱 희게, 초록색은 더욱 선명한 초록색으로 살아난다.

백로가 나는 논을 지나친 차는 표고버섯가게를 지나치고, 항아리전문점을 지나치고, 할머니가 배추 몇 포기를 무릎 앞에 놓고 팔고 있는 길섶을 지나쳤다. 그러고는 '토마토축제' 플래카드가 바람에 펄럭대는 길을 100미터 쯤 달려 나갔다. 토마토축제, 둥글고 길고 크고 작고 … 새빨간 토마토들의 향연이 머릿속에 플래카드처럼 펄럭댄다. 참 신날 것 같다. 한결이에게 보여주고 싶네.

차는 두어 번 길을 잘못 들었다가 드디어 율봄식물원 안내판을 발견했다. 생각보다 좁은 흙길로 들어섰다. 쌓여 있는 '장작더미', '옛날 물건 경매장'을 지나 식물원에 도착했다. 문 양옆에 있는 석등과 '뱀무' 꽃이 우리를 맞이해준다.

율봄. 식물원 이름이 특이하고 아름답다. 늦봄도, 늘봄도 아닌 율봄. 전혀 어울릴 것 같지 않은 '율' 자와 '봄' 자가 만나 썩 잘 어울리는 합성어 '율봄'을 만들어냈다. 처음에는 밤나무가 많아 그렇게 불렀나 보다 했다. 그런데 아니다. 밤나무 율栗 자가 아닌 물 흐를 율汩 자라고 한다. 그래서 아, 계곡이 있고 물이 많이 흘러 그렇게 불렀나 보다 했다. 그런데 그도 아니다. 율봄농원 최후범 원장의 아들 이름인 최율에서 따왔다고 한다. 원장 부부는 자신의 아들이 물 흐르듯 순리를 따라 살아가기를 바랐나 보다.

율봄에는 매표소가 따로 없다. 원장 부부의 살림터가 매표소다. 원장은 자신을 농사꾼이라고 거침없이 말한다. 하지만 마른 체격에 꼿꼿함이 태권도 사범 같은 인상을 준다.

율봄식물원에서는 6월 20일부터 7월 20일까지 한 달간 '빨간 감자 캐기' 체험이 있다. 3킬로그램 한 상자에 1만 원. 입장료와 '감자 캐기' 체험료 1만 원도 함께 지불한다. 입장권을 사고도 한결이가 강아지와 노는 바람에 20분쯤 그 자리에서 시간을 보냈다.

'율봄정원'이다. 울창한 나무숲에 폭 싸인, 꽃들로 아기자기하게 꾸며놓은, 한옥 마당 같은 정원이다. 꽃나무 사이사이로 철제 조각품이 보인다. 얼마나 오래되었는지 녹슨 외투를 입고 있다. 조각의 팔 하나가 팔꿈치에서부터 없어서 일부러 그렇게 했나 했더니, 원장이 웃으면서 '언젠가 모르게 잘려 나가고 없다'고 한다.

언덕으로 올라가면 '조각소로小路'가 나온다. 입구에 약수터가 있다. 기역자로 구부러진 살아 있는 나무가 기둥이고, 그 기둥 끝에 초가집처럼 지붕에 이엉을 얹어 눈비를 막아내고 있다. 잇댄 두 개의 돌확에 물이 넘치고 있고, 일부러 연출해놓은 것처럼 조롱박 하나가 돌확 가장자리에 엎어져 놓여 있다. 나무와 풀과 꽃이 에워싼 약수터는 장말 예쁘다. 한결이가 조롱박으로 물을 떠먹고, 떠서 버리고, 떠서 할아버지에게 나에게 제 엄마에게 차례로 건넨다. 물로 배가 찰 지경이다. 한결이는 옷까지 젖는다.

"옷 젖으면 안 데리고 갈 거야."

엄포를 놓았다.

"어디 안 데리고 가는데요?"

"집에."

"어디 집에요?"

"목동, 너의 집에."

겁이 나는 듯 약수터에서 슬며시 떨어져 나온다.

"야생화 있는 곳으로 가자."

"야생화 따다가 물에 퐁당퐁당 씻어서 한결이가 요리해줄게요."

한결이는 약수터에 아직도 미련이 남아 있는 거다. '조각소로'에는 정크아트 작품이 숨은 듯 숲속에 앉아 있어 걸을 때마다 숲을 기웃거리게 한다. 숲에 가려 잘 보이지 않기 때문이다. 왼쪽으로는 조각들, 오른쪽으로는 유리 상자에 동물들이 들어 있다. 달팽이, 버들치, 말조개, 우렁이, 다슬기, 게아재비, 햄스터 …. 약수터에 미련이 있어 주춤거리던 한결이의 걸음이 빨라진다. 달팽이하고 놀다가, 햄스터와 얘기하다가, 게아재비 보고 싱긋 웃는다. 조각소로는 아기자기하고, 아늑하고, 편안하고, 정다운 산책길이다. 조각소로가 끝나는 지점 언덕진 곳에 항아리를 6~7개 혹은 8~9개씩 한 줄로 높이 쌓아놓았다. 언덕진 곳이라 공중에 떠 있는 것 같이 아득해 보인다. 항아리 예술이다. 설치미술 같다.

'야생화 작품 전시관'으로 들어선다.

"할머니, 이 꽃 따서 물에 씻어서 화전 부쳐 먹어요."

한련을 가리키며 화전 부쳐 먹자고 한다. 꽃무지 풀무지 수목원에서 한련으로 화전 부쳐 먹던 생각이 떠오른 것 같다. 좁쌀풀, 깽깽이풀, 속새, 설란, 풍로초, 해란초 … 모판에 담겨 있는 것도 있고, 화분에 담겨 있는 것도 있다. 깨진 기왓장, 깨진 시루, 깨진 도자기, 깨진 항아리가 모두 화분으로 사용되어 그림 같은 꽃들을 안고 나무 등걸에 놓여 있다. '꽃 예술'이라고 불러도 될 것 같다.

"한결아, 이게 바람꽃이야."

"왜 바람꽃이라고 해요?"

"꽃 속에 바람이 들어 있나 봐. 터트리면 바람이 뿜어져 나올 것 같지?"

'산수분경원'은 동화 나라다. 전래동화인 〈선녀와 나무꾼〉, 〈토끼와 거북이〉, 〈흥부와 놀부〉를 재연해놓았다. 딸이 곳곳에 멈춰

서서 한결이에게 열심히 그것에 얽힌 동화를 이야기해준다. 산수분경원에는 '숲속의 친구들'도 있다. 나무마다 풀잎마다 온갖 곤충과 벌레를 만들어 붙여놓았다. 거미, 풍뎅이, 나비, 벌 ….

산수분경원을 나와 모네의 〈일본식 다리〉 같은 나무다리를 건너 평상에 앉아 간식을 풀었다. 개울물이 재깔재깔 흘러가고 있다. 딸이 잠시 말을 잃은 듯 잠잠했다. 구석구석이 아름답고 평화스러운데 개울물까지 노래하듯 속삭이고 있는 것이다.

"엄마, 집 앞에 이런 개울이 있는 동네에서 살고 싶어요."

"나도 그래. 꿈이 있었지. 한 울타리 안에 집 세 채 나란히 지어놓고 가운데에 아빠 엄마가 사는 집, 양 옆에 너와 네 동생이 사는 집 했으면 좋겠다고 했지. 참 욕심도 많지."

'~있었지, ~했지'라는 말의 여운이 오래도록 가슴에 머문다.

한결이가 개울물에 들어가겠다고 보채는데, 원장이 찾아와서 감자 캐러 가자고 한다. 빨간 감자 캐기는 율봄식물원의 하이라이트다. 원장이 앞장서서 걷고, 우리 네 식구는 원장의 뒤를 따라 가는데, 감자밭이 어디쯤에 있는 것일까? 꼬불꼬불 시골길 같은 길을 한참이나 걸어야 했다.

너른 감자밭에는 감자꽃이 메밀꽃처럼 하얗게 피어 있다. 올해 들어서서 감자 캐기 체험은 우리가 처음이라고 한다. 원장이 호미로 감자를 캐서 손으로 훑어 내리니 빨간 감자가 주르륵주르륵 감자밭에 눕는다. 감자 피부가 매끄럽고 야들야들한 게 아기 피부 같다. 땅속에서 자라면서 어찌 저리도 고운 피부를 지녔을까? 감자가 주렁주렁 달려 있는 감자 줄기가 땅에서 끌려 나올 때마다,

줄기를 훑어 내릴 때마다 감자가 땅에 동그라지며 눕는 모양이, 감자를 주어다가 상자에 넣는 일이 얼마나 신이 났는지 한결이가 그만 바지에 '쉬'를 해버렸다.

한결이가 노래를 부른다.

"가만있어 봐, 한결이가 노래 부르네, 감자 노래 같은데?"

"〈씨감자〉라는 노래예요."

제 엄마가 노래를 따라 부른다. 감자 캐다 말고 엄마와 아들이 웃는 얼굴로 마주 서서, 머리를 흔들며 박자를 맞춰 노래를 부른다. 가사가 너무 좋아 다시 한 번 불러보라고 부탁했다.

감자 씨는 묵은 감자 칼로 썰어 심는다
토막토막 자른 자리 재를 묻혀 심는다
밭 가득 심고 나면 날 저물어 달밤
감자는 아픈 몸 흙을 덮고 자네
오다가 돌아보면 훤한 밭골에
달빛이 내려와서 입 맞춰주고 있네

이원수 선생님의 시를 노래로 만든 거다. 가슴이 뭉클하다. 씨감자는 누가 심었을까? 하마 자식들을 대처에 내보내고 농촌에 남은 노부부가 아니었을까? 씨감자를 밭 가득 심고 나면 날 저물어 달밤이 된다고 했으니까, 씨감자를 심은 사람은 할아버지 할머니임에 틀림이 없다. 당신들이 심은 씨감자가 흙 덮고 누워 있는 게 안쓰러워서, 그것도 칼로 토막토막 자른 자리가 아플까봐 그게 마음에 걸려서, 가다가 뒤돌아보고 가다가 뒤돌아보고 하셨겠지. 당신들 대신에 달빛이 내려와서 입 맞춰주고 있는 감자밭, 그제서 노부부는 안심하고 집으로 가셨을 게다. 이 노래를 한결이가 즐겨 부른다고 제 엄마가 귀띔한다. 한결이가 즐겨 부른다는 그 말에 다시 한 번 따뜻해져오는 내 가슴.

빨간 감자를 '라자'라고 부른다. 신종新種이다. 맛은 감자 맛 그대로인데 일반 감자보다 열량이 낮고, 비타민C와 섬유질이 많이 들어 있다. 과일이나 채소처럼 껍질을 벗겨 생으로도 먹을 수 있다. 예쁜 장미에는 가시가 있고, 예쁜 버섯은 독이 있는데, 빨간 감자는 예쁘고도 영양분도 풍부하다.

"한결아, 저녁에 수제비 해먹자."

"할머니, 한결이가 기차 모양으로 수제비를 만들 거예요."

"그래, 그건 한결이가 먹어, 알았지?"

고개를 끄덕인다.

'곤충체험관'의 '열매 이야기'에는 온갖 열매로 곤충, 벌레, 새, 동물을 만들어놓았다. 놀랍고, 신기하고, 재미있다. 얼굴은 달걀, 모자는 도토리 껍질, 몸은 솔방울, 팔과 다리는 나뭇가지, 손과 발은 도토리로 만든 발레리나가 춤을 추고 있다. 관객은 땅콩 껍질로 만든 병아리와 솔방울로 만든 노루와 곰. 한결이가 나뭇가지로 땅콩 껍질 병아리를 자꾸 건드려본다.

"병아리야, 나하고 얘기할까?"

부엉이 눈은 도토리 껍질로 만들었는데, 그 안에 꽃씨처럼 작은 열매로 눈동자를 박아놓았다. 얼굴과 몸통은 솔방울. 그 같은 부엉이 두 마리가 나뭇가지에 앉아 그 큰 눈으로 두리번거리고 있다. 청설모 꼬리는 강아지풀로 만들었다. 잠자리, 다람쥐, 거미, 개구리, 송충이 …. 열매로 만든 곤충이 무궁무진하다. 초가집도 두 채가 있다. 감 씨로 문고리를 만들어 잠가 놓았고, 열매로 만든 강아지 두 마리가 집을 지키고 있다. 마당에는 감나무도 있다.

원장 부부는 손님들이 뜸해지는 겨울이면 온갖 열매로 '열매 이야기'를 만든단다. 해마다 열매 이야기는 다른 이야기를 갖고 무대에 등장한다. 누구도 생각해낼 수 없는 율봄만의 이야기다. 곤충 체험관 입구에 '충영'으로 (충영이란 벌레가 식물의 줄기, 잎, 뿌리에 기생하여 혹처럼 굳어진 것으로 벌레혹이라고도 한다.) 만든 솟대, '장승마을'에 원뿔 모양의 돌탑 6기(돌탑도 원장 부부가 직접 돌로 탑을 쌓았다고 한다.), 50~600년 수령의 백송·육송·주목·회양목이 분재되어 있는 '분재원', 돌을 소재로 만든 야생화 석부작, 나무에 야생화를 심어 만든 목부작 … 모두 율봄만의 이야기다.

율봄식물원은 그냥 식물원이 아니다. 농업을 예술적으로 가꾸어 청정한 자연을 제공하려는, 전 세계에서 유일한 '정크아트 농업 예술 테마 농원'이다. 정크는 쓰레기를 말하지만, 율봄식물원의 쓰레기는 쓰레기가 아니다. 살아 있을 때 그 사명 다하고 쓸쓸하게 땅에 누워 있는 것들, 각종 나무 열매와 땅콩 껍질, 밤송이, 솔방울, 마른 강아지풀, 폐타이어, 깨진 시루, 깨진 항아리가 예술품으로 되살아난다. 또한 꾸민 것 같으면서도 꾸미지 않은, 꾸미지 않은 것 같으면서도 구석구석 알뜰하게 꾸며 놓은 식물원이다. 그 안에 있으면 아라비안나이트처럼 1000일의 밤을 샌다 해도 이야기가 끝나지 않을 것 같다.

입구 쪽으로 걸어 나오는데 비문 하나 눈에 뜨인다. 최 원장의 생각이 비문 속에 녹아 있는 듯하다. 한결이가 더 크면 들려주기 위해 메모해둔다.

뿌리 깊은 나무 바람에 불요하고, 샘이 깊은 물은 가뭄에 견디나니. 과거가 있음에 현재가 있고, 근본을 닮음은 미래를 열음이라….

집으로 돌아오자마자 다시마와 마늘과 멸치로 국물을 내고, 빨간 감자 듬뿍 깎아 넣어 끓인 수제비로 저녁식사를 했다. 우리 부부, 딸, 한결이가 두 대접씩 먹어치웠다. 맛있는 것을 함께 먹는 즐거움이 이런 거구나 했다. 진정으로 수제비가 맛이 있어 즐거웠겠는가? 분위기가 더 맛있던 것을.

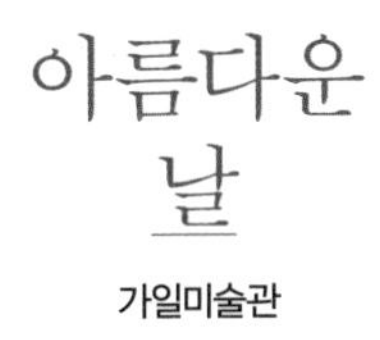

가일미술관

'아름다울 가[嘉], 날 일[日]. 저희 미술관을 찾아주신 가족, 연인, 친구들과의 하루가 아름다운 날이 되기를 바랍니다.'

장마철이지만 먹구름만 오락가락하고 비는 그다지 내리지 않던 날, 남편과 나와 딸은 한결이를 데리고 가일미술관을 찾았다.

한결이는 제 엄마가 미술관이나 박물관, 조각공원에 자주 데리고 가는 편이다. 뭐, 미술품의 감상만을 위해서는 아닐 게다. 가며 오며 차창 밖을 구경하는 것, 전시장 둘레에서 뛰어노는 것, 전시장 안에서 왔다 갔다 하는 것 등이 포함되어 있는, 일종의 야외 나들이인 셈이다. 더군다나 가일미술관은 연주홀도 있고, 강이 연접해 있어 주위의 경치가 좋다고 들었던 터다.

마침 전시장 1, 2층에는 조진만 작가의 조각전이 열리고 있었다. 작품 재료는 모두 강철[steel]이다. 표제는 '자의식'. 주로 직·정육

면체 작품이 많고, 원통형 작품도 있다. 재료가 강철이 아니라 해도 모형 자체가 강직해 보인다. 같은 직육면체라 해도 다 같지 않고, 같은 정육면체라 해도 다 같지 않다. 표제처럼 개성이 강하다. 철판을 철사가 얼싸안은 듯한 작품도 있다. 철판과 철사가 서로 도와 작품을 만들어내고 있다. 에너지, 영혼, 열정이 보인다. 혼신의 힘을 다해 자르고, 치고, 두들기는 작가의 손끝을 느낀다.

"엄마, 저런 화병 하나쯤 거실에 놓여 있으면 얼마나 좋을까?"

꿀꺽, 침 넘어가는 소리가 들릴 것 같은 딸의 말이다. 높이가 50센티미터쯤 될까? 몸 전체에 가는 철사가 사선의 돋을무늬로 얼기설기 얽혀 있는 원통형 화병이다.

한결이는 넓은 전시장을 이리저리 뛰며 놀더니 창가로 다가가 강을 내려다보고 있다. 강물 위로 배가 떠다닌다.

연주홀로 건너갔다. 연주홀뿐만 아니라 강으로 열린 테라스도 온통 나무 바닥이다. 비에 젖은 나무 바닥을 한결이가 맨발로 뛰어다닌다. 미끄러질까 봐 샌들을 벗겨놓았더니 더 신이 나는 모양이다. 테라스 아래 풀숲이 바람과 비에 젖어 누워버렸다. 그래도 나비는 날아다니네. 강물과 보트와 누워버린 풀과 나비와 그래, 저 갈매기 …. 한결이뿐만 아니라 어른 모두 신이 나는 풍경이다.

똑같은 면 티와 청바지를 입은 앳된 연인이 한강을 배경으로 사진을 찍고 있다. 다가가 사진을 찍어주랴 하고 청을 넣는다. 데이트 장소로 미술관을 찾은 게 예뻐서 사진을 찍어주고 싶다고 했다. 그들은 펄쩍 뛰면서 좋아했다. 나도 저런 시절이 있었건만 …, 아름다운 시절을 아름답게 느끼지 못하고 지나는 게 슬픈 일이지.

가일미술관은 가족적이요 서민적이다. 커피 3잔을 주문하고, 아기가 마실만한 게 없느냐고 물었더니 즉석에서 토마토를 갈아 주스를 만들고, 그녀의 점심인 듯한 롤케이크를 썰어준다.

"여기서 마시는 커피가 다른 곳보다 더 좋아요. 토마토주스도 훨씬 맛이 있어요. 아기가 거뜬히 마셨거든요."

"고맙습니다."

여주인이 미소로 대답한다. 꾸물꾸물 거리던 먹구름이 비를 쏟을 모양이다. 제 엄마가 한결이를 안고 연주홀을 나섰는데 기어코 비가 내린다. 카페의 여주인은 밖에까지 따라 나와 배웅해준다.

"비가 와서 그런지 추워요. 아기가 추워하겠네요."

미술관 관장님과 사모님은 아저씨와 아주머니라고 부를 만큼 서민적이라고 하던데, 우리를 배웅해준 카페의 여주인, 혹시 사모님이 아닌가 몰라. 가일미술관에서의 하루는 정말 아름다웠다.

모든 건 빨개지면 먹을 수 있다

국립수목원

장마철이다. 기온이 30도를 오르내리고, 불쾌지수도 80을 오르내린다. 더위와 물기를 만삭처럼 품어 안은 구름이 하늘을 덮고 있다. 구름의 모습이 흡사 불쾌지수에 시달리는 사람의 표정 같다. 그럼에도 불구하고 우리는 수목원에 간다. 내년 초, 출산휴가를 끝내고 학교로 돌아가야 하는 딸이 남은 기간을 한결이와 함께 수목원 다니는 데에 할애할 모양이다. 남편이 운전을 하고, 딸이 그 옆에 앉고, 한결이와 내가 뒷좌석에 앉아 국립수목원으로 가는 길이다. 잔뜩 찌푸린 하늘이 싫었던 것일까? 한결이가 창밖 보기를 포기하고 책을 읽어달라고 한다.

"이거(고래)는 고구마로 만들었고, 이거(병아리)는 노란 피망으로 만들었고, 이거(돼지)는 한라봉으로 만들었고…."

아기들이 즐겨 먹는 과일이나 채소로 동물을 만들어놓은 그림

책이다. 제목은 'Baby Food'. 읽어달라고 해놓고는 제가 먼저 손가락으로 짚으며 좍좍 읽어댄다. 글자를 아는 것처럼.

'그럴 걸 뭣 하러 읽어달라고 했남?'

한결이의 발음이 마치 둥근 물체가 굴러가는 듯하다. 도르르도르르…. 눈을 비빈다.

"왜, 눈이 아파?"

"눈이 차가와요. 바람이 불어서요."

에어컨 바람에 눈이 시렸던 모양이다. 딸이 에어컨을 끈다. 창밖의 무더위가 삽시간에 차 안으로 몰려든다.

국립수목원. 참 도도하다. 나라에서 세운 수목원이, 어디 '광릉수목원'뿐일까 마는 거두절미하고 이름이 '국립수목원'이다. '광릉수목원'은 옛 이름이다. 예약한 사람만 입장할 수 있고, 입구에서도 일일이 가방을 검색한다. 취사도구나 쓰레기가 많이 생기는 음식물(수박 등) 반입을 금지하기 위해서다. 그렇다 해도 검색 자체가 기분을 언짢게 한다. 광릉 또한 세조와 정희황후 윤씨의 능으로 숲 자체가 범접할 수 없을 정도로 넓고 울울창창하다. 국립수목원은 품에 안기듯 그 숲속에 폭 안겨 있다.

문으로 들어서자마자 오른쪽으로 개울이 보인다. 목선이 길고 아름다운 흰 새 한 마리가 고고하게 노닐고 있다. 친구, 가족 다 어디 가고 혼자인가? 홀로이니 더 고고하게 보인다. 물을 본 한결이가 무조건 개울로 가자고 한다.

"여기는 물가로 내려가는 길이 없어. 저리 돌아가야 하나 봐."

수생식물원 가는 길로 들어선다. 한결이와 나는 앞장서서 걷고,

남편과 딸은 뒤를 따른다. 한여름인데 잘 다듬어진 보도블록 위에 낙엽이 많이 떨어져 있다. 길 가운데에 키 큰 나무가 가로수처럼 늘어서 있다. 한결이가 돌아다니며 낙엽을 줍는다.

"물에 씻어서 갖고 놀자."

길 아래 젖은 풀밭에 버섯 한 송이가 피어 있다. 물 위에 흰 새 한 마리가 고고하더니, 버섯도 한 송이만 피어 있다. 어쩌면 버섯 연구를 위해 단 한 송이만 크고도 탐스럽게 키워 놓았는지도 모른다. 우산을 뒤집어 놓은 모양으로 피어 있어 비가 오면 버섯에 물이 고일 것 같다.

"할머니, 버섯이 우산 같아요."

"그래, 우산을 뒤집어 놓은 것 같아. 그렇지?"

조금 걷다 보니 가문비나무 솔방울이 떨어져 있다.

"애벌레 같다."

가문비나무 솔방울은 소나무 솔방울보다 훨씬 길고 크다.

"자두나무 열매는 어디 있어요?"

조금 더 걷다가 한 나무를 가리키며 한결이에게 자두나무라고 가르쳐주었더니 묻는 말이다.

"자두나무는 자두가 열매야, 저~기 좀 봐, 아직 빨갛게 익진 않았지만 열려 있긴 해."

한결이가 고개를 젖히고 찾아보지만 나무의 키가 너무 크다.

"안 보여요."

국립수목원의 '수생식물원'은 나라에서 세운 수목원답게 우리나라 땅 모양을 본떠서 만들었다. 송이고랭이, 세모고랭이, 통발,

질경이택사, 선물수세미, 날개골풀, 구와말, 털부처꽃, 노랑어리연꽃, 삿갓사초, 물달개비, 뚜껑덩굴, 왜개연꽃 … 많은 수생식물이 한가롭게 물 위에 떠 있다. 물에서 사는 식물은 정수식물, 부엽식물, 침수식물 세 가지로 나뉜다. 정수식물은 줄기와 잎이 수면 위로 나온 식물로 갈대, 줄, 부들 그리고 논의 벼도 이에 속한다. 부엽식물은 줄기는 물속에, 잎은 수면 위에 떠 있는 식물로 마름, 수련 등이 있다. 침수식물은 줄기나 잎이 전부 수면 아래에 있는 식물로 붕어마름, 물수세미 등이 있다.

"한결아, 저 풀이름이 '부들'이야."

한결이가 우습다는 듯 말한다.

"부들이 뭐야?"

"글쎄, 바람이 불면 부들부들 떠나 봐."

한결이가 싱긋 웃는다. 그 웃음, '에이, 할머니, 장난이죠?' 하는 듯하다. 그동안 여러 수목원을 돌아다니면서 야생화 이름을 갖고 장난을 좀 쳤더니, 이제는 잘 먹히지가 않을 모양이다. 한결이가 돌멩이를 주워서 호수에 던지는데 느닷없이 비가 내린다.

"돌멩이가 다 젖겠다."

후훗. 이번엔 내가 웃는다. 실같은 파란 잠자리가 날아다닌다.

"한결아, 저 잠자리 좀 봐, 파란색이야."

"어디, 어디 있어요?"

한결이가 어디 있느냐고 묻는 사이 실낱같아 잽싸지 않을 것 같은 파란 잠자리가 잽싸게 숨어버린다. 바람이 불지 않아서 그런가, 수련이 무리지어 잔잔히 떠 있는 모양이 예쁜 토기 접시를 한

없이 벌려놓은 듯하다.

수생식물원의 수초를 '자연의 콩팥'이라고 말한다. 수생식물이 끊임없이 수질을 맑게 하고 있기 때문이다. 수질 정화뿐만 아니라 홍수나 침식 방지, 지하의 수량 조절도 한다고 한다. 물속에서 자라는 식물이라 단순히 '물이 있어야 하나 보다' 하고 생각했는데, 그런 중요한 역할을 한다니 놀랍다. 이 순간에도 물속에서는 수초들이 열심히 정화작용을 하고 있을 것이다. 수초가 둥둥 떠다니는 호수를 새삼스레 다시 바라본다.

국립수목원의 나무는 모두 영양 상태가 좋다. 아름드리나무가 많다. 구기자나무도 관목이니까 그렇겠지만, 퍼진 나뭇가지 둘레가 만만치 않다. 나무 아래에 파란 열매가 질펀히 떨어져 있다.

"열매가 우글우글하다. 주워서, 씻어서 더 빨개지면 먹자."

한결이가 허리를 굽히고 나무 아래로 기어 들어가 열매를 주워 담으며 하는 소리다. 한결이는 열매는 빨개지면 모두 먹을 수 있는 거라고 생각하는 것 같다.

'야생동물원' 근처에서 돗자리를 펴놓고 점심을 들었다. 오늘 메뉴는 딸이 만든 주먹밥이다. 한결이는 신발을 벗어버리고 맨발로 뛰어다니다가 주먹밥을 집어먹곤 한다. 메뚜기가 점심식사에 초대받은 양 폴짝 뛰어와 돗자리에 앉는다. 남편이 메뚜기를 잡아 한결이에게 건네준다.

"만져만 볼게요."

살살 만져보다가 날려주라고 한다.

"바이. 할머니, 메뚜기가 다음 주에 또 올까?"

“글쎄, 뭐. 또 올까?”

점심식사 후 동물원 앞에 줄을 서서 기다린다. 무덥다. 차라리 구름이 터져 비라도 내렸으면 좋겠다.

“할머니, 왜 문을 안 열어요?”

“아직 시간이 안 돼서 그래.”

땀을 빨빨 흘리면서도 한결이는 동물을 만난다는 게 설레나 보다. 첫 번째로 독수리를 만난다. 까만 독수리 한 쌍이 놀러 나왔나 보다. 둥지를 나와 가로 세로 얽어놓은 놀이막대에 두 마리가 앉아 있는데, 한 마리는 높은 막대에 앉아 아래를 굽어보고 있고, 또

한 마리는 그 보다 한 칸 아래에 앉아 위를 쳐다보고 있다. 주둥이를 맞대고 뽀뽀를 한다. 낮은 쪽의 독수리가 위쪽의 독수리 발을 입으로 쫀다. 사랑의 표시 같다. 애무가 사람을 능가한다.

원앙새, 수리부엉이 앞을 지나 소쩍새 우리 앞에서 걸음을 멈춘다. 소쩍새가 보이지 않는다. 야행성이라서 낮에는 잠을 자기 때문이다. 어려서 시골 큰댁에 놀러 갔을 때 밤이면 뒷산에서 들려오던 소쩍새 울음소리에 잠을 못 자곤 했었다. 밤에만 울어서 슬픈 것일까? 슬픈 전설이 있어서 슬픈 것일까? 소쩍새 울음소리는 가만히 듣고 있으면 '솥 적다, 솥 적다' 하고 들린다. 며느리가 시어머니 등쌀에 굶어 죽어서 그 영혼이 소쩍새가 되었다고 하지. 설마 며느리가 굶어 죽었을까. 고부간의 갈등이 얼마나 심했으면 그런 식으로 표현해냈을까. 옛 여인들의 고달픈 삶을 엿볼 수 있다.

"왜 소쩍새가 보이지 않아요?"

"소쩍새가 잠을 자고 있어서 그래."

열심히 철망 안을 들여다보던 제 엄마가 소쩍새를 발견하고 한결이를 번쩍 안아 올려서 철망 사이로 소쩍새를 보여준다.

"저~기, 저~기 나뭇가지 사이를 봐, 한결아."

동물 우리까지는 언덕진 길을 한참 올라가야 한다. 등산하는 것 같다. 게다가 걸어가던 한결이가 업어달라고 한다. 후후, 이건 영락없는 한여름의 등산이다.

호랑이는 세계적으로 1종이다. 1종이 8개 아종亞種(생물 종류를 다시 세분한 생물 분류 단위)으로 구분된다. 호랑이는 8개 아종 중에 3종은 이미 멸종되었고, 지금 남아 있는 것은 5종에 약 7000마리가 생존하고 있다. 아종은 살고 있는 국가별로 나누어진 것 같다. 그러니까 국립수목원 야생동물원에 있는 '백두산 호랑이'는 한국, 중국, 러시아에 살고 있는 '시베리아 호랑이 아종'에 속한다. 전체 길이 240~340센티미터로 호랑이 8개 아종 중 몸집이 가장 크다. 털이 길고 빽빽하며 여름에는 적갈색, 겨울에는 황갈색이고, 꼬리의 검은 고리무늬는 10개.

수컷 '백두'와 '두만', 암컷 '천지'는 참으로 아름답고 늠름하다. 우리 가까이서 사람들을 바라보며 왔다 갔다를 수없이 반복한다. 그러다가 숲 한가운데에 배를 깔고 앉기도 한다. 사납거나 무서운 표정이 아니다. 정든 개처럼 같이 놀 수 있을 것 같기도 하다. 그래서 그런가? 한결이도 호랑이를 따라 왔다 갔다 하면서 환호한다.

"우리 곰 보러 갈까?"

"뛰어가서 곰 보자."

호랑이나 늑대보다는 곰이 보고 싶은가 보다. 한결이가 뛰어간다. 걷기에도 힘든 언덕인데.

1997년 10월 한·중 임업기술협력사업의 일환으로 우리나라에 온 백두산 반달가슴곰 1쌍은, 2006년 1월 새끼 '보성'이를 낳았다. 보성이는 곧 국립수목원의 귀염둥이가 됐다. 또래 곰들보다 유독 장난이 심해 철망으로 둘러싼 우리 지붕까지 단숨에 올라가 재롱을 부리곤 해서 사육사들의 사랑을 듬뿍 받으며 자랐다고 한다. 보성이는 아빠, 엄마와 달리 가슴의 흰색 반달무늬가 양쪽 어깨까지 연결돼 있는 게 특징이라고 한다.

한결이는 호랑이보다 곰을 더 좋아했다. 마침 곰이 우리에서 나와 철망 가까이 쌓아놓은 바위 위로 올라오려는 중이었다. 두 손으로 바위를 짚고, 한 발을 바위에 올려놓았다. 가슴의 흰색 반달은 반달이라기보다 넓게 벌어진 'V' 자 같다. 우아하다. 눈도 코도 표정도 우아하다. 행동도 우아하다. 성질도 곰살맞을 것 같다. 한결이가 철망 앞에서 왔다 갔다 하는 게 겁이 났을까? 뒤로 물러서더니 낮은 층계를 몇 계단 올라가 저의 집 앞에 선다. 두 발을 딛고 서서 하늘을 바라보듯 위쪽을 바라보고 있는 보성이, 그곳에 저를 키워주고 있는 사육사가 있었다. '내려와요, 나하고 놀아요' 하는 듯했다. 서 있는 키가, 키가 큰 어른만 하지만 모습은 아기같이 귀엽고 예쁘다. 한결이는 곰이 철망 앞을 물러나 저만치 서 있는 게 안타까운 마음이 들었나 보다. 이리 오라고 손짓해 부르지만 보성이는 저를 키워준 사육사만 쳐다보고 있다.

"한결이가 같이 놀아주고 싶은데…."

곰 우리를 떠나려 하지 않는 한결이 때문에 늦게 내려오니 안내인이 길목에서 우리를 기다리고 있었다. 동물원에서는 위험해서 일행과 떨어져서 다닐 수가 없기 때문이다.

물을 좋아하는 닭

장흥자생수목원

기상청의 주말 일기예보가 5주째 '오보' 논란에 휩싸였다는 신문 보도다. 하지만 대기 불안정이 심한 여름철의 예보 정확도를 획기적으로 높일 방법이 사실상 없어 기상청은 속수무책으로 전전긍긍하고 있다고 한다. 참으로 딱한 얘기다. 오늘도 그랬다. 주말에 비가 온다기에 집에서 뭉개려고 했는데, 아침에 일어나니 하늘에는 구름만 가득했다. 어쩌면 나들이하기에는 더 좋은 날씨일지도 모른다. 그래서 늦게나마 11시 30분에 집을 떠났다.

오늘 따라 한결이가 굳이 제 엄마가 운전하는 옆 자리, 조수석에 앉아 가겠다고 한다. 남편이 무릎에 앉혀 가려고 하니 할아버지는 뒤로 가라고 한다. 넷이 떠나는 여행길에 한 번도 그런 일이 없었는데. 제 엄마와 단 둘이만 다닐 때는 이젠 좀 컸다고 베이비시트에 앉지 않고 조수석에 앉아 다니긴 했다. 우리 집에 왔다가 돌아갈 때도 그랬다. 남편이나 내가 불안해서 안전벨트를 꼭꼭 다져서 매주면 "빠이!" 손 흔들며 따나곤 했는데, 의자에 푹 안기듯 앉았기 때문에 손 흔드는 게 보이지 않았다.

"아직 멀었어요?"

"조금만 더 가면 돼."

묻긴 그렇게 물으면서 막상 수목원이 가까워지자 차에서 내리지 않겠단다.

"애가 뭔가 심기가 편치 않은 모양이네."

"그럼, 차에서 뭐 할 건데?"

"책 읽을 거예요."

그러나 차가 수목원 길로 접어들자, 웬걸.

"한, 결, 이, 내, 릴, 거, 예, 요~!"

한 자, 한 자 똑똑 끊어 말을 하고 '요' 자를 높이 올려 길게 끌면서 맺는다.

'차~암, 이젠 장난칠 줄도 아네.'

장흥은 유원지다. 근처에 송추, 일영, 신흥 유원지가 있다. 장흥 아트파크가 있고, 송암천문대가 있고, 청암민속박물관이 있다. 밤나무숲공원, 테마공원, 조각공원, 권율장군묘 등 볼거리, 놀거리가 많다. 그래서 그런가 모든 게 흥청대는 것 같다.

수목원 입구의 화사한 꽃을 보고서야 흥청대는 분위기에서 벗어났다. 연보라색 키 큰 꽃이 길 따라 피어 있는 걸 멀리 보면서 '벌써 코스모스가 저렇게 피었나?' 했다. 그런데 코스모스가 아니다. 벌개미취다.

"코스모스가 아니고 벌개미취네."

"할머니, 왜 벌개미취라고 해요?"

"으응, 벌과 개미가 저 꽃을 좋아하나 봐."

황당한 물음에 황당하게 대답했던 것인데, 정말 왕벌 한 쌍이 번갈아 날아들며 꽃잎에 앉는다. 나비는 앉을 듯 말 듯 가장자리로 빙빙 돌고만 있는데….

벌개미취 꽃밭을 지나니 길 아래 둔덕에 도라지꽃이 지천이다. 연보라색 벌개미취꽃에 진보라색 도라지꽃은 일부러 색을 맞춰 그리 심은 것처럼 썩 잘 어울린다.

"한결아, 저게 도라지꽃이야."

"할머니 집에서 봤어요."

"맞아, 바로 그 꽃이야."

언젠가 친정 큰댁에 갔을 때였다. 도라지밭에 보라색, 흰색 도라지꽃이 한창 피어 있었다. 도라지는 한 번 심으면 2~3년이 지나야 도라지가 달린다고 하는데, 꽃이 예뻐 올케에게 무조건 보라색 꽃만 골라 달라고 했더니 선뜻 몇 뿌리를 캐주었다. 집으로 가져와 화분에 심었지만 고향을 떠난 도라지꽃은 낯선 곳을 견디어내지 못했다. 죽었나 보다고 체념하고 말았는데, 다음 해에 생각지도 않게 꽃이 피더니, 올해도 어김없이 피어났다. 맑고 투명한 보라색으로. 며칠 전 한결이가 그 꽃을 본 것이다.

언덕진 숲속의 길을 따라 물이 흘러내리고 있다. '계류원溪流園'이다. 장마철이라 그렇기도 하겠지만 풍성한 물이 기운차게 흘러내린다. 언덕이 끝나는 곳에 개명산의 형제봉이 있다더니 수원이 그쯤에 있는 모양이다. 한결이가 올라가다가 물속에 들어가 첨벙대고, 또 오르다가 첨벙대고 한다.

"할머니, 물이 얼음물 같아요."

샌들도, 종아리도, 짧은 바지도 물에 젖는다. 물에서 나와 걷다가 발에 흙이 묻으니 흙을 씻어야 한다고 다시 물속으로 들어간다. 물을 만난 물고기다.

"한결이는 '물고기띠'인가 봐?"

"아냐, 한결이는 '닭띠'에요."

백년 묵은 잣나무 숲속은 그대로 삼림욕장이다. 다량의 '피톤치드'를 내뿜어 한여름 더위에도 서늘하다. 나무의자, 나무그네, 나무다리가 곳곳에 놓여 있다. 습기를 먹어 나무의자에는 앉을 수가 없고, 나무그네는 탈 수가 없다. 나무다리도 습기를 먹어 디디면 무너져 내릴 것 같다. 그래도 한결이는 깡충깡충 뛰면서 나무다리를 건넌다. 나무다리를 건너 바위를 타고 넘으며 말한다.

"울산바위처럼 크다."

지난번 제 아빠 휴가 때, 강원도에 갔다가 울산바위를 본 모양이다. 민속원의 정자도 흠뻑 젖어 있다. 남편이 나뭇가지로 대강 쓸고, 준비해 간 돗자리를 깔아주면서 한결이에게 앉으라고 한다. 점심식사를 하기 위해서다. 주위가 습하니 벌레들이 기승을 부린다. 정자로 날아들어 같이 먹고, 같이 놀자고 한다. 노린재, 집게벌레가 드나들고 청설모도 지나간다. 청설모가 지나가니 한결이가 제 할아버지에게 잡아달라고 한다. 한결이에게 할아버지는 앰뷸런스다. 제가 하다가 못하겠는 건 할아버지에게 SOS를 친다.

"할아버지도 청설모는 못 잡겠는데…."

한결이의 SOS가 무산된다.

특이하게 생긴 거미가 있다. 나뭇가지에 앉아 있는데, 지금까지 보아오던 거미하고 다르다. 몸은 1밀리미터 정도로 바늘 끝만 한데, 다리는 20밀리미터쯤 된다. 머리칼만큼 가늘다. 다리 8개가 모두 하늘을 향하고 있다. 그처럼 우아한 거미는 본 일이 없다.

"'비단실 거미'라고 하면 어떨까?"

내가 웃으면서 명명하니 남편도, 딸도 그럴듯하다며 웃는다.

근처 어디에 '옹달샘'이 있나 보다고 어른들끼리 하는 소리를 듣고 한결이가 구태여 '가자고 조른다. 지도를 보니 형제봉 근처에 있다. 한결이가 걸어서 올라가기에는 너무 멀다. 살살 달래서 내려오다가 다시 물을 만났다. 한결이가 물속으로 들어가면서 말한다.

"여러 가지 형태의 물이 있어요."

뭐? 여러 가지 형태? 아가가 어디서 그런 말을 배웠지? 물이 흘러가는 모습이 각각 다르다고 생각했던 모양이다.

토끼장 앞이다. 토끼 한 마리가 사료가 담긴 그릇 곁에 앉아 있다. '토끼가 먹는 먹이는 따로 있습니다. 풀을 뜯어다 먹이면 토끼가 죽어요'라고 쓴 팻말이 철조망에 걸려 있다.

"아무 풀이나 먹이면 토끼가 죽는대."

토끼만 보면 풀을 뜯어다 먹이던 한결이는 풀을 못 먹이게 하는 게 이상한 게다.

"왜 토끼가 죽어요? 그럼 하얀 토끼니까, 하얀 참외 주면 괜찮을 거예요."

참외 껍질을 다 주고 나더니 "빠이!" 하며 토끼에게 인사한다.

"토끼 엄마는 어디 갔을까? 놀이터에 갔나? 회사에 갔나? 엄마가 없어서 속상한가 봐."

토끼가 한 마리만 있는 게 불쌍했던 모양이다.

주차장을 향해 언덕을 걸어 내려오는데 힘이 드는지 업어달라고 한다. 업지 않으려고 노래를 부르며 춤을 추었더니 저도 따라 어깨춤을 춘다. 주차장까지 한결이와 나는 춤을 추며 내려왔다.

양이 양처럼 울어요

대관령양떼목장, 해바라기·호박동산

"기차는 여러 나라를 여행해요."

"어떤 나라?"

"꿈나라, 풍선나라, 완두콩나라."

"우리가 타고 있는 것은 기차가 아니라 엄마 차인데?"

"그럼 엄마 차도 여러 나라를 여행해요. 꿈나라, 풍선나라, 완두콩나라를 여행해요."

친정어머니 3주기 제사를 지내려 대관령 횡계에 살고 있는 오빠 댁으로 가고 있는 차 안이다. 제사를 핑계로 한결이를 대관령 근처에 여행시키기 위해 어린이집까지 결석시킨 채 데리고 가고 있다. 요즘 여행을 많이 하다 보니 한결이의 상상력은 꿈나라, 풍선나라, 완두콩나라까지 여행을 하고 있나 보다.

평창의 로고는 'HAPPY 700"이고, 마스코트는 '눈동이'다. 인간과 동식물이 가장 이상적인 생활을 할 수 있는 곳이 해발 700미터 지점이라고 하는데, 평창군은 전체 면적의 약 65%가 해발 700미터 지대에 있다. 모자를 쓴 앙증맞은 눈사람이 활짝 웃으면서 오른팔을 번쩍 들고 엄지손가락을 펴서 자신이 이 세상에서 제일 행복하고 순수하다고 뽐내고 있다. 마스코트로 눈사람을 선정한 것은 아마도 이 지역에 눈이 많이 내리기 때문일 것이다. 눈 산행으로 유명한 선자령과 계방산이 바로 곁에 있고, 그 산에는 겨울이면 눈 산행을 좋아하는 사람들의 발길이 넘쳐난다. 나도 〈설원의 저 눈바람 소리〉라는 제목으로 선자령 산행기를 쓴 적이 있다. 그때 서두를 이렇게 썼던 게 기억난다.

> 선자령의 눈바람이 미친바람처럼 불던 날, 등산객에게 바람은 바람난 듯 불었다.

'대관령 양떼목장'은 국내에 하나뿐인 양 목장이다. 해발 850~900미터의 대관령 구릉 위에서 20만 평방미터 초지에 양들을 방목해서 키운다. 1988년 '풍전목장'이란 이름으로 시작하여 2000년 '대관령 양떼목장'으로 이름을 바꾸었다. '건초 주기 체험'을 할 수 있고, 매년 4~6월에는 털 깎는 모습을 볼 수 있다. 광활한 설원을 보기 위해서 겨울에도 관광객이 끊이지 않는다고 한다. 그래서 대관령 양떼목장을 한국의 알프스라고 부른다.

양떼목장은 아래에서 보면 구릉의 높은 지역이 하늘과 맞닿아 있는 것처럼 보인다. 오늘 같이 흐린 날에도 하늘과 풀의 입맞춤

은 눈이 부시도록 아름답다. 언덕을 오르려면 잠시 통나무로 만든 층계를 밟아야 한다. 딸이 한결이 손을 잡고 앞서서 오르고 있는데, 그 모습이 아득하니 어느 파라다이스로 들어가는 것 같다. 통나무 층계를 벗어나면 오른쪽 초원 지대에 양떼가 느리게 움직이며 풀을 뜯고 있는 장면을 볼 수 있다. 초록 바탕에 점점이 흰색 무늬를 놓은 것 같다. 이따금 '음매에, 음매에' 울기도 한다. 한결이가 양의 울음소리를 따라 '음매에, 음매에' 하더니 울타리를 넘어 양떼에게 간다고 한다.

"한결아, 울타리가 쳐져 있는 것은 들어가지 말라는 얘기거든!"

"그런데 할머니, 너무 예뻐요."

"아래로 다시 내려가면 양을 가까이서 볼 수 있는 우리가 있으니까, 조금 더 걷다가 내려가서 보자."

언덕 위에 좁은 사다리꼴 모양의 판잣집이 있다. 건초 창고다. 지붕도, 처마도, 창문도 모두 나무판자로 되어 있다. 오래 되었는지 판자 색깔이 잿빛이다. 일부러, 그렇게, 그곳에 만들어놓은 설치미술품 같다. 양떼보다 더 목가적이다.

목장의 둘레는 약 1.2킬로미터로 한 바퀴 도는 데 40분이 걸린다. 산책로 중간에 우리로 내려가는 층계가 보인다. 층계를 내려서니 곧바로 건초 주기 체험장이다. 한 사람 앞에 하나씩 바구니에 건초를 담아준다. 직접 양에게 먹일 수 있는 양이다. 물론 남편과 나와 딸의 건초 바구니는 한결이 것이다. 양들은 건초 바구니를 갖다 대기가 무섭게 우리 밖으로 목을 내밀고 재빨리 먹어치운다. 바구니 네 개가 삽시간에 텅 빈다. 할 수 없이 바닥에 떨어진 건초를 주워 한결이 바구니에 넣어준다. 그것도 금세 없어진다.

"한결아, 손에 쥐고 먹여봐."

처음에는 손에 놓고 먹이는 것을 겁내더니 점점 재미가 들려 제가 부지런히 바닥에 떨어진 건초를 주워 먹인다. 그러더니 가슴을 펴고 "으응~." 호랑이 같은 기염을 토하기도 한다.

"풀이 손에 끼어 있는데 양이 떼어 먹었어요."

양은 되새김질을 한다고 하지만 하도 잘 먹어치워서 배탈이 안 나나 걱정이 될 정도다. 그러나 염려는 안 해도 된다. 평일에는 세 숫대야 하나 정도 되는 양을 주고, 주말에 관광객이 많아지면 지금 우리가 들고 있는 타원형의 긴지름이 20센티미터, 짧은지름이 10센티미터 되는 작은 바구니로 바꾼다고 한다.

체험장 앞에 개집이 있다. 유별나게 예쁘다. 건초 창고처럼 나무판자로 만들었다. 지붕을 나무판자로 기와 모양으로 만들어 얹었고, 벽도 나무판자로 가로로 질러놓았고, 개집 전체를 통나무 두 개에 받혀 올려놓았다. 줄을 매여 끌면 개집이 끌려 다닐 것 같다. 흰색의 개 한 마리가 개집 앞에 앉아 있다. 양몰이 하는 개인가 보다. 한결이가 마치 집에서 키우는 개에게 하듯이 개를 쓰다듬어주고, 무언가 얘기라도 해줄 것처럼 귀 가까이 입을 갖다 댄다. 개가 앉으면 저도 앉고, 개가 일어나면 저도 따라 일어난다.

"양 만져주고 올게."

개하고 놀던 한결이가 개에게 이르고, 다시 양에게 뛰어간다. 한결이는 사뭇 바쁘다. 양 한 마리가 '음매에' 우니 여기저기서 양들이 따라 운다. '음매에, 음매에'

"엄마, 양이 양처럼 울어요."

입구로 걸어 내려오는 길에 그네를 타보고, 약수도 떠먹고, 개울을 만난다. 언덕 아래 깊숙한 곳에 있는 개울가로 가자고 한다. 언덕이 깊어 내려갈 수가 없다고 했다.

"엄마가 데리고 내려가 주세요, 다 놀면 엄마가 구해주세요."

한결이는 '말 제조공장' 같다.

목장에서 나와 해바라기·호박동산으로 향했다. 해질 무렵이다.

"햇님이 넘어가면 노을이 생겨요?"

"그래."

"노을이 지고 나면 밤이 와요?"

"그래."

"그런데 수영장에서는 오래 놀아도 밤이 오지 않아요."

해바라기·호박동산은 '농촌진흥청 고령지농업연구소'가 운영하고 있다. 해발 300미터 이상 고령지의 특수 환경에 적합한 농업 기술을 개발하고, 농민의 소득 향상과 소비자의 안전 먹거리를 생산하는 게 그 목적이다.

"해바라기가 엄청 많아요. 끝은 어디지?"

정말, 끝은 어디일까? 눈을 가늘게 뜨고 멀리 내다봐도 해바라기밭은 끝 간 데 없다. 황홀하다. 가슴이 탁 트인다. 해바라기 밭고랑으로 걷다 보니 나도 한결이도 해바라기가 되는 것 같다. 저녁 바람에 해바라기가 일렁이면 나도 한결이도 일렁이며 걷는다. 선골드 밭을 지나, 문라이트 밭을 지나, 초코 플레이크 밭을 지난다.

"한결아, 이 해바라기 이름이 '초코'래."

"초코? 맛있겠다."

파치노 레몬 밭을 지난다.

"이게 '레몬'이래."

"어디? 정말 레몬같이 노란색이에요."

파치노 레몬 꽃송이는 레몬 색깔의 꽃잎이 다알리아같이 얼굴 하나 가득 꽃잎으로 차 있다. 무랑루쥬, 선스폿트, 뮤직박스, 빅스마일, 모네, 테디베어, 루비에클립스, 벨벳퀸 … 해바라기 종류가 50종이나 된다. 우리가 흔히 보는 해바라기는 재래종이다. 해바라기밭을 걷다가 나무층계에 한결이와 걸터앉았다. 층계 옆 언덕에 농구공만 한 호박이 덩그마니 달려 있다. 한결이가 톡톡톡 두들겨 본다.

"굉장히 크다, 근데 왜 호박이 이렇게 딱딱하지? 할머니, 호박이 공같이 딱딱해요."

해바라기 잎으로 호박에 묻어 있는 흙을 쓸어내린다.

"흙을 쓸어내면 여기 고구마가 있어요."

'제가 너무 좋으니까 계속 헛소리하네.'

생각해보니 전혀 근거 없는 말은 아닌 것 같다. 호박이 공같이 딱딱하다고 한 것은 야구공을 많이 갖고 놀았기 때문일 것이고, 흙을 쓸어내면 고구마가 있다고 한 것은 고구마를 캐보았기 때문일 것이다. 한결이와 층계에 나란히 앉아 끝 간 데 없는 해바라기 밭을 바라본다.

"한결아, 지금 무얼 생각해?"

"해바라기가 언제 자라나 생각해요."

이건 헛소리일까? 아니면 내심 또 무엇인가를 떠올리며 하는 말일까?

호박터널을 가려고 외나무다리를 건넌다. 호박밭이 아니라 호박터널이다. 굵은 철 막대로 돔 모양의 터널을 만들어 놓았는데, 호박은 하늘이 안 보이도록 지붕에 가득 덮여 있고, 어떤 것은 지붕의 철 막대 사이사이로 바닥을 향해 삐져나와 대롱대롱 매달려 있다. 철 막대 옆구리에도 주렁주렁 달려 있다. 한결이가 좋아한다. 한결이는 터널 소리만 들어도 좋아하는데 진귀한 호박까지 주렁주렁 매달려 있으니 열광하는 것은 당연하다. 한결이는 우선 큰 호박잎 하나를 따서 머리에 모자처럼 얹는다. '꽃호박'을 보며 "감 같다." 하고, '도깨비 방망이형 박'을 보며 "살모사 같다." 하고, '긴 손잡이형 박'을 보며 "밑에는 수박 같고, 위에는 오이 같아요." 한다. '뱀형 조롱박'은 "기차 같다.", 재래종 수세미는 "지팡이 같다.",

터키 터반은 "모자 같다.", 단추호박은 "단추 같다." 한다.

세상에! 어쩜 호박이 이렇게 예쁘고 많이 열려 있을까? 이렇게 종류가 많을까? 2색 호박, 노란색 미니 호박, 노란 조롱 호박, 십손이, 슬라이더 … 박도 많다. 미니 조롱박, 청자박, 표주박. 천정에서 바닥을 향해 거꾸로 매달려 있는 어떤 호박은 너무 길어서 한 바퀴 다시 감아 올려 천정에 고정시켜 놓은 것도 있다. 벽을 타고 기어 내려오듯 매달려 있는 호박은, 머리는 둥글고 크고 몸은 가늘어서 영락없는 약이 잔뜩 오른 독사다.

한결이는 커다란 호박잎을 바람개비 돌리듯 빙빙 돌리며 호박 터널의 입구에서 출구까지 뛰어갔다가 뛰어오기를 반복한다. 무릎 앉음새로 앉았다가 일어서서 뱅글뱅글 돌고, 호박을 감싸 안고 싱글벙글 웃는다. 흔히 '호박꽃도 꽃이냐'고 하지만, 여기 이 호박을 달게 한 호박꽃들은 꽃 중에 꽃이었을 것 같다. 호박 하나 하나가 정말 주옥같다.

"한결아, 오래오래 기억해야 해. 이런 곳에 온 것이 할머니도 무척 좋지만, 한결이에게 이런 것을 보여준 게 더 좋아."

"네!"

오래 기억하겠다는 뜻이었을까? 얌전하게 대답한다.

그날 밤, 한결이는 낮에 환상적인 나라에 갔다 온 신들림이 남아 있었던가, 한 번도 보지 못한 외증조모 제사에 신나게 엎드려 절을 하더니 밤 12시에 불을 끄고 자자고 해도 잠을 안 잔다.

"자야지, 자야 여러 나라를 여행하지. 꿈나라, 풍선나라, 완두콩 나라를."

'물닭띠'의 탄생

강릉해살이마을, 경포대해수욕장

"할머니, 오늘은 계곡으로 가요?"

"그래, 계곡으로 갈 거야. 한결이는 '물고기띠'잖아."

"아냐, 한결이는 '물닭띠'예요."

'물고기띠'에 '닭띠'를 합쳐 '물닭띠'라고 한다.

"뭐? 물닭띠?"

눈을 크게 뜨고 되물으니, 말해놓고 저도 우스운지 배시시 웃는다. 나는 가끔 한결이에게 되로 주고 말로 받는다.

해살이마을. 어젯밤 횡계 오빠네 집에서 친정어머니 제사를 지내고, 식구가 머리를 맞대고 앉아 대관령을 중심으로 한 강릉 지도를 펼쳐놓고 찾아본 장소다. 마을 이름이 마음에 들었던 데다가 '농촌 전통 테마 마을'이라는 주제가 있는 마을을 한결이에게 보여주고 싶었다. 대관령고개가 안개에 푹 싸여 있다. 골마다 안개가 자욱하게 피어오른다.

"산 할아버지 구름모자 썼네, 나비같이 훨훨 날아서, 살금살금 다가가서, 구름모자 벗겨오지…."

안개를 보자 딸과 한결이가 산울림의 노래 〈산 할아버지〉를 부른다.

"엄마, 대관령을 넘어가니까 비로소 강원도에 온 것 같아요."

딸이 하는 말이다. 대관령 고갯길에 안개가 굽이굽이 돌아 흐르고, 차도 따라 굽이굽이 돈다.

"할머니, 한결이가 흔들흔들대요."

"할머니도 흔들흔들대는데."

대관령 고개를 넘고 나니 그쳤던 비가 다시 온다. 차는 당근밭을 지나고, 메밀밭을 지나고, 잎이 너울대는 옥수수밭을 지나고, 보라색 벌개미취가 도열하고 있는 길을 지난다. 차가 좁은 골목길로 접어드니 새빨간 칸나가 담장 밑에 피어 있고, 잘디잔 빨간색 꽃을 달고 있는 목백일홍이 담장 너머로 고개를 내밀고 있는 전원마을이 나온다. 시골 냄새가 물씬 풍긴다. 이름만 들어도 정겨운 '해살이마을'이다.

'해살이'는 창포를 뜻한다고 한다. 창포는 햇살만 있어도 쑥쑥 잘 자란다 하여 '해살이풀'이라 하고, 약초로 아픈 곳을 잘 풀어준다고 해서 '해답이풀'이라고도 한다. 마을에 유난히 창포가 잘 자라는데다가 마을 사람들 모두 해처럼 밝게 살아가자는 뜻으로 마을 이름을 '해살이'로 했단다. 해살이마을은 아직도 200년 전 막사발을 만들던 움막이 남아 있어 '사그막' 또는 '사기막'이라고도 불리는데, 지금도 사기를 굽던 가마터와 사기그릇이 심심치 않게 발견된다고 한다. 막사발은 옛날 서민들의 밥그릇이기도 했고, 술잔이기도 했고, 찻잔이기도 했다. 산이 높으면 골이 깊다고 했던가? 해살이마을은 높은 산들이 병풍처럼 둘러싸고 있어 재미있는 이름을 가진 골짜기도 많다. 안시골, 움벵이골, 쟁골 …. 한반도의 등줄기인 태백산맥과 동해 바다가 어우러진 천혜의 살기 좋은 땅, 강릉 해살이마을은 하늘이 내려준 터다.

'여가 대굴령 너매 강릉 해살이마을이래요, 얼픈 오시우야'

해살이마을의 환영 인사다. 강원도 사투리인 모양이다. 얼마나 순박하고 살가운가. 정겹다.

우리가 차를 타고 찾아 들어간 곳은 '전통문화체험학교'다. 얼마 전까지 '사기막 분교'였는데 폐교되고 '해살이정보센터'가 문을 열었다. 해살이 마을의 모든 프로그램을 이 정보센터에서 주관하고 있는 모양이다. 비가 와서 운동장은 질퍽한데, 아무도 드나든 적이 없는 것처럼 괴괴했다. 전면이 유리로 된 현관문도 잠겨 있다. 잘못 찾아왔나 싶었다. 아무래도 헛걸음 같아 돌아서려다가 메모되어 있는 번호로 전화를 걸었다. 근처에 있었는지 직원 한 명이 금방 차를 타고 나타났다. 예약을 해야만 하고, 오늘은 진행시킬 프로그램이 없어 문을 닫았다고 했다. 그도 미안한지 문을 열어주고 들어오라고 한다. 커피까지 금방 끓여 내온다.

설명을 들으니 다양한 사계절 농촌 체험 프로그램이 있다. 연중행사 중에 막사발 도자기 체험이 들어 있다. 진또배기(솟대) 만들기, 관노가면극 체험, 짚풀공예 체험, 엄나무문설주 만들기, 천연

염색 체험(대나무, 엄나무, 창포물로 물들인다.), 그밖에 액운을 물리친다는 창포뿌리비녀를 꽂아보고, 손수 수리취를 넣어 수레바퀴 모양의 수리취떡을 만들어 먹고, 쌉쌀한 맛이 일품인 개두릅으로 만든 다양한 요리, 막걸리로 발효해서 독특한 향기와 구수한 맛을 자랑하는 기정떡도 만들어 먹는단다.

딸이 컴퓨터로 다른 장소를 검색하는 동안 남편과 한결이와 나는 주위를 둘러보았다. 유리장 안에 나무를 깎아 만든 달팽이, 매미, 무당벌레, 나비, 장수하늘소가 진열되어 있다. 곤충만 있는 게 아니다. 새와 꽃도 나무를 파서 만들어놓았다. 유리장 위에 솟대가 놓여 있는데, 솟대 끝에 이 마을에서 '진또배기'라고 부르는 새가 앉아 있다. 마치 살아 있는 새가 나무 우듬지에 날아갈 듯 앉아서 비가 촉촉이 내리고 있는 운동장을 바라보고 있는 것 같다. 지금은 어디서 무엇을 하고 있는지 모르지만, 한때 배움의 터였던 이 학교에서 공부하고 웃고 떠들며 뛰어놀던 학생들을 생각하고 있는지도 모르겠다.

진열되어 있는 건 학생들이 만든 게 아니라 장인이 만든 작품이라고 한다. 분교였기 때문인지 학교도 작고, 교실도 몇 안 되고, 복도도 짧았다. 복도 창가에 갖가지 재미있는 표정을 짓고 있는 탈이 한 줄로 나란히 놓여 있다.

해마다 강릉 단오제 때면 '양반광대와 소매각시'의 사랑을 그린 〈관노가면극〉이 공연된다. 양반광대, 소매각시, 장자마리, 시시딱딱이, 악사들 17명이 등장하는 가면극이다. 소매각시가 억울한 누명을 쓰고, 양반 권위의 상징인 긴 수염을 당겨 목에 감고 자살 소

동을 피운다. 수염을 당겨 목을 감고 자살을 시도하는 모습은 해학적이며, 그럼으로써 결백을 시인하게 하는 내용은 풍자적이다. 결국 소매각시의 억울한 누명은 벗겨지고, 가면극은 양반과 노비가 한데 어우러지는 흥겨운 축제 마당이 된다. 불의에 대드는 용감한 행동은 어쩌면 현대인에게 필요한 가면일지도 모른다. 강릉 단오제는 '유네스코 세계무형문화유산'에 등록되어 있고, 〈관노가면극〉은 우리나라 중요무형문화재 제13호다.

복도 창가에 나란히 놓여 있는 갖가지 가면 중 하나를 집어 얼굴에 써본다. 한결이가 무서워하며 내 뒤로 숨는다. 그러다가 슬그머니 앞으로 나와 가면을 보더니 까르륵 웃는다. 탈을 또 하나 집어서 한결이 얼굴에 씌워준다. 한결이와 나는 탈을 쓴 채 춤을 춘다. 탈바가지가 한결이와 내 얼굴에서 해해거리니 직원과 남편과 딸이 기가 막혀 웃는다.

해살이 마을을 빼놓고 가볼만한 장소가 마땅치 않아 경포대해수욕장으로 향했다. 날이 흐리고, 8월 중순이 되니 피서객들도 뜸했다. 더군다나 해가 기우는 늦은 시각이다. 파라솔을 빌려 모래사장에 꽂기도 전에 비가 쏟아진다. 네 식구가 파라솔 하나에 의지해서 앉아 있자니 이건 영락없는 피난민이다. 파라솔 아래는 온기가 전혀 없이 춥기까지 했다. 큰 수건에 긴 옷을 꺼내 입어도 춥기는 마찬가지다. 잠시 후 비가 그치더니 이번에는 여우비가 온다.

"한결아, 해가 나면서 오는 비를 '여우비'라고 해."

"왜 여우비라고 해요?"

"여우처럼 얄밉잖아. 해가 나든지 비가 오든지 해야지."

여우비가 걷히고 해가 나니 한결이가 바닷가로 뛰어간다. 물고기떠가 살판났다. 모래성을 쌓아놓고 "똑똑똑, 들어갈게요.", "문 열어요.", "문 닫아요." 한다. 모래를 길게 쌓아 기차를 만들고, 둥글게 쌓아 기차 바퀴도 만든다. 어디를 가나 기차 만들기는 빼놓지 않는다. 한결이가 만드는 기차는 뚝딱뚝딱하면 금방 만들어진다. 끈 하나, 수건 하나, 머플러 하나, 나뭇잎 몇 개로도 만들어진다.

"기차가 바다까지 닿겠네."

"이 기차는 손이 있어서 헤엄도 칠 수 있어요. 괜찮아요."

나뭇가지를 모래기차에 꽂아놓고 손이라고 한다.

"이 손은 꼭 필요해요."

모래꽃밭도 만든다. 한결이와 나는 모래사장을 꽤 멀리까지 출장(?) 다니며 조가비를 주워 꽃밭에 꽂고, 나뭇가지도 꽂고, 돌멩이를 정원석처럼 둘러놓는다. 파도가 밀려와 삽시간에 모래꽃밭

을 무너트린다. 처음엔 속상해 하더니 금세 다시 모래성을 쌓고 밀려오는 파도를 가두려 한다. 파도는 한결이가 쌓아놓은 둑을 넘어 모래 속으로 감쪽같이 자취를 감춘다. 한결이는 그게 재미있다.

"할머니, 파도가 둑에 갇혔어요. 그런데 왜 물이 없어요?"

"모래 속에 스며들어서 그래."

나는 모래사장에 '이한결 사랑해요'라는 글을 쓴다.

"할머니, 뭐라고 썼어요?"

"으응, 한결이를 사랑한다고 썼어."

"한결이도 할머니를 사랑해요."

드디어 남편이 발 벗고 나서서 한결이와 파도를 타며 논다. 제 엄마는 파라솔 아래서 독서 삼매경에 빠져 있다. 딸의 독서 삼매경은 장소가 따로 없다. 해가 지고 있다. 바닷가의 어둠은 빨리 온다. 네 식구는 서둘러 모래사장을 걸어 나와 둑으로 올라선다.

오빠네 집으로 돌아와 횡계에서의 두 번째 밤을 맞는다. 어둠이 짙어졌을 때, 한결이를 업고 문을 나섰다. 문 앞이 바로 옥수수밭이다. 키 큰 옥수수가 소리 없이 밤을 지키고 있다. 그 앞을 어슬렁거리는데 발소리에 놀랐나, 별안간 귀뚜라미가 운다. 느닷없는 울음소리에 한결이가 놀라 잔등에 푹 엎드린다.

"한결아, 괜찮아. 귀뚜라미 소리야."

얼굴을 들며 묻는다.

"귀뚜라미가 어디에 있어요?"

"잘 들어봐. 옥수수밭에서 들려오는데."

"그럼, 귀뚜라미는 옥수수밭이 집이에요?"

가을이다. 한결이와 나의 가을이 귀뚜라미 울음소리에 실려 성큼 다가오고 있었다.

바람이 씻어줄 거야

앵무새학교, 평창바위공원, 아기동물농장 알에서

"바람이 씻어줄 거야."

아침에 일어나 세수하자고 했더니 창밖을 바라보고 있던 한결이가 한 말이다. 오빠네 집 마당은 마당이라기보다 수수와 오이와 수세미와 콩과 고추가 발 디딜 틈 없이 자라고 있는 채소밭이다. 거실에서 마당을 향해 서 있으면 열어놓은 창문으로 마당·밭을 가로지르는 아침 바람이 제법 차다. 오빠네 집에 온 첫날에 한결이가 자는 방에 모기가 있을까 봐 걱정했더니, 오빠는 대관령의 모기는 공기가 너무 차서 힘을 못 쓴다고 했을 정도다. 한결이는 세수하기가 싫기도 했겠지만, 얼굴에 맞고 있는 시원한 아침 바람이 자신의 얼굴을 씻어줄 거라고 생각했는지도 모른다.

오늘은 앵무새 공연을 보러 가는 날이다. 지도를 보니 횡계 오빠네 집에서 가자면 횡계IC를 지나, 진부IC를 지나, 진부 제3·제2·

제1 터널을 지나 이승복기념관 옆으로 운두령을 향해 올라가는 지점에 있다.

한국앵무새학교가 정식 명칭이다. 교장 겸 선생님은 얼굴이 길고, 코가 크고, 안경을 쓰고, 긴 머리를 뒤로 넘겨 하나로 묶었다. 깡마른 체구에 입은 옷은 청바지에 청재킷. 선생님의 겉모습을 왜 장황하게 늘어놓느냐 하면, 선생님 스타일이 전혀 아니기 때문이다. 선생님의 말씨, 표정, 첫인상도 그랬다. 한국앵무새학교의 학생은 물론 앵무새다. 왕관앵무새, 아마존앵무새, 아프리카회색앵무새, 마카우앵무새. 코가튜앵무새 … 앵무새 학생들의 최고 학년은 4학년이다. 선생님이 앵무새를 길들이는 데 4년 걸린다고 말했기 때문이다.

"앵무새가 생일이라서 친구들을 많이 불렀나 봐."

앵무새학교를 들어서면서 한결이가 하는 말이다. 정말, 친구들이 많이 와 있다. 보아 하니 한결이가 제일 어리다. 선생님은 우리가 자리에 앉자마자 묻는다.

"여기는 멀리서 온 손님들도 있습니다. 어디서들 오셨죠?"

손님 중에 한 사람이 소리 높이 외친다.

"전북 익산이요~."

"서울은 아주 가까운 곳이지요."

졸지에 서울은 근교가 되어버렸다. 선생님이 씩 웃는다. 그 웃음, '이렇게 유명하다고요. 앵무새 학교가!' 그런 뜻일까? 사다리 타기, 줄타기, 그네 타기, 롤러스케이트, 농구 시합, 공중비행, 저금하기, 회전, 쳇바퀴 돌기. 앵무새가 공연할 프로그램이다.

선생님이 커튼을 내리고 실내를 어둡게 하더니 앵무새 한 마리를 어깨에 앉혀 데리고 들어온다. 크기가 32센티미터, 꽤 크다. 묵직해 보인다. 작고 예쁜 앵무새만 보아오다가 덩치 큰 앵무새를 보니 앵무새 같지가 않다.

"안녕하세요?"

선생님이 먼저 앵무새를 보고 인사를 한다. 앵무새는 선생님이 말하기 전까지는 먼저 말하면 안 된다는 것을 잘 알고 있는 듯했다. 말 잘 듣는 학생처럼 얌전히 기다렸다가 인사를 한다.

"안녕하세요?"

앵무새 목소리가 목이 쉰 사람처럼 거칠고 껄끄럽다.

"이놈 봐라, 목소리가 작아. 다시 한 번 크게 말해봐!"

선생님은 짐짓 야단이라도 치듯 앵무새를 나무라더니 우리를 보고 또 씩 웃는다. 앵무새는 거칠고 껄끄러운 목소리로 선생님을 따라 다시 한 번 소리를 낸다.

"안녕하세요?"

선생님의 요구 사항만큼 목소리가 크지는 않았다. 그래도 선생님은 앵무새가 더 크게 말한 것처럼 그냥 넘어간다. 프로그램의 한 수순일 뿐인 것 같다. 똑같은 말을 되풀이하는 걸 '앵무새처럼 말한다'고 한다는데, 정말 앵무새는 되풀이해서 말을 잘도 반복한다. '안녕하세요, 안녕하세요, 안녕하세요.' 왠지 가슴이 싸했다. 새들이 그들의 언어가 아닌 사람의 언어를 흉내 내기까지 얼마나 시달렸을까? 선생님도 앵무새를 가르치느라 많이 애썼을 것이다.

선생님은 100원짜리도 좋고, 1000원짜리도 좋으니 앵무새에게

돈을 물려보라고 했다. 너도 나도 아이들이 엄마가 주는 돈을 앵무새 입에 물려준다. 신기하게도 앵무새는 돈을 입에 물고 제자리로 날아가 앉는다. 프로그램에 '저금하기'가 들어 있더니, 이런 식으로 돈을 걷어 들이나 보다.

"앵무새 한 마리를 길들이려면 얼마나 힘이 드는지 모릅니다."

보상을 받아야 하겠다는 뜻이겠다.

그네타기, 공굴리기도 했다. 앵무새를 날려서 손님들의 어깨에 앉게도 했다. 훈련 받은 앵무새 외에 새장에 갇힌 어린 앵무새를 데리고 나와 모이를 직접 먹여보라고 했다. 아이들과 어른까지 모이를 주느라고 법석댔다. 한결이를 안고 새장 앞에 섰다. 한결이가 해바라기씨를 집어주니 새장 창살 사이로 부리를 내밀고 잘도 받아먹는다. 한결이가 머리를 까딱까딱 모이 쪼아 먹는 흉내를 내며 열심히 집어 먹인다. 새장에 갇혀서 지낸 탓일까? 앵무새는 사나웠다. 저희들끼리 모이를 빼앗아 먹느라고 치열하게 싸우기도 한다. 저희를 키워주는 이를 닮는 건 사람만은 아닌 것 같다. 앵무새 학교의 앵무새는 선생님을 닮아 있었다. 눈매, 부리, 성질, 밝지 않은 표정까지. 앵무새 한 마리가 남편 어깨에 날아와 앉았다. 남편은 새가 날아갈까 봐 고개도 못 돌리고 한결이를 가만가만 부른다. 한결이가 다가가려니까 그만 훌쩍 날아간다. 얼마 날아가지 못하고 선반의 장식 그릇에 가 앉는다. 날아가는 행동반경이 길지 못한 것은 그렇게밖에 날 수 없도록 훈련을 받은 탓일 게다.

새장에 갇힌 새는 두려움에 떨리는 소리로 노래를 하네
알 수 없지만 그러나 여전히 열망하는 것들에 대해
그 노랫가락은 먼 언덕 위에서도 들을 수 있다네
새장에 갇힌 새는 자유를 노래하니까

마야 안젤루의 자서전《새장에 갇힌 새가 왜 노래하는지 나는 아네》가 있다. 지금은 가수, 작곡가, 연극배우, 극작가, 영화배우, 영화감독, 영화제작자, 여성운동가, 인권운동가, 저널리스트, 역사학자, 대학교수로 미국에서 가장 영향력 있는 여성으로 꼽히고 있지만 그녀는 가난, 흑인, 여성, 예쁘지 않은 얼굴이라는 태생적으로 새장에 갇힌 새가 되어 불운한 시절을 지내야 했다. 그녀는 오랜 세월 가난 때문에 울고, 흑인이라서 천대를 받고, 여성이라서 차별을 받고, 예쁘지 않다고 해서 멸시를 받았다. 그녀는 새장 밖으로 날기를 열망했고, 자유를 그리워하며 끊임없이 노래를 불렀다. 그래서 그녀는 새장에 갇힌 새가 왜 노래하는지를 너무나 잘 알고 있었다. 아무렴. 경험보다 더 남을 잘 이해할 수 있는 건 없지. 누군가 집어주는 모이만 받아먹어야 하는 새장에 갇힌 앵무새, 그들에게는 새장을 나와 스스로가 먹이를 찾아 훨훨 날아다닐 수 있는 자유가 죽을 때까지 없을 것이다.

우물 안 개구리가 우물만큼의 하늘만 볼 수 있듯이 새장에 갇힌 앵무새는 평생 자기가 있는 곳이 세상이라고 생각하면서 살아갈 것이다.

앵무새학교를 나와 '평창바위공원'으로 향했다. 앵무새학교와 분위기가 정반대되는 훤하게 트인 열린 공간이 우리를 맞이했다. 바위공원 입구에는 패러글라이딩 활공장과 착륙장이 있다. 삼각연 모양인 패러글라이딩은 굴신을 자유롭게 할 수 있는 날개를 달고 있다. 남자들 서너 명이 패러글라이딩을 등에 달고 날아보려고 자꾸 시도를 하는데 조금 날다가 떨어지고 다시 날다가 떨어지고 하는 것이 생각처럼 잘 안 되는 모양이다. 새처럼 날고 싶은 인간의 열망. 한결이가 그 거대한 글라이딩을 자꾸 쳐다본다.

자연 암석 100여 점이 노람뜰에 여기저기 놓여 있다. 여전히 비가 오다 그치다 한다. 비가 와서 그런가, 아니면 '바위공원'이 잘 알려지지 않아서 그런가, 한산하다. 어느 산사에 들어선 듯 고즈넉하다. 오늘은 오빠도 동행했다. 오빠와 딸은 이야기를 나누며 앞서 걷고, 남편은 바위 사진을 찍느라고 뒤처지고, 한결이와 나는 산책로로 들어섰다. 산책로 양 옆으로 손질 잘한 예쁜 가로수가 늘어서 있고, 가로수 한 그루마다 밑동에 보라색 벌개미취가 둥글게 울타리를 이루며 피어 있는데, 무슨 열매인지 가로수에 익지 않은 새파란 꽈리 같은 열매가 다닥다닥 달려 있다.

한결이가 열매를 보고 따달라고 한다. 우리 집에는 산에나 들에 갈 때마다 주워온 열매들이 꽤 많다. 도토리, 대추, 밤, 쭉정밤, 은행, 구기자, 하다못해 감 깎아 먹고 발려놓은 씨까지 있다. 한결이는 그것들을 잘 갖고 논다. 그것들로 과일가게를 차려놓고 과일을 사라고 한다. 얼마냐고 물으면 매번 2천 원이라고 한다. 2천 원밖에 모른다. 짐짓 '너무 비싸다'고 하면 그게 무슨 말인지 몰라 내 얼굴을 쳐다본다.

나는 가끔 한결이가 좋아할 이벤트를 준비해놓는다. 딸과 한결이가 우리 집에 오는 어느 금요일 저녁, 산에 갔다가 주워온 감과 도토리와 풀꽃 한줌을 감은 감대로, 도토리는 도토리대로 담고, 풀꽃은 글라스에 꽂아 쟁반에 담아 현관문 앞에 놓아두었다.

"이게 뭐야? 이게 뭐야?"

한결이가 신발을 벗다 말고 현관에 그대로 주저앉아 장난하느라고 들어오지를 못했다.

한결이는 열매만 보면 따거나 주워서 주머니에 잔뜩 집어넣는다. 꽈리 같은 가로수 열매를 따준다. 열매를 손에 쥐고 우리는 다시 걷는다. 색깔이 있는 자갈로 무늬를 놓은 산책길은 참 예쁘다. 뱀이 기어가는 듯한 꼬불꼬불한 무늬, 원 안에 들어 있는 8개의 타원형 무늬, 소나무 무늬, 물고기 무늬, 별 무늬.

"한결이가 어렸을 때 양천공원을 걸었는데, 신발 신고 걸으니까 발이 안 아팠어요."

맨발로 걷는 길이라고 하니까 한결이가 한 말이다. 신발을 벗고 싶지 않았던 거다. 그래도 그렇지, 한결이가 어렸을 때라니? 지금은 안 어려? 산책길 끝까지 걷고 바위가 있는 뜰로 들어선다.

노산암, 노산은 산 이름이기도 하고 평창의 옛 지명이기도 하다. 산 정상 부근에 지방문화재로 지정된 성城이 있는데, 신라 때 군사기지로 활용했던 산성이라고 한다. '금수강산'도 있다. 높고 낮은 봉우리가 많은 금수강산은 노인봉의 만물상 같기도 하고, 금강산의 만물상 같기도 하다.

'거북바위' 앞에 선다. 한결이는 악어 같다고 하고, 나는 거북이 같다고 우겼는데, 알고 보니 보는 방향에 따라 악어 같기도 하고, 거북이 같기도 하다고 한다. 거북이를 향해 9번 절하면 1년 젊어지고, 18번 절하면 2년이 젊어진다고 한다. 거북이는 장수를 의미한다고 하는데, 왜 하필 9번 절할 때마다 1년 젊어지는 것일까?

"부엉이가 있는 나무 구멍 같아요."

구멍이 숭숭 나 있는 바위를 보며 한결이가 한 말이다. '옹달샘바위'는 가운데가 폭 패여 있는데 마침 비가 내리고 있어 빗물이 고여 있다. 선녀가 내려와 목욕한다는 뜻에서 '선녀탕'이란 이름 붙인 바위도 가운데가 푹 패여 있다. 두꺼비가 교미하는 모양의 '섬여교미바위'도 있다. 용두암, 욱오암, 펭귄과 물개, 기다림, 벼락바위 …. 무게가 적게 나가는 것은 7톤에서, 많게 나가는 것은 140톤에 이른다. 바위공원, 그 고즈넉함, 바위의 침묵, 너른 뜰 위로 소리 없이 내리던 가는 비, 산책로, 가로수, 벌개미취, 꽈리 같은 열매.

오래도록 마음에 남아 있을 것 같다.

오늘의 마지막 코스는 아기동물농장 '알에서'다. 이름처럼 '알에서'에는 알에서 태어난 새끼들이 많다. 오리, 앵무새, 잉꼬, 메추리, 병아리, 두꺼비, 개구리, 민물고기 등등. 그뿐이 아니다. 갖가지 동물도 많다. 꽃사슴, 젖소, 양, 염소, 고슴도치, 토끼, 지니피그 …. 곤충과 벌레도 있다. 장수풍뎅이, 사슴벌레, 달팽이, 귀뚜라미 …. 놀라운 것은 이 많은 동물이나 벌레에게 아이들이 먹이를 직접 줄 수 있고, 안아서 품어볼 수 있고, 같이 놀 수 있다는 거다.

태어난 지 일주일밖에 안 된 강아지 네 마리가 있다. 한 마리가 밑에 깔려 죽은 듯 꼼짝도 안 한다. 강아지가 죽었나 보다고 했더니 죽은 게 아니라고 한다. 체온 유지하려고 그리한다는 거다. 그러니까 강아지 한 마리를 세 마리가 껴안아서 체온을 유지시켜주려고 한다는 거다. 우유병에 우유를 넣어주니 어미젖을 빨듯 꼬물꼬물 빨아 먹는다. 아직 눈도 뜨지 못한 강아지들인데 어찌 저렇듯 작은 입이 우유를 빨아 먹을 줄 아는지 신기하기만 하다.

강아지 네 마리가 '알에서'농장에 온 데는 사연이 있다. 해변에 버려져 있는 금방 태어난 강아지를, 해수욕장에 놀러 왔던 사람이 주워서 경찰서에 맡겼다고 했다. 경찰서로부터 전화를 받고 농장 직원이 찾아가니 잘 키우라고 당부를 하면서 넘겨주더라고 했다. 그런데 어쩌자고 강아지들은 해변에 버려져 있었을까? 추측컨대, 피서객이 개를 집에 혼자 놓아둘 수가 없어 새끼 밴 개를 데리고 피서를 왔다가 별안간 새끼를 낳는 바람에 버린 게 아니겠느냐고 한다. 우리 모두는 고개를 끄덕였다.

닭이 오리 새끼를 품고 있다. 능청스럽다. 어리둥절할 정도로 자연스럽다. 오리 새끼도 닭이 제 어미인 줄 아는지 닭 날갯죽지 속으로 기어 들어가기도 하고 잔등을 타고 다니기도 하면서 논다. 오리 새끼 중에 병아리 한 마리가 있는데 정작 닭은 병아리를 부리로 쪼아 쫓아버린다. 어미에게 쫓겨 저만치 가버리는 병아리, 이상하다는 듯 종종종 걷는 걸음이 자꾸 늦춰진다. 미운 오리가 아니라 미운 병아리가 되어버렸다. 닭과 오리 사이에도 낳은 정보다 키우는 정이 더 큰가 보다.

한결이는 토끼 귀를 두 손으로 잡고 우리 안에 넣어주고, 사슴에게 풀을 먹여주고, 오리 몰이를 하면서 뛰어다닌다. 메추리 새끼를 가만가만 어루만져주고, 잉꼬를 제 손등에 올려놓고 바라본다.

농장 주인은 나방이가 금방 낳은 누에알을 담은 채반을 들고 와서 한결이에게 보여준다. 누에알은 3밀리미터 정도로 바늘 끝만 해서 잘 보이지 않는다. 검은 빛깔을 띠고 있기 때문에 '털누에' 혹은 '개미누에'라고 한단다. 개미누에는 뽕잎을 먹으면서 4령齡, 5령 잠을 자면서 급속하게 자라 5령 말에는 무려 8센티미터까지 자란다고 한다. 그때쯤 되면 뽕 먹는 것을 멈추고 60시간에 걸쳐 2.5그램 정도의 고치를 만들고, 고치는 70시간 후에 번데기가 되고, 12~16일 후에 나방이가 된다. 나방이는 고치의 한쪽 끝을 뚫고 나와 약 500~600개의 알을 낳고 죽는다. 알 낳는 게 나방이의 의무인 셈이다. 누에알은 그 어미가 있는지도 알지 못한 채 뽕잎을 젖인 듯 먹고 자라는 것이다. 아! 그런 생生도 있구나. 한결이가 누에고치 한줌을 집어 주머니에 넣는다.

'알에서'에는 닭이나 누에, 메추리 등 알에서 부화되어 어미가 되기까지 성장 과정을 아이들이 보고 배울 수 있도록 도표로 자세히 그려놓았다. 아이들은 '알에서' 동물과 마음대로 뛰어놀고, 동물과 마음대로 이야기를 나누고, 마음대로 동물과 정을 주고받는다. 그러면서 생명의 귀중함을, 동물에 대한 사랑을 배운다. 밤 10시쯤이면 동물들을 잠재우기 위해 실내등을 끈다고 한다. 낮 동안 아이들과 노느라 지치거나 스트레스를 받아 혹여 잠 못 자는 동물들이 있을까 봐 불을 끄고도 실내를 돌아보고 또 돌아보고 한다고 한다. 동물을 자식 키우듯 살피고 돌보는 '알에서'의 농장 직원들, 그들에게서 아이들을 향한 무한한 애정을 느낀다.

난 토마토 절대 안 먹어

강원도립화목원, 춘천인형극제

딸은 한결이에게 '춘천인형극제'를 보여주고 싶어 했다. 인형극 하나만을 보기 위해 춘천까지 간다는 게 쉬운 일이 아니어서 차일피일 미뤘는데, 제사를 지내려 횡계까지 왔으니 마침 잘 됐다 싶었던 게다. 사실은 서울을 떠날 때부터 스케줄에 넣었던 터다.

춘천인형극제는 올해로 20회째다. 프랑스, 러시아, 헝가리 등 해외 7개 초청 극단과 국내 44개 전문 인형극단, 34개 아마추어 인형극단을 합해 총 78개 인형극단이 참석해 9일간 이어지는 대형 인형극제다. 오늘이 그 마지막 날이고, 우리에게는 횡계 3박 4일 여행의 마지막 날이기도 하다. 서두른다고 서둘렀지만 한결이를 데리고 점심밥까지 챙겨서 떠난다는 게 마음먹은 대로 될 일이 아니다. 춘천에 도착한 것이 오후 1시 30분, 마지막 날의 마지막 티켓을 샀다. 오후 5시에 공연하는 〈난 토마토 절대 안 먹어〉다.

5시까지 비어 있는 시간을 활용하기 위해 근처 '강원도립화목원'을 찾았다. 강원도립화목원의 캐릭터는 반달곰 네 마리(엄마, 아빠, 두 아이)다. 입구에서 맞닥뜨린 익살스러운 곰 네 마리를 보는 것만으로도 화목원에 온 것이 즐겁다. 길 양옆에 거대한 무궁화 화분이 도열해 있다. 광복절을 맞아 국내에서 개발된 1백여 개 무궁화 품종을 전시할 예정으로 그 준비를 하고 있는 중이었다. 한결이 손을 잡고 그 길을 걸으며 '이 꽃이 무궁화이고, 우리나라의 꽃'이라고 가르쳐주긴 했지만, 한결이는 아직 나라꽃이라는 걸 이해하기에는 너무 어린 나이다. 한결이가 좀 더 자라면 무궁화에 대해 자세히 설명을 해줘야 하겠다.

조금 더 걸어 들어가자 분수가 보인다.

"큰 건 어른 분수고, 작은 건 아기 분수예요."

한결이가 분수를 보자 물줄기의 높이를 따라 어른과 아이로 구분 짓는다. 제일 큰 건 아빠고, 다음 큰 건 엄마고, 제일 작은 건 아기라고 말하더니 분수를 보고도 그렇게 말하고 있다.

"할머니, 외삼촌 할아버지 집에서 도시락 싸왔어요?"

점심때가 훨씬 지난 것이다.

"뭐 먹고 싶은데?"

"포도."

"포도는 후식인데."

"귤."

"귤도 후식인데."

"그럼, 앵두."

"앵두?"

올케가 앵두를 따서 냉동시켜놓은 게 한 말은 될 듯싶었다. 얼음과자처럼 꽁꽁 얼어붙은 앵두를 뭐냐고 묻기에 앵두라고 하면서 몇 개 떼어 주었더니 그 차가운 것을 얼굴도 안 찡그리고 먹고는 또 달라고 했다. 그를 본 올케가 집에 가져가서 주스를 해 먹으라고 챙겨주었다. 그 앵두를 묻는 것이다.

"앵두도 후식인데."

"그럼, 주먹밥은요?"

"맞아, 주먹밥은 주식이지. 조금 더 가서 주먹밥 먹자."

봄이 가고, 여름이 가고, 어느새 가을의 문턱이다. 가을이 오고 있는 화목원에는 꽃보다 열매를 열고 있는 나무가 많다. 백당나무 열매를 보고 '체리' 같다고 한다. 산사나무 열매는 '석류', 개오동나무 열매는 '지팡이', 오갈피나무 열매는 '도토리' 같다고 한다. 한결이가 산사나무 열매를 보고는 묻는다.

"먹어도 돼요?"

"글쎄."

"씻어서 먹어야 될 것 같아요."

포포나무, 헛개나무, 홍자단, 당매자나무, 구슬댕댕이, 섬잣나무, 아그배나무… 나무 하나하나를 살펴보며 숲길을 걸어간다. 머리와 어깨에 내려앉는 햇볕이 그다지 뜨겁지 않다. 연못이 보이는 정자에서 도시락을 풀었다.

다육식물원, 산림박물관, 체험학습실, 입체특수영상실을 둘러보니 오후 4시다. 햇볕이 따뜻하게 내려앉는 하오의 뜰을 천천히 걸어서 화목원을 벗어났다. 들어갈 때 우리를 맞이해주었던 반달곰 네 마리가 나올 때도 잘 가라고 손짓으로 인사를 하고 있었다.

춘천인형극제 마지막 날임을 알리는 현수막이 바람에 나부끼고 있다. 5시까지는 시간이 남아 있어 딸과 한결이는 '인형극박물관'으로 들어가고, 남편과 나는 잠시 쉴 겸 의암호가 바로 눈앞에 있는 '야외 무료 공연장' 나무의자에 앉았다. 저녁노을이 물 위로 아름답게 부서지고 있다. 친정어머니 기일을 맞아 횡계 오빠네 집에 온 것인데, 3박 4일 동안 무던히도 돌아다녔다. 우리 어른들이 이렇게 나른한데 한결이는 얼마나 피곤할까? 그래도 끄떡없이 따라 다녀준 한결이가 신통하다. 아주 먼먼 여행에서 돌아와 내 집 의자에 앉은 듯 나른하면서도 편안하다. 우리 앞 의자에 한 쌍의 남녀가 앉아 있다. 그들도 우리처럼 나른한 오후를 즐기고 있는 것 같다. 모터보트가 물 위 석양을 가른다. 호수의 물이 하얗게 부서진다. 한결이가 재깔거리며 제 엄마 손을 잡고 걸어온다.

인형극 〈난 토마토 절대 안 먹어〉는 음식 투정하는 어린이를 위한 인형극이다. 주인공은 오빠 찰리와 누이동생 롤라 남매다. 롤라는 음식 투정이 심하다. 당근도, 콩도, 생선구이도 싫다고 하고, 토마토는 절대로 안 먹는다. 그에 찰리가 꾀를 낸다. 롤라가 먹지 않는 음식 하나하나에 이야기를 붙여 결국에는 "오빠, 토마토 더 없어? 또 줘, 내가 다 먹을 거야." 하는 승복의 결말을 이끌어낸다.

찰리는 토마토에 '오렌지 뽕가지 뽕'이라는 예쁜 이름을 붙이고, 롤라를 데리고 농장을 찾아 농부들의 힘든 이야기를 보여줌으로

써 토마토의 귀중함을 깨닫게 해준다. 감자 샐러드인 '구름 보푸라기'가 시커멓고 말갈기 같은 것을 날리는 먹구름을 만나 싸우는 장면이 나오는데, 그만 한결이가 무섭다고 엉엉 울어댔다. 결국 구름 보푸라기가 이겨 롤라는 기쁜 나머지 감자샐러드를 다 먹어치운다. 생선구이인 '바다 냠냠이'에서는 인어공주가 등장하고, 토끼의 살아 있는 간을 먹어야 용왕의 병이 난다는 〈토끼전〉을 인형극으로 풀어낸다.

인형극이 끝난 건 7시, 날이 어두워지고 있다. 아무래도 저녁을 먹고 들어가야 할 것 같아 한결이에게 물었다.

"뭐 먹고 싶니?"

"적국수."

어른들끼리 춘천 막국수 이야기를 했는데, 듣고 있었나 보다.

"적국수라니? 그런 게 어디 있어?"

막국수를 잘못 말했나 싶어 되물었다.

"저녁에 먹으니까 '적국수'잖아."

'저녁'에서 '저' 자 하나 따고, '녁'에서 'ㄱ'을 따다 만든 합성어 '적'이다. 토요일 오후 늦은 시각이다. 차들이 기어가고 있다. 지루해지는 차 안의 분위기를 한결이가 살려낸다. 인형극에서 찰리가 롤라에게 무엇인가 먹으라고 하면 롤라는 일단 '아냐' 하고 부정을 했었다. 찰리와 롤라가 주고받던 얘기를 제 엄마와 주고받으며 말장난을 시작한 것이다.

횡계에서 돌아온 그 다음 날 밥상머리에서다. 먹으라는 음식마다 '아냐' 한다.

"한결이는 롤라인가 봐. 그렇지만 롤라는 나중에 '더 줘요. 또 없어요? 왜 그것밖에 없어요? 이거 내가 다 먹을래요.' 그랬잖아."

안다는 듯 고개를 끄떡이며 씩 웃는다. 인형극은 한결이에게 현장에서처럼 생생하게 다가갔던 것 같다. 인형극 공연에 좀 더 자주 데리고 다녀야 하겠다.

4장

어제보다 한 뼘 더 성장하기

다람쥐야,
도토리밥 해줄까?

포천뷰식물원

얼마 전부터 수목원에 갈 때 작은 스케치북을 갖고 다녔다. 한결이가 직선도 제대로 그리지 못할 때부터인데 이제는 제법 동그라미, 네모, 곡선도 그릴 줄 안다. '평강식물원'을 찾아가는 길, 차 안이다.

"이게 뭐 같아요?"

타원형 비슷한 그림을 그려놓고 묻는다. 어디까지나 비슷한 모양이지, 같은 모양은 아니다.

"가오리."

"꼬리에 연결된 건?"

"지느러미."

기차라고 네모 비슷하게 그려놓고는 왼손 다섯 손가락 끝을 유선형처럼 모아 쥐고 '쉬이익-' 기차가 지나가는 흉내도 낸다.

"해님 그려볼게요. 이건 해님 눈이에요."

"해님은 그 눈으로 뭘 볼까?"

"아침을 볼 거예요."

해 그림에 죽죽 금을 그어놓더니 말한다.

"이건 햇볕 나며 비가 오는 거예요."

"그럼, 여우비네?"

그렇다고 고개를 끄덕인다. 한결이는 이제 능청도 떨 줄 안다.

"이건 누가 좋아하는 색이지?"

보라색 크레파스를 가리키며 물었다.

"엄마."

"엄마가 좋아하는 색은 보라색이 아닌데?"

내가 좋아하는 색이라는 걸 알면서 짐짓 제 엄마가 좋아하는 색이라고 한다.

"이건?"

분홍색 크레파스를 가리키며 물었다.

"할머니."

"한결이는 입이 비뚤어졌나 봐. 어디 보자, 정말 한결이 입이 비뚤어졌네."

그제야 '할머니는 보라색을 좋아하고, 엄마는 빨간색을 좋아하고, 한결이는 분홍색을 좋아한다'고 정색을 하며 똑바로 대답한다.

그림 그리는 게 싫증나니 책을 읽어달라고 한다. 《바다기린》이다. '나는 바다를 여행하는 외로운 철새예요. 혼자서 며칠씩 날고 있으면 정말 쓸쓸해요. 그러다가 내가 너무너무 좋아하는 친구를 만나면 안심이에요.' 바다에서 사는 바다기린은 키가 크고 목이 길어서 바다 밖으로 몸체가 드러나 지나가던 철새가 앉아서 쉬었다 가곤 한다.

"한결아, 쓸쓸하다는 게 뭔지 알아?"

"응."

"뭔데?"

"혼자 있는 거예요."

혼자 있어본 것처럼 대답한다. '혼자 있다고 다 쓸쓸한 건 아니다, 여럿이 함께 있을 때 쓸쓸한 게 정말 쓸쓸한 거다.' 혼자 중얼거려본다.

"바다에는 누가 살까?"

"바다기린."

"바다기린 친구는 누구일까?"

"고래, 물고기, 뱀장어, 해파리."

그러다 보면 차가 기어가는 것처럼 길이 막혀도 어느새 목적지에 도착한다.

'평안한 마음, 건강한 몸, 평강식물원에 오신 것을 환영합니다.'

식물원 들어가는 입구부터 정답다. 길 왼편에 한련, 오른편에 화분에 담긴 물옥잠이 포복하듯 낮은 자세로 길 따라 피어 있는 게 그랬다. 입구의 좁은 흙길을 벗어나서도 계속 낮은 꽃들의 향연이다. 우수리엔새스 꽃다지, 찬카엔시스 두케자운, 블레파로필라 장대나물, 김의털속(벼과), 세돔아크레(돌나물과) … 이름도 처음 들어보는 꽃들이 적지 않다. 작고, 낮고, 눈에 잘 띄지도 않는 자잘

한 꽃들이 어엿하게 제 이름이 적힌 명찰을 달고 있다.

언덕으로 올라가는 그늘진 숲길을 걷는다. 벌레를 만나고, 풀꽃을 만나고, 나무에 핀 목이버섯도 들여다본다. 흰색 테두리에 까만 목이버섯은 탐스러운 흑장미 같다. 도토리와 솔방울 주워 주머니에 넣고, 언덕 아래 평화스러운 꽃밭을 굽어보고, 먼먼 하늘과 떠다니는 구름을 바라본다. 조금 더 올라가면 정자를 만난다. 누구의 흥을 돋우려 한 것일까? 정자에는 북과 북채와 징이 마련되어 있다. 한결이가 신발 벗고 정자에 올라가 앉는다.

"우리 집 같아요."

한결이가 북채를 들고 북을 치더니 두 팔을 좌우로 흔들며 춤을 춘다. 짓이 났다. 집에는 제 엄마가 사다 준 당나귀 인형이 있다. 건전지의 버튼을 눌러주면 노래가 흘러나오고 당나귀는 두 팔을 흔들며 춤을 추는데, 그 앞에 서서 당나귀와 똑같이 몸을 흔들어 대곤 했다. 지금 한결이가 추는 춤은 영락없는 당나귀 춤이다.

정자에서 점심을 먹고 남편과 딸이 잠시 몸을 뉘고 피로를 푸는 사이 한결이를 데리고 산책을 나섰다. 여린 바람에도 도토리가 떨어진다. 후드득후드득, 툭툭 …. 길에, 길섶에, 숲속에 도토리가 부지런히 떨어진다. 조금 더 올라가니 도랑이 나온다. 도토리가 떨어져 도랑물과 같이 흘러 내려간다. 도랑에 적당한 크기의 돌을 골라 둘레를 만들고, 흙을 깊숙이 파서 물이 고이도록 웅덩이를 만들어주었다. 한결이가 도토리를 주워 웅덩이에 던져 넣는다. 도토리들은 옹기종기 웅덩이로 모여든다. 도토리들의 재깔거리는 소리가 들려올 듯도 싶다. 한결이는 숲을 헤치며 도토리를 줍고, 길

가에 떨어져 있는 도토리도 줍고, 물에 떠내려가다 돌에 걸려 있는 도토리도 줍는다. 두 손에 가득차면 물웅덩이에 쏟아 넣고, 도토리 사냥을 또 나선다. 도토리 껍질이 갈라진 것을 보며 말한다.

"할머니, 여기서 싹이 나려고 그러나 봐요."

다람쥐가 숲속을 뛰어다니고, 길을 가로 질러 다른 숲속으로 숨어 들어가기도 한다. 한결이가 쫓아가지만 어림도 없다. 다람쥐는 풀숲으로 등허리만 보이면서 잽싸게 도망을 가버린다. 도토리가 떨어질 때마다 다람쥐도 덩달아 분주하다.

"한결아, 우리 다람쥐에게 도토리밥 해줄까?"

"좋아."

언젠가부터 한결이는 '할까?' 하고 묻는 말에, 흔쾌히 '좋아' 하고 대답을 한다. 정다운 맞장구다. 나중에 들었지만 제 엄마가 그런 말을 썼다고 한다. 반대로 못하게 하면 '그러면 좋은 생각이 있어요, 뭐냐 하면 ~' 하면서 행동의 방향을 바꾸기도 한다. 한결이는 쌀을 씻듯 도랑물에 담가놓은 도토리를 씻고, 나는 큰 돌을 주워서 부뚜막을 만들고 넓적한 돌로 가마솥을 걸어놓는다. 한결이는 도토리를 가마솥 위에 올려놓고, 나는 나뭇잎을 주워서 아궁이에 불을 땐다.

"할머니, 보글보글 끓어요."

커다란 나뭇잎을 따서 밥그릇과 접시를 만들어 도토리를 담아 바위 위에 밥상을 차린다.

"한결아, 우리 꽃다발도 만들어 밥상에 꽂아놓을까?"

"좋아."

들꽃과 들풀로 꽃묶음을 만들어 나뭇잎 그릇 옆에 꽂아놓는다. 한결이와 내 말소리에 잠이 깬 남편과 딸이 소리를 따라 걸어와서 보더니 눈을 동그랗게 뜬다.

"오늘은 다람쥐 밥 짓는 날이에요."

한결이는 장한 듯 제 엄마를 쳐다보며 웃는다.

"엄마, 어떻게 이렇게 재미있는 생각을 했어요?"

딸이 좋아서 어쩔 줄을 모른다.

"자연이 가르쳐주는 거지, 뭐."

한결이는 아쉬워서 그 자리를 떠나지 못한다.

"한결아, 우리가 없으면 다람쥐가 와서 우리가 해놓은 도토리 밥을 먹을 거야."

"좋아."

저도 좋은 듯 뛰어와 내 손을 잡는다. 한결이 손을 잡고 우리는 다시 언덕길을 오른다. '고산습원' 가는 길은 통나무층계다. 층계 양옆으로 줄지어 피어 있는 흰 꽃무리가 환하게 웃는다. 맑은 햇살, 청아한 공기, 꽃 냄새, 풀 냄새 풀풀 풍기는 여기는 대체 어디인가? 나뭇잎 끝부터 살살 물들어가고 있는 가을의 초입이 더욱 마음을 설레게 한다.

언덕을 내려오다가 길섶에 세워놓은 게시판을 본다.

'사랑한다면 연리지처럼'

사진 3장이 게시되어 있다. 왼쪽 사진은 두 나무의 가지와 가지가 붙어 있는 연리지[連理枝], 가운데 사진은 영화 〈연리지〉의 한 장면, 오른쪽 사진은 나무와 나무가 붙은 연리목[連理木]이다. 연리지는 가까이 있는 두 나무의 가지가 서로 맞닿아서 결이 서로 통한 것을 말한다. 신기한 것은 이렇게 형성된 두 나무는 절대로 떨어지지 않는다는 것이다. 하기야 상처에 파고들어 치유되는 과정을 함께한 두 나무가 어찌 떨어질 수 있을까? 연리지는 흔히 화목한 부부나 남녀 사이를 비유적으로 이른다.

'잔디 광장'에서 한결이가 풀을 뜯어다 주며 말한다.

"할머니, 선물이에요."

"좋아."

이번에는 내가 '좋아' 한다. '그래, 이보다 더 좋은 선물이 어디 있을까?'

레스토랑 '엘름'에서 출입구 쪽으로 걸어 나오는데 노각나무가 있다.

"어, 노각나무네. 노각이 열리는 나무인가 봐."

"할머니, 노각은 늙은 오이잖아요?"

작년에 고모할머니 농장에서 본 노각을 잊지 않고 기억을 하고 있는 것이다. 장난치려고 했더니 안 되네.

"맞아, 늙은 오이야."

한결이와 나는 다시 손을 잡고 춤추듯 한련과 물옥잠이 예쁜 출입구로 걸어 나온다.

'생명 감수성'이라는 말이 있다. 동물과 인간, 식물과 인간 간에 느낌을 주고받는 것을 말한다. 동물이나 식물에게도 인간과 똑같은 생명과 감정과 감각이 있다는 것을 아는 것이다. 한결이가 수목원을 다니면서 사람관계에서뿐만 아니라 동물, 식물과도 무한한 애정을 갖고 소통할 수 있는 '생명 감수성'을 지닌 아이로 컸으면 좋겠다. 제 엄마나 내가 한결이를 수목원에 데리고 다니는 이유도 다 그에 있는 것을!

여기가 밤어린이집이야

양평알밤농장, 닥터박갤러리

"왜 아무도 없어요?"

"오늘은 할아버지가 친구들과 산에 가느라고 못 오셨어."

여행을 할 때 남편이 운전을 하면 딸이 조수석에 앉고, 딸이 운전을 하면 남편이 조수석에 앉아 가고는 했는데 조수석이 비어 있으니까 이상한가 보다. 그리고 할아버지가 생각났던 모양이다.

"한결이가 그전에 성북역에 갔는데, 기차가 열 대 지나갔어요."

두 손의 손가락을 다 펴 보이며 말한다. 한결이는 특히 성북역을 좋아했다. 성북역은 지하철과 기차가 같이 드나들고, 화물차도 다니기 때문이다. 남편이 일부러 한결이를 성북역에 데리고 가고는 했다.

"한결이가 그전에 할아버지가 롯데마트에서 물건 산 상자를 수레에 실었는데, 상자 위에 나도 타고 왔어요."

남편이 한결이를 데리고 롯데마트에서 장을 보던 날, 카트에 짐을 실었는데 그 짐 상자에 한결이를 앉히고 주차장까지 갔던 모양이다. '그전에'라는 말을 써가며 할아버지와 있었던 일을 다른 설명이 필요 없을 만큼 정확하게 집어내고 있다. '양평 알밤농장'을 찾아가는 길이다.

"오늘은 알밤도 줍고, 땅콩도 캐고, 고구마도 캐고 그럴 건데?"

"한결이는 땅콩을 먹는 건 좋아해도, 캐는 건 싫어해요."

제 집에 있을 때는 우리 집에 안 온다고 떼를 쓰고, 우리 집에 있을 때는 제 집에 안 간다고 떼를 쓰고, 수목원에 가자고 하면 안 간다고 떼를 쓰고, 수목원에서는 더 놀자고 떼를 쓴다. 일단 시작했다 하면 몰입하면서도 그 모양이다. 제 엄마 말로는 게을러서 그렇단다. 겨우 달래 집을 떠났는데 벌써 할아버지의 부재를 얘기하고, 할아버지와 있었던 일을 얘기하고, 창밖의 강물을 얘기한다.

"호박꽃이 피었어요. 근데 왜 호박이 없지? 이상하네."

길섶 호박덩굴에 호박이 열리지 않은 것을 이상해하며, 먼 산을 바라본다.

"저 산에 안개가 껴서 구름처럼 보이죠? 너무 멋있다."

책을 읽다가 공룡 이름을 대는데, '티아노사우르스렉스'를 끝의 자 '렉스'를 잘못 알아듣고 딴 말을 했다.

"아냐. 할머니, 한결이 따라 해봐."

천천히 한 자 한 자를 말할 때마다 한 자 한 자 따라 하다가 끝에 가서 또 못 알아들었다.

"아이, 모르겠다."

"왜? 알아야지."

'왜'는 뭐고, '알아야지'는 뭐람, 나는 어이없어 하는데, 운전하던 제 엄마는 '쿡' 하고 웃는다. 벼가 누렇게 익어가고 있는 논을 배경으로 길 따라 피어 있는 코스모스가 환상적이다.

"한결아, 코스모스 좀 봐. 너무 예쁘다. 한결이가 좋아하는 분홍색 코스모스도 있고, 엄가 좋아하는 빨간색 코스모스도 있는데, 할머니가 좋아하는 보라색 코스모스는 왜 없지?"

"글쎄 말이야. 할머니, 속상하지요?"

"괜찮아."

'손으로 빚은 생활 도자기, 가슴 아픈 가격 2000원'이라고 쓴 작은 현수막이, 지붕이 있는 리어카에 매달려 있고, 그 앞에 할아버지 한 분이 서 있다. 차가 이천을 지나고 있는 모양이다. 가슴 아픈 가격. 도자기를 빚는 마음은 자식을 키우는 마음일 테고, 도자기가 팔려나갈 때는 자식을 멀리 떠나보내는 마음일 텐데, 2000원에 내다팔아야 하는 할아버지 마음은 자식을 포기하는 기막힌 심정일 터다. 어디 가슴만 아프겠는가? 자신의 삶조차 포기하고 싶을지도 모른다. 왠지 미안했다.

'양평알밤농장'은 매표소도 없고, 그러니 입장료도 없다. 농장 문도 없다. 새까만 타일 색깔의 그물로 둥근 지붕을 한, 막사 같은 거대한 건물 3동이 'ㄱ' 자로 세워져 있고, 건물 앞에 햇볕을 받아서인가, 아니면 새까만 건물 때문인가 유난히 샛노란 해바라기가 듬성듬성 보초 서듯 큰 키로 서 있다. 길 왼쪽으로 갖가지 색깔의 백일홍이 흐드러지게 피어나, 문득 고향에 온 듯 푸근한 마음이 되는데, 사람들 틈에서 둥글둥글한 인상의 아줌마 같은 직원이 걸어 나와 우리를 맞이했다. 참, 고기를 구워 먹을 수 있으니까 고기를 준비해 오라고 했지? 마당에는 숯불에서 피어오르는 연기가 자욱했다. 그 직원은 긴 팔에 모자를 쓰고 장갑을 껴야 한다고 주의를 주면서, 빨간 망사 주머니 두 개를 건네준다. 빨간 망 하나에 1만 원, 마음껏 꽉 채우라고 한다.

'알밤농장 밤 줍기 행사장'이라는 현수막이 길을 안내하고 있다. 비가 와서 그런가? 아니면 하늘 높은 줄 모르고 키가 큰 잣나무숲이 해를 가려서 그런가? 질펀히 깔린 낙엽들도 흠뻑 젖어 있다. 그래서 행사장으로 가는 길은 물 먹은 스펀지를 밟듯 푹신푹신하다. 물이 고여 있는 웅덩이 앞에서 한결이를 뒤에서 안아 건네주며 말했다.

"개구리처럼 폴짝 뛰어!"

"할머니처럼 폴짝 뛸 거야."

잣나무숲을 지나 관목들이 우거진 언덕길을 내려가서 다시 언덕을 오르니, 군데군데 밤 줍고 있는 사람들 무리가 저만치 보인다. 우리의 발걸음은 초입에 머문 채 움직일 줄을 모른다. 숲길 초입부터 알밤들이 뒹굴고 있기 때문이다. 동굴처럼 텅 빈 채 입을 딱 벌리고 있는 밤송이도 많다. 밤송이가 떨어지면서 땅에 부딪힐 때 제물에 밤알이 튕겨져 나갔거나, 아니면 벌써 누군가의 손길이 스쳐 지나간 것일 게다.

"한결아, 저 위에 올라가서 줍자."

밤을 빨간 망사 주머니에 열심히 주워 담는 한결이에게 말을 건

네본다.

"할머니, 여기도 밤이 많아요."

한자리에 주저앉아 떠날 줄을 모른다. 밤송이가 툭툭 떨어진다. 그래서 캡이 아닌 모자를 써야 한다고 했나 보다. 금세 빨간 주머니가 밤으로 가득 찰 것 같다. 밤송이 속에 들어 있는 밤을 '송이밤'이라고 하고, 밤송이 속에 외톨로 들어 앉아 있는 동그랗게 생긴 밤을 '회오리밤'이라고 하고, 밤송이에서 빠져나온 밤을 '알밤'이라고 하며, 밤송이 하나에 두 개가 들어 있는 밤을 물론 '쌍동밤'이라고 한다. 아무도 침범할 수 없게끔 고슴도치 같은 밤송이 안에서 어떻게 싹이 트고, 자라고, 여물었기에 저마다 다른 모습일까? 그 삶의 모습 사람 같네.

그밖에 '쭉정밤'이 있다. 밤송이를 까다 보면 껍질만 남아 밤알을 감싸 안듯 착 달라붙어 있는 또 하나의 얇은 밤을 볼 수가 있다. 밤은 밤이되 밤알이 없는 밤, 그래도 밤이라는 이름을 달고 있는 밤, 쭉정밤. 우리는 배추, 무 등 푸성귀가 자랄 때 솎음질을 해 준다. 나머지가 튼실하게 자라도록 하기 위해서다. 그러하듯 쭉정밤이 감싸고 있는 밤알은 튼실하다. 알토란 같다. 밤알을 튼실하게 하기 위해 쭉정밤은 쭉정이가 된 게 틀림이 없다. 아무도 그 쭉정밤에는 눈길을 주지 않는다. 크고 탐스러운 밤이 지천인데, 약간 벌레 먹은 듯 바늘 끝 같은 까만 상처만 있어도 멀리 던져버리는데, 아무짝에도 쓸모가 없는 쭉정밤에 누가 눈길을 주겠는가?

"한결아, 이런 쭉정밤도 주워. 집에 가서 숟가락 만들어줄게."

내 어린 날을 기억에 떠올리며 한결이에게 쭉정밤을 따로 주워서 가방에 넣도록 했다.

"어떻게 숟가락을 만들어요?"

"만드는 수가 있어. 많이 줍기나 해."

"좋아."

한결이는 쭉정밤만 신나게 골라 주머니에 따로 넣는다. 밤송이가 툭 떨어진다.

"한결이가 깜짝 놀라서 쳐다봤어요."

"밤송이로 머리를 맞으면 머리가 아프니까, 빨리 도망가야 해."

"좋아."

제 엄마는 저만치 떨어져서 밤을 줍고, 한결이와 나는 이리저리 옮겨가며 밤을 줍는다. 이따금 한결이는 "엄마는?" 하며 제 엄마를 챙기기도 한다.

"할머니, 한결이 힘들어요."

"할머니도 힘들어. 우리 저 돌에 앉을까?"

돌에 앉았는데, 한결이가 무슨 마음으로 빨간 주머니를 거꾸로 들더니 밤을 모두 쏟아놓는다.

"어머머, 왜 그래?"

"할머니, 밤어린이집을 만들 거예요, 여기가 '밤어린이집'이에요, 어린이집 친구들이 많~다."

빨간 주머니가 작아 보였는데 밤을 쏟아놓고 보니 정말 많다. 우리는 빨간 주머니에 밤을 잔뜩 주워 넣고, 그만큼 흐뭇한 마음이 되어 밤농장에서 내려왔다.

숯불에 석쇠를 얹고 가져간 삼겹살을 직접 구워내 주먹밥과 함께 점심을 들었다. 점심식사 후 땅콩농장으로 올라갔다. '둥글둥글 아줌마' 같은 직원이 호미를 들고 길을 안내한다.

2미터 정도 캐면 된다고 하면서 시범으로 몇 뿌리 캐준다. 땅콩이 고구마같이 주렁주렁 달려 나온다. 땅콩 묶음을 한결이가 높이 들어 흔들며 좋아한다. 한결이와 제 엄마가 호미로 땅콩을 캐고 나는 밭고랑에 앉아 땅콩을 딴다. 땅콩 캘 시기가 아직 이른지 덜 여문 땅콩도 많다. 한결이가 호미를 내던지더니 다리를 잔뜩 벌려 밭고랑을 가운데 두고 밭과 밭을 밟는다. 그러고는 춤을 춘다. 주위에 있던 다른 가족들이 덩달아 웃는다. 9월 중순이지만 늦더위가 계속되고 있는 요즘이다. 등이 따가워서 땅콩을 모두 그늘로 옮겨놓고, 땅에 주저앉아 땅콩을 땄다.

길가에 백일홍이 아침과는 달리 한낮의 늦더위에 지친 듯 늘어져 있다. 일요일에 서울로 들어가는 차는 언제나 막힌다. 알밤농

장은 아직도 떠들썩한데, 우리는 그곳을 떠나야 했다. 알밤농장을 벗어나면 남한강변에 미술관이 줄을 잇는다. 바탕골, 와, 닥터박갤러리, 마나스 … 지난겨울에 한 번씩 다녀갔던 곳이다.

"한결아, 우리 미술관 들러볼까? 한결이는 어느 미술관에 가고 싶어, 바탕골미술관? 닥터박갤러리?"

제 엄마가 물으니 '닥터박갤러리'에 가자고 한다. 닥터박갤러리에서 먹던 머핀이 떠오른 것 같다.

닥터박갤러리에 들어서니 갑자기 마음이 차분해진다. 그럴 것이 알밤농장과는 분위기가 딴판이기 때문이다. 딸이 닥터박갤러리에 온 것은 탁월한 선택이었다고 하며 좋아한다. 나른한 피로가 빠르게 풀려나갈 것 같다.

로비에 '세계유명건축시리즈'가 유리장 안에 진열되어 있다. 빈센트 반 고흐의 방, 타지마할, 노트르담대성당, 루브르박물관, 타워브리지, 오페라하우스 …. 한결이가 안아서 보여달라고 한다. 빈센트 반 고흐의 방을 보며 얼른 '고흐 방'이라고 지적한다.

'그래도 그동안 미술관에 데리고 다닌 보람이 있네.'

2층 전시장에 가려고 엘리베이터 앞에 섰는데, 머핀부터 먼저 먹자고 떼를 쓴다. 커피 두 잔과 머핀과 아이스크림을 쟁반에 받혀들고 야외탁자에 앉는다. 나뭇잎마저 움직이지 않는 하오의 정적, 잔잔한 강물, 소리 없이 공중을 나는 새, 그리고 잠자리 …. 장터처럼 시끌시끌한 분위기를 떠난 지 단 10분 만에 맞이한 조용한 분위기 때문에 갑자기 귓속이 가물가물, 시야도 가물가물 멀어진다. 아기를 안고 온 젊은 부부, 부모를 모시고 온 아들과 며느리, 연인끼리, 친구끼리 야외탁자에 앉아 이야기를 나누는 모습은 참으로 아름답다. 여유가 주는 충일한 한가로움과 평화스러움.

강물을 내려다보던 한결이가 갑자기 침묵을 깬다.

"저기 산 밑까지 어떻게 건너가지?"

"걱정 마. 바다기린이 물속에서 쑥 목을 내밀어서 우리를 어깨에 태워 강을 건네줄 거야."

한결이가 얼른 알아듣는다.

"좋아."

색연필을 비딱하게 세우더니 묻는다.

"피사의 사탑 같지요?"

"땅콩 그려봐."

제 엄마가 알밤농장에서 땅콩 캐던 게 생각났는지 땅콩을 그려보라고 했다.

"여기는 닥터박갤러리인데 왜 땅콩을 그려요?"

먹던 아이스크림이 녹으니 머핀을 집어넣고 저으며 '머핀 아이스크림'이라고 한다.

"한결이는 이상한 나라의 어린이인가 봐. 이상한 말만 하니까."

머리에 살짝 알밤 한 대를 먹인다.

지난겨울에 왔을 때 '쉴만한물가'는 얼어 있어서 계단을 내려가야 하는 그곳을 눈으로만 구경했었다. 그때는 '쉴만한물가'가 아니었는데 지금은 정말 '쉴만한 물가'다. 층계를 내려가는데 분수가 물을 뿜고, 약하기는 하지만 폭포도 이중 삼중으로 흘러내리고 있다. 분수 옆 항아리에 새겨진 사람의 얼굴도 활짝 웃으며 우리를 맞이한다. 금방 손이라도 흔들어줄 것 같다.

물가 숲속에 하얀색 벤치 네 개가 나란히 놓여 있다.

'나를 기다렸나 봐.'

나는 얼른 빈 의자에 앉는다. 강물이 손에 잡힐 듯 가깝다. 얼음에 꽂혀 스산하게 머리를 흔들던 갈대가 푸른 머리를 흔들고 있다. 그때는 잠자리도 날아다니지 않았지.

'그냥 여기에 앉아 두어 시간쯤 있었으면 좋겠네.'

이제 집으로 돌아가야지. 해가 갸웃 기울고 있다. 오늘 하루 한결이와의 여행은 이것으로 끝내는 거다.

집으로 돌아와서는, 쭉정밤을 모두 꺼내서 가는 대나무 바늘을 꽂아 숟가락을 만들었다. 쭉정밤숟가락이다. 알밤농장에서 주워온 밤과 캐온 땅콩과 따온 표고버섯을 각각 그릇에 담아 상을 차려놓고, 쭉정밤숟가락을 늘어놓는다. 오늘 저녁 메뉴는 완전 무공해 식품이다. 한결이와 나는 쭉정밤숟가락으로 맛있게 저녁을 든다. '냠냠냠' 가을을 먹는다. 알밤, 회오리밤, 쌍동밤을 키워내느라 쓸모없고 덜 성숙하고 자라다 만 쭉정이로 남았지만 어여뻐라. 숟가락으로 다시 태어나 가을을 듬뿍 선사해주는 쭉정밤이여!

잘 못해도 모두가 살판인 세상

서일농원, 안성바우덕이축제

지난밤 얼마나 뒹굴며 잤기에 한결이 머리카락이 삐죽 솟았다.

"어머나, 한결이 머리에서 새가 날아가네."

내 말에, 딸이 물을 발라 머리카락을 잠재우려 하니 한결이가 묻는다.

"엄마, 뭐 해요?"

"으응, 새가 못 날아가게 하려고 그래."

누가 그 엄마의 그 딸의 그 아들이 아니랄까 봐, 우리 삼대의 대화는 늘 이런 식이다.

오늘은 개천절, 내일과 모레는 토요일, 일요일로 황금연휴다. 남편이 퇴직 후 고향인 충북 음성에 조그만 농장을 만들었다. 자신은 심심풀이라고 하지만, 속셈은 한결이에게 농장에서의 즐거움을 갖게 해주고 싶었던 거다.

우리 농장에서 차로 30분쯤 걸리는 거리에 시누이네 농장이 있다. 시누이 부부는 몇 년 전부터 농장을 경영해온 베테랑이다. 남편은 시누이네와 고향 친척의 자문을 받아가며 어렵사리 농장을 꾸리고, 치솟는 기름값 아끼려고 버스를 타고 오르내리며 고생을 하더니, 시행착오가 있긴 했지만 이렇저렁 결실을 맺게 됐다.

2박 3일 동안 시누이네 농장에 머물면서 그 근처 몇 군데를 돌아보기로 하고, 밑반찬과 한결이 이부자리와 모기장까지 준비해서 차 트렁크에 하나 가득 싣고 가는 중이다. 첫날인 오늘은 안성에 있는 '서일농원'에 들렀다가 '바우덕이축제'를 관람할 예정이다.

한결이가《너, 공룡 사촌이니?》라는 책을 꺼내들고 읽어달라고 한다. 공룡과 비슷한 동물을 비교해가면서 '너, 공룡 사촌이니?' 하고 묻는다. 예를 들어, 코끼리와 공룡 브론토사우르스는 외모가 비슷한데다가 걸을 때마다 쿵쿵쿵 땅을 굴리며 걷는 것까지 같아서 코끼리에게 "너, 공룡 사촌이니?" 하고 묻는 것이다.

"망치 같아요."

'쿵쿵쿵' 소리에 한결이는 망치로 두들길 때 나는 소리를 연상한 모양이다. 코뿔소와 트리케라톱스가 머리 위에 뿔이 있는 게 닮았고, 오리와 하드로사우르스는 앞발과 뒷발에 물갈퀴가 있고 새끼들을 무리 지어 데리고 다닌다는 것이 닮았고, 캥거루와 카쿠루는 다리와 꼬리가 길어 잘 달린다는 게 닮았다. 동물과 공룡의 닮은 점을 하나하나 짚어가며 읽어주고 있는데 별안간 다른 책 두 권을 들더니 묻는다.

"할머니, 《달려라, 붕붕》과 《아트 퍼즐 반 고흐》도 사촌일까?"

엉뚱한 질문에 벙벙했는데 가만히 보니 책 두 권이 다 정사각형으로 크기와 모양이 닮았다. 방울토마토를 먹다가 한 개 위에 다른 한 개를 얹어놓으며 말한다.

"눈사람 같아요."

집게손가락과 가운뎃손가락 사이에 토마토를 껴서 들고는 이렇게 말한다

"한결이 손가락에 불이 났어요."

"어쩌지? 불 끄자. 쉬~이익. 안 꺼지네."

안 꺼질 줄 알았다는 듯 씩 웃는다. CD플레이어에서 노래가 흘러나온다. 늘 제가 듣던 노래이긴 하지만 반주만 조금 나와도 곡명을 대며 몸을 흔든다. 〈방울새〉가 나오니 손을 귀에 대고 잘 듣는 척하고, 〈부엉이〉가 나오니 몸을 좌우로 흔든다. 〈소나기〉가 나올 때는 양팔을 아래위로 흔들고, 〈전봇대〉가 나오니 방울토마토를 두 손에 쥐고 춤추듯 팔을 흔든다.

길이 주차장이다. 어젯밤에 떠나려다 오늘 떠난 것이 불찰이다. 지루해지니 한결이가 차 안에서 물구나무를 서고, 툭툭 건드리기도 하면서 장난을 친다. 마침 앰뷸런스가 지나갔다.

"어마, 한결아. 앰뷸런스가 지나가네. 한결이 데리고 가려고 그러나 봐."

갑자기 행동을 멈추며 조용해진다. 몸은 꼼짝 안 하면서 눈을 좌우로 돌리며 앰뷸런스가 지나갔나를 살핀다. 힘이 들긴 하지만, 한결이와 여행하는 게 즐겁다. 걸을 수 있을 때 많이 걸으라고 하

지 않았나? 여행할 힘이 남아 있을 때 많이 하는 거다.

서일농원은 멀리서 바라보면 소나무 마을에 폭 안겨 있는 듯하다. 농원 안에 소나무 5백여 그루가 있기 때문이다. 그래서 서일농원의 그 유명한 식당 이름이 소나무의 또 다른 말인 '솔'과 마을 '리里' 자를 합쳐 '솔里'다. 3만여 평에 넓은 농원은 장승솟대, 이끼 낀 돌담, 늘 푸른 대나무, 초가지붕 아래 매달린 메주, 무수한 옹기들이 있어 정겹다. 돌담 아래 까만색 오지항아리 화분이 길 따라 셀 수 없이 많이 놓여 있는데, 화분마다 수련이 꽃을 피우고 있어 길 걷기가 여간 좋은 게 아니다. 게다가 산책길에서 만나는 우리 꽃인 엉겅퀴, 부처꽃, 벌개미취, 백일홍이 정겨움을 보탠다.

산책길을 걸어 식당 '솔里' 앞에 선다. '전통음식시식점'이다. 입간판 아래는 채송화 꽃밭이다. 땅 가까이 올망졸망, 색색이로 피어나 얼굴만 잎 위로 쏘옥 내밀고 방글거리고 있다. 아기를 보는 것처럼 귀엽고 예쁘다.

점심때가 한참 지나 있어 점심부터 먹기로 했던 것인데, 그때까지도 식당은 만원이다. 족히 한 시간을 기다려야 한다고 한다. 식당 주인은 딸의 핸드폰 번호를 묻고, 자리가 나면 전화할 테니 근처에서 산책이나 하고 계시라고 일러준다. 달리 점심 먹을 장소가 없으니 선택의 여지가 없다. 기다릴 수밖에.

식당 밖으로 나와 길을 따라 걷는다. 특이한 소나무가 있다. 둘로 갈라진 나무줄기 중에 하나가 'ㄱ' 자로 꺾여 다른 나무줄기를 걸치고 땅 가까이 내려와 있는데, 그 가지 끝에만 솔잎이 무성하다. 어떻게 저런 모양으로 나이를 먹었을까? 허리가 꺾여 다른 나뭇가지에 허리를 걸치고도 그래도 잎을 무성하게 달고 있는 염치없는 소나무다. 얼핏 보기에 연리지 같지만 뿌리가 하나니 연리지는 아니다. 더 이상 구부러지지 못하게 나무기둥을 받쳐놓았다.

"한결아, 저 소나무 뭐 같아?"

"뱀 같아요."

"그래, 정말 뱀 같다."

뱀이 나뭇가지를 칭칭 감고 있는 것 같다. 조금 더 걸으니 항아리가 놓여 있는 마당이다. 창경궁 뜰처럼 넓은 마당에 항아리가 물결치듯 놓여 있다. 그렇게 넓은 아빠대가, 담을 경계로 세 군데로 갈라져 있다. 제 각각 다른 장醬이 들어 있는, 아니면 숙성 기간별로 나뉘어 있는 건지도 모르겠다. 항아리가 2천여 개, 모두가 배불뚝이 항아리다. 아기를 가진 엄마들의 배부르기 경연장 같다. 비 온 뒤 장독대처럼 정갈한데다가 항아리의 배가 불뚝한 면에 햇빛이 반사되어 눈이 부시다.

안성시농업기술센터에서 '달이지 않는 한식 간장의 기술 개발'을 위해 이곳 서일농원을 연구 농가로 지정했다. 간장 담그는 적기와 제조 방법도 연구 대상이었다. 그 결과 달이지 않는 간장이 탄생했고, 특허도 땄다. 햇볕과 바람에 1년 6개월 이상 자연 숙성시켰기 때문에 달인 간장보다 훨씬 많은 영양소가 들어 있다고 한다. 된장은 햇콩을 재료로 옛날식 그대로 담았고, 고추장 역시 햇볕에 직접 말린 고추로 옛날식으로 담았다고 한다. 간장, 된장, 고추장 모두 불순물 제거 과정을 거쳤기 때문에 깊은 맛과 청정함

이 넘친다는 것이다. 서일농원은 전통 장류의 맥을 잇고 연구 개발하는 곳이라 그에 관한 많은 시설이 있다. 장류연구소, 황토발효숙성실, 저온보관시설동, 제품생산동 등등.

우리 집처럼 장항아리가 많은 집은 드물 것이다. 친정어머니가 살아계셨을 때는 장을 꼬박 담아 먹었다. 이웃집에서 우리 집에 놀러 왔다가 베란다의 장항아리를 보며 아파트에 살면서 어떻게 이렇게 많이 놓고 사느냐고 놀라곤 했다. 모르고 살아왔지만 친정어머니가 담아주셨던 장이 정말 옛 맛, 옛날식이었을 것이다.

한결이가 데크에 올라가 나무기둥 울타리 사이로 바다 물결 같은 장독대를 신기한 듯 바라보고 있다. 나도 한결이 곁에 서서 저 수많은 항아리 곁에 서 계신, 돌아가신 친정어머니를 본다. 순간적으로 서러움 같은, 그리움 같은 감정이 가슴을 관통한다.

'잘 만드는 것이 아니라 잘 만나게 하는 것이 예술의 참기술'이라는 말이 있다. 항아리 사이사이에서 돌아가신 어머니를, 가슴을 관통하는 그리움으로 만나게 해주는 저 항아리들이야말로 예술의 참기술임을 깨닫는다. 그림, 음악, 문학만이 예술은 아닐 것이다. 손끝으로 맛을 빚는 '장 담기'도 예술임에 틀림없다.

조금 더 걷다가 보니 배밭이다. 배 하나하나가 종이봉지를 쓰고 있다. 새나 벌레의 침입을 막기 위해서다. 종이 봉지를 배 하나하나에 씌우는 노동의 손길이 없으면 배는 실하지 않을 것이다. 배뿐만 아니라 모든 일에는 정성과 노력이 우선이다.

배밭을 지나니 잔디광장이다. 잔디 여기저기에 처놓은, 지붕만 있는 천막이 그늘을 만들어주고 있다. 남편과 한결이는 잔디에서 공놀이를 하고, 딸과 나는 잠시 천막 아래서 해를 피하고 있다. 한결이가 가랑이를 벌리고 서서 제 할아버지 보고 공을 그 밑으로 차 넣으라고 한다. 자기가 골키퍼라고 한다. 키득키득하는 소리가 잔디를 메운다.

식당 솔뫼에서 전화가 왔다. 딸이 먼저 뛰어가고 우리는 천천히 뒤를 따른다. 한 시간이나 기다렸다가 핸드폰으로 연락받고 갔는데도 실내는 손님들로 북적이고 있다. 미닫이문으로 나뉜 실내가 송화松花, 이화梨花, 만월당滿月堂 … 저마다 문패를 달고 있다. 서일농원 안에서 흔히 볼 수 있는 것만으로 이름을 지은 게 아닌가 싶다.

소나무꽃, 배꽃 그리고 보름달. 이름만 들었을 땐 평화로운데, 붐비는 사람들로 평화가 깨지고 있다. 된장찌개와 청국장찌개와 녹두김치전을 시켰다. 반찬이 자그마치 14가지다. 더덕, 깻잎, 달래, 미역, 무말랭이, 파래장아찌 … 무엇보다 된장찌개와 청국장찌개가 좋다. 우리 쌀, 우리 된장, 우리 고추장, 우리 간장으로 만든 우리 음식은 참으로 비위脾胃에 맞았다. 신토불이다.

우선 '바우덕이'라는 낯선 이름에 대해 설명을 해야 할 것 같다. 바우덕이의 본명은 김암덕. 가난한 소작농의 딸로 태어나 5세 때 안성 남사당패에 맡겨져서 노래, 줄타기, 악기 연주, 살판 등 갖가지 기예를 익힌다. 15세 때 꼭두쇠(우두머리)로 선출된다. 어린 나이에, 더군다나 여자의 신분으로 남사당패의 꼭두쇠가 된다는 것은 요즘과 달라 상상도 할 수 없는 일이었지만, 바우덕이의 뛰어난 기예와 꼭두쇠로서의 기량을 인정받은 것이다. 그녀는 남사당이라는 놀이 문화를 대중문화로 발전시키고, 전국을 돌면서 백성들의 억울하고 힘든 슬픔과 고통을 위로하며 활발한 활동을 한다. 바우덕이는 우리나라 최초의 여성 연예인이고, 남사당은 조선 후기에 장터와 마을을 돌아다니며 줄타기, 인형극, 풍물놀이, 탈놀이 등의 공연을 하던 우리나라 최초의 대중 연예 집단인 셈이다. 그녀는 23세 젊은 나이에 폐결핵으로 세상을 뜬다.

남사당놀이는 여섯 마당으로 이루어진다. 풍물놀이, 버나(대접돌리기), 살판(땅재주), 어름(줄타기), 덧뵈기(탈놀음), 덜미(인형극) 순이다. '살판'이란 멍석 위에서 어릿광대와 재주꾼이 재담과 묘기를 주고받는데, 그게 죽을 둥 살 둥 덤벼들어야 하는 연기로 '잘하면 살판이요, 못하면 죽을 판이다'라는 말에서 나왔다고 한다. '어름'이란 '얼음 위를 걷듯이 어렵다'는 것을 뜻하고, '덜미'란 인형극으로 목덜미를 잡고 놀기 때문에 붙여진 이름이다.

우리가 바우덕이 축제를 보려고 이곳에 도착한 것은 오후 4시 30분. 시간이 늦어 오늘 프로그램이 거의 끝나가고 있었다. 아! 그렇지만 바우덕이 축제의 진수인 '어름산이 박진아의 줄타기'를 볼 수 있는 것은 행운이다. 오후 5시 30분에 '옛날장터'에서 열린다고 한다. 그동안 주위를 둘러보기로 했다. 장터는 북새통이다. 질탕하다. 강물, 노을, 풀꽃, 산들바람조차 남녀노소와 어울려 한층 흥을 돋운다. 남사당패의 풍물놀이 하는 모형이 직사각형의 발판을 딛고 강물에 떠 있는데, 넘어가는 햇빛을 받아 그 또한 금방 손발을 움직이며 춤사위를 벌릴 것 같다. 빈대떡, 설렁탕, 곰탕, 소고깃국, 육개장, 전어구이, 소시지구이, 호박엿, 번데기… 가게마다 음식이 넘쳐난다. 음식 냄새와 연기 사이로 손님을 부르는 소리조차 높고 굵직하고 리듬이 있어 장터는 글자 그대로 장터다. 흥청망청하다.

좁은 외나무다리를 건너 강 건너편으로 건너간다. 첨탑처럼 지붕 한가운데가 뾰족한 흰 차일을 치고 세계민속풍물관이 들어서 있다. 인도관, 러시아관, 태국관 … 저마다 그 나라의 독특한 민속 풍물을 벌여놓고 팔고 있다. 페루인이 인디언 복장을 하고 페루의 전통악기인 '안따라'를 그 나라의 민속춤을 추며 흥겹게 불고 있다. 아주 매력적이다.

한결이는 북적대는 걸 참 싫어한다. 한결이 손에 이끌려 다시 외나무다리로 강을 건너 '옛날장터'로 간다. 옛날장터에는 사람들이 빼곡히 찼고, 높고도 경사가 진 둔덕에도 틈이 없이 사람들로 가득 찼다. 남편은 사진 찍는다고 언덕 아래에 남아 있고, 딸과 한결이와 나는 기어서 둔덕을 올라가 틈을 비집고 앉았다. 급경사라 앉음새가 불안하고, 자꾸 미끄러져 내려가는 듯해서 겁이 난다.

박진아. 전국에서 단 두 명밖에 없다는 어름산이(줄타기하는 사람)다. 대학 1년생인데, 초등학교 6학년 때 안성 남사당보존회 전수자로 입회해서 중학교 때부터 줄타기를 해왔다. 그녀는 '열 마디 재담 중 세 마디는 웃음을 줘야 하고, 나머지 일곱 마디는 마음의 양식을 주는 것이어야 한다'고 말하고, 그렇지 않으면 '줄타기는 서커스에 불과하다'고 말한다. 우리가 앉은 데에서 내려다보이는 곳에 보라색 조끼에 흰 바지저고리를 입은 앳된 소녀가 허리운동과 팔다리운동을 하고 있다. 몸이 한 줌밖에 안 되어 보인다.

"날씨 한번 더럽게 좋다."

오른손에 부채를 들고 줄을 오르며 그녀가 내뱉는 첫 번째 아니리(가락을 붙이지 않고 이야기하듯 엮어 나가는 사설)다.

"그러게 말이야."

고수鼓手(북치는 사람)의 추임새(흥을 돋우기 위하여 삽입하는 소리)가 뒤를 따른다.

"잘 올라오긴 했는데."

"잘 올라 왔는데."

금방 뒤따르는 추임새.

"뚝 떨어지면."

"떨어지면."

"낙동강 오리."

"얼씨구!"

한 발 내딛고 들이밀고 … 마치 줄이 끊어지나 안 끊어지나 시험해보는 것처럼 그녀의 발길은 내딛고 들이밀고를 되풀이한다. '정말 떨어지면 어쩌나' 걱정으로 가슴이 조여든다.

"어구구구."

"얼씨구절씨구."

뒤뚱거릴 때마다 많은 관중들의 간은 타는데, 어름산이와 고수는 흥을 돋운다.

"여기까지 오기가 참 힘이 드는구나."

"그런데?"

"박수소리가 죽은 사람 방구소리만도 못하네."

"얼씨구!"

"끝까지 가느냐, 하다 말고 내려가느냐는 여러분 손에 달렸는데."

"얼씨구."

줄 중간쯤 가다가 어름산이는 도로 내려갈 듯 너스레를 늘어놓는다. 박수소리가 우박 쏟아지듯 요란하다. 딸과 나는 물론이고 제 엄마 앞에 앉아 있는 한결이도 신나게 손뼉을 친다. 땅바닥에 앉아 있던 사람들이 일어나 돈을 건넨다.

"신사임당보다 훌륭하신 어머니네."

어름산이, 앳되고 예쁜 박진아, 줄 위에서 돈을 받아 허리춤에 질러 넣는다. 너스레에 또 일어나는 박수갈채. 너도 나도 일어나

그녀에게 돈을 건넨다. 그때부터 어름산이 박진아는 줄 끝까지 신명나서 걷는다.

"여러분들을 위해서 이번에는 뒤로도 건너보겠네요."

넘어질 듯 넘어질 듯 걸어서 보는 사람 손에 땀을 쥐게 하더니 웬걸, 춤까지 추며 사뿐사뿐 걷는다. 엄살이었던 게다. 뒤로 끝까지 걸은 그녀, 다시 한 번 내뱉는 걸쭉한 너스레.

"시집도 못 가고 처녀귀신 될 뻔했네."

"얼씨구절씨구."

줄에서 높이 뛰어오르더니 한 발은 줄 아래로 떨어트리고, 한 발만으로 줄에 살짝 내려선다. 그러면서 줄 끝까지 걷는다. 앉았다 일어났다 하고, 뒤로 돌아 앉았다 다시 앞으로 돌아앉았다 하기도 한다. 바람에 불리는 마른 나뭇잎인가? 새의 비상인가? 어찌 저리 가뿐가뿐할까?

"거시기가 머시기가 될 뻔했지."

"얼씨구."

두 다리 사이로 줄을 타고 앉았다가, 뛰어 일어났다가 다시 털썩 줄을 타고 앉으니, 왜 안 그렇겠는가? 산악자전거를 처음 배우는 사람들은 오줌도 제대로 눌 수 없다고 한다. 하물며 이건 두 다리 사이로 줄을 타고 앉는 거다.

"이번에는 양반 아주머니 걷는 흉내를 내보겠네요."

양반 아주머니는 치마폭을 쥐고 얌전히 걷는다나? 흉내를 내더니, 이내 두 손 두 발을 걷어 부치고 종종 걸음으로 줄을 탄다.

"성질 급한 아주머니, 엉덩이를 동으로 돌렸다 서로 돌렸다 허는디."

어름산이 박진아는 어림잡아 6, 7년을 줄을 탔다는 얘기다. 가슴이 짠하다.

"박수하고 철천지원수가 졌는지 끝까지 박수 안 쳐준 사람, 대단히 감사합니다. 박수를 받으려고 환장한 게 아니고, 박수 치면 건강에 좋기 때문입니다."

"아, 당연한 말씀. 얼씨구절씨구."

"먹고살려고 지랄 같은 걸 배워갖고, 죽을 둥 살 둥 이 짓거리여."

"아, 그러게 말이지."

박진아의 줄타기는 여기서 끝난다. 마당에, 언덕바지에, 강가에 앉아 있던 관객들은 일제히 일어나 박수를 쳤다. 한결이도 일어나서 짝짝짝 박수를 쳤다. 계급과 신분, 성별을 뛰어넘어 불꽃처럼 살다 바람처럼 가버린 조선의 예인 바우덕이, 유일무이한 남사당패 여자 꼭두쇠. 그 영혼이 어름산이 박진아에게서 되살아나 깊은 감동을 안겨주고 있다.

바우덕이 축제는 2006년부터 유네스코 NGO 단체인 CIOFF(국제민속축전기구)의 공식 축제로 지정되었다고 한다. 우리 전통을 소재로 한 가장 한국적이면서도 감동적인 바우덕이 축제는 세계적인 축제로 자리 잡아 나갈 것이다.

오후 6시 30분이다. 시누이네 농장으로 돌아간다. 들판에 벼가 황금색으로 물들어 있는데, 하늘조차 황금색으로 물들이면서 해가 산을 넘어가고 있다. 노을처럼 박진아의 줄타기가 진주홍색 감동으로 가슴을 물들이고 있다. 잠시 눈을 감으며 '잘 못해도 모두가 살판인 세상'이 되길 기도한다.

무상으로 주는 기쁨

이원아트빌리지, 구원농장

농장의 아침은 신선하다. 시누이네 농장 컨테이너에서 눈을 떴다. 창문 가까이 다가가 밖을 내다본다. 보는 것만으로도 푸른 마음이 된다. 초록색은 늙지 않는다. 언제 봐도 눈을 푸르게 하고 마음을 푸르게 한다. 농장은 아직도 낮은 숨결로 단잠에 빠져 있다. 고즈넉하다.

딸과 한결이가 깰세라 남편과 나는 가만히 문을 열고 밖으로 나온다. 보는 것만으로도 즐거움을 주던 농장은 풋풋한 냄새, 청량한 공기로 빠르게 우리 곁으로 몰려든다. 남편은 밤나무 아래에서 밤을 줍고, 나는 밭으로 가서 깻잎과 고추와 울타리콩을 딴다. 콩을 까서 밥을 안치고, 밤은 삶고, 고추와 깻잎은 씻어 양념된장과 함께 식탁에 올려놓는다.

"왜 집이 이상해요?"

그릇 달그락거리는 소리에 잠이 깬 한결이가 집이 이상하다고 한다. 눈을 뜨면 만나는 낯익은 환경이 아니니 이상할 수도 있겠다. 한결이 아빠한테서 전화가 왔다.

"좋은 아침!"

내가 먼저 전화를 받아 인사를 한 후 전화기를 딸에게 넘긴다. 정말, 좋은 아침이다. 깻잎과 고추를 양념장에 찍어 아침식사를 끝내니 딸이 만족한 표정으로 말한다.

"이렇게 맛있는 아침식사를 한 건 처음이에요."

어제 서울 집에서 몇 가지 밑반찬을 준비해 왔어도 밭에서 금방 딴 깻잎과 고추에는 그 맛이 미치지 못하나 보다.

오늘은 진천의 '이원아트빌리지'와 음성의 우리 농장을 갈 예정이다. 이곳 충북 맹동의 시누이네 농장에서 얼마 떨어지지 않은 곳들이다. 농장, 농장 하지만 말이 농장이지, 시누이네 농장이나 우리 농장이나 텃밭이라고 부르는 게 더 옳을 것 같다. 달리 부를 만한 이름도 없지 않은가?

떠났다 싶은데 어느새 도착이다.

"한결아, 다 왔어. 내리자."

농장에서 이원아트빌리지는 자동차로 10분밖에 안 걸린다.

"잘래요."

한마디로 잘라 말한다. 제 엄마가 공을 갖고 내리며 말한다.

"저 안에 들어가 공 베고 자."

줄래줄래 따라 내리고, 줄래줄래 따라 들어오더니 정말 잔디에 공을 올려놓고 얼굴 갖다 대며 자는 시늉을 한다.

문 안으로 들어서니 돌길이다. 크기가 서로 다른 돌을, 어찌 보면 아무렇게나 깨져버린 듯한 돌을 규모 있게 이어놓았는데, 돌 틈마다 풀이 아우성치듯 삐져 올라와 있어 돌길이라고 하지만 풀이 있는 돌길이다.

건축가 원대연 교수와 사진작가 이숙경, 부부가 이원아트빌리지의 주인이다. '이원'이라는 이름은 부부의 성姓을 따서 만들었지 싶다. 이곳은 미술관이 아니다. 이름 그대로 예술마을이다. 건물뿐만 아니라 그 안에 있는 모든 것이 예술품이라는 뜻이 되겠다.

길마다, 골목마다 독특한 이미지를 형상해놓았다. 게다가 건물마다에는 그에 걸 맞는 지붕을, 창틀을, 담을, 테라스를, 내부 장식을 갖추고 있다. 나무, 풀, 꽃은 또 말해서 무엇 한담? 화분 하나하나가, 탁자와 의자 하나하나가 모두 범상치 않은데 마당에, 길옆에, 풀숲에, 현관 앞에, 테라스에, 계단에 놓여 있는 조각 작품들은 또 어쩌란 말인지. 가슴으로 밀고 들어오는 감동 때문에 입을 다물 수가 없다. 주인이 누구인지 보고 싶다.

경사진 지형을 그대로 살려 계단을 만들었고, 샛길과 골목을 냈다. 건물과 건물 사이에도 좁은 계단이 안 보이는 듯 보이면서 수줍은 듯 길을 안내하고 있다. 어느 골목길에는 골목의 반을 흰색의 담이 가로 막고 있는데, 그 담에 창을 내듯 긴 네모로 구멍을 내놓았다. 구멍으로 들여다보이는 곳에 계단이 살짝 엿보여 그쪽 어딘가에 좀 더 높은 곳으로 올라가는 입구가 있음을 예시하고 있고, 계단 옆에 나무숲이 있어 한 폭의 그림을 보는 듯하다.

어느 한 건물에서 다음 건물로 가려면 골목을 걸어야 하고, 계단을 올라가야 하고, 담을 돌아서 가야 한다. 걷다가도 문득문득 담을 만난다. 문득이라 함은, 담이 있을 자리가 아닌데 느닷없이 담을 만나기 때문이다. 그 담에는 어김없이 긴 네모이거나 'ㄱ' 자를, 아니면 'ㄴ' 자를 돌려놓은 듯한 구멍을 뚫어놓았는데, 턱에 화분을 올려놓거나 마치 액자를 벽에 걸어놓은 듯 그 너머의 풍경, 정원등庭園燈, 해태, 계단, 숲, 소나무가 담겨 있다. 담쟁이가 끈으로 묶어놓은 커튼처럼 살짝 늘어져 있기도 했다.

한결이와 제 엄마가 숨바꼭질을 한다. 한결이가 뛰어가다가 가뭇없이 사라져버리면 제 엄마는 한결이를 찾으려 애를 먹는다. 그런가 하면 어느 틈에 마당으로 올라가 벽에 나 있는 긴 네모 구멍으로 얼굴을 내밀고 아래에 있는 남편과 나를 보며 '까꿍' 한다.

창틀 하나도 그대로 놓아둔 게 없다. 우리가 마당으로 올라서서 어슬렁어슬렁 걸어가고 있는데, 건물 창틀에 아기자기한 도자기 소품이 나란히 놓여 있는 게 보였다. 올망졸망한 것들이 장난스럽게 키득대며 창밖의 우리를 내려다보고 있는 것 같다.

잔디 한 모퉁이에 놓여 있는 돌확도 그냥 놓여 있는 게 아니다. 크기가 서로 다른 자갈이 빨간색 옷, 파란색 옷, 노란색 옷을 입고 돌확 안에 놓여 있거나, 돌확 주위에 흩어져 있거나, 돌확 옆에 놓여 있는 바위 주위에 몰려 있거나 했다. 한결이가 색깔 옷을 입은 자갈이 예쁜 듯 손으로 들어 이리저리 옮겨본다.

숲으로 둘러싸인 자그마한 터에서 재미있는 조형물을 발견한다. 입구에서 만난 마스코트처럼 가는 통나무로 만든 사진사와 그 피사체다. 나무 받침대에 놓여 있는 사진기를 들여다보고 있는 사진사가 있고, 사진사 앞에서 긴 나무막대를 의자 삼아 앉아 포즈를 취하고 있는 사람이 있고, 사진사와 피사체 사이에 두 사람이 사진 찍는 것을 장난스러운 포즈로 방해하고 있는 사람이 있다. 모두가 솔방울 목걸이에 솔방울 팔찌를 끼고 있다. 사진사가 '조금만 더 왼쪽으로'라는 지시를 내리고 있는 걸까? 사진사의 왼손 손가락이 쫙 펴져 있다. 날아다니는 나비와 잠자리가 들러리다. 한결이가 저도 사진을 찍어달라고 하며 의자에 앉아 'V' 자를 그려 보이고 있다.

돌길을 걸어 '하늘못'으로 간다. 물옥잠이 있고, 부들이 떠 있다. 못에 바위와 숲이 들어앉아 있는 걸 보고 한결이가 말한다.

"이건 돌섬이네. 저건 나무섬이고."

"그래, 돌섬에는 아무것도 자라지 못하지만 나무섬에는 이끼, 풀들이 자라고 있지? 한결이는 어느 섬이 더 좋아?"

"나무섬."

'그렇겠지.'

한결이는 정말 '물닭띠'인가 보다. 무릎을 꿇더니 못으로 빠져들 것처럼 손을 담가 물장난을 친다.

갤러리에서는 야생화 사진전을 하고 있다. 이곳에서 매년 피고 지는 200여 종의 야생화를 찍어 그중 손쉽게 볼 수 있는 것을 중심으로 골라 전시하고 있는 것이라고 한다. 꽃이 피는 시기별로 정리된 것을 참고하여 마당에 핀 참모습과 비교하여 살펴보면 또 다른 즐거움을 느낄 수 있을 것이라고 한다. 솜나물, 좀씀바귀, 솜방

망이, 꿀풀, 돌나물, 작은 산꿩의 다리, 철쭉나무, 초롱꽃, 참조팝나무, 구술봉이, 가시둥굴레, 땅채송화 … 야생화들이 같은 크기에 액자에 담겨 두 줄로 사방 벽에 걸려 있다. 대체, 마당에 이렇게 많은 꽃들이 피어났다 진다니, 이곳은 천상인가?

상촌미술관에서는 소장품인 한국현대작가전을 하고 있다. 강주희 작가의 〈속俗〉(캔버스에 동분 아크릴, 혼합 재료) 앞에 선다. 세속에서 볼 수 있는 모든 물품이 다 동원된 작품 같다.

"연못이 아닌데, 왜 오리가 있지?"

바이올린에 오리가 그려져 있는 그림을 보면서 한결이가 한마디한다.

"오리가 바이올린이 연못인 줄 알았나봐."

묻는 말에 대한 내 대답이다.

상촌미술관을 나와 매점을 겸한 커피숍으로 들어선다. 커피숍 벽에는 여행에서 찍은 진귀한 풍경의 사진들이 걸려 있다. 남편은 산수유차, 딸은 매실차, 한결이는 오미자차, 나는 에스프레소 커피를 시켰다. 찻잔도 작고 예쁘다. 커피숍에서 내다보이는 정원이 아름답다. 돌길도 보이고, 숲속으로 난 샛길도 보인다. 길가에 키가 낮은 잔잔한 가을꽃들이 한창 피어 있다. 음악이 흐르니까 한결이가 고개를 저으며 장단을 맞춘다. 흥에 겨운가 보다. 몸을 흔든다.

커피숍을 나서며 한결이가 인사를 한다.

"나무야, 안녕. 꽃도 안녕. 풀도 안녕. 연못도 안녕 … 의자도 안녕. 탁자도 안녕. 그리고 식당도 안녕."

직원들이 한결이 하는 양을 보며 크게 웃으니 그들을 보며 손을 흔든다.

"아저씨도 안녕, 누나도 안녕."

주차장으로 나왔다. 한결이는 여전히 인사 중이다.

"차도 안녕."

"어, 이 차는 우리가 타고 가야 하는데?"

"그럼 다른 차야, 안녕."

이른 봄부터 지금까지 남편 혼자서 충북 음성의 이곳 농장을 오르내리며 농사(?)를 지었다. 어떤 때는 1박을, 어떤 때는 2박을 친척 집이나 시누이네 농장 컨테이너에서 잠을 자면서 밭 갈고, 씨 뿌리고, 받침대 받쳐주고, 비닐 덮어주고, 풀 뽑아주었다. 새벽에는 밭에서 일을 하고, 낮에는 뙤약볕을 피해 나무 그늘에서 낮잠도 자고, 책도 읽으면서.

소일거리라고 생각하며 시작한 농장일이지만, 남편은 한 번 다녀오면 며칠씩 팔과 허리가 아프다고 했다. 그래도 기분은 좋다고도 했다. 시행착오를 겪긴 했지만 여름이 끝날 무렵부터 가지를 따오고, 호박을 따오고, 고추를 따오고, 옥수수를 따왔다. 그때마다 나는 마음이 붕붕 들뜨곤 했다. 그러다가 참깨를 털어왔다. 볕에 널어 말려가며 검불을 골라내더니, 작은되로 한 되쯤은 볶아서 일부는 통깨로, 일부는 빻아서 양념통에 담아주더니, 한 말쯤은 시골 가는 길의 방앗간에서 기름으로 짜다 주었다. 참기름은 진짜 참기름이었고, 참깨는 정말 참깨였다. 고소한 냄새가 코를 찔렀다. 이 같은 진짜 참깨와 참기름을 언제 먹어보았나? 나는 다시 마음이 붕붕거려 견딜 수가 없었고, 그래서 내년에는 다른 건 몰라도 참깨만은 1년 먹을 양을 심어달라고 부탁했다. 얼마 전에 김장김치 하려고 심어놓은 배추와 무를 솎아 와서 된장국을 끓였는데, 어머나! 얼마나 맛이 있던지, 두고두고 그 맛을 잊을 수가 없었다.

시누이네는 우리 선산 근처에서 우리보다 훨씬 먼저 농장을 시작했다. 가을에 벌초를 끝내고, 시누이네 농장에 들르는 일이 연중행사가 되었다. 우리가 한결이를 데리고 농장에 가면 시누이는 배춧국과 갓 담근 열무김치와 깻잎과 고추를 씻어 금방 해낸 따끈따끈한 밥을 퍼서 식탁에 차려놓고, 포도주도 곁들여 내놓았다. 점심을 먹고 나면 한결이와 같이 딴 포도가 후식이 된다. 배가 꺼지기도 전에 고구마를 또 쪄낸다. 그래서 가을은 절대로 말만 살찌는 계절이 아님을 절감하곤 했다. 우리 모두 마음도 몸도 살찌기 때문이다.

집으로 돌아올 때 시누이는 1년 동안 힘들게 가꿔 거둔 농작물을 차 트렁크에도 모자라 좌석에도 사람이 앉기가 불편할 정도로 실어준다. 참기름 한 병도 질러 넣어주고, 꿀도 한 병 질러 넣어준다. 시누이는 이렇듯 공과 힘을 들여 거둔 농작물을 무상으로 나누어준다. 무상이라고 하지만 보상이 전혀 없는 무상은 아닐 것이다. 받는 사람의 기쁨이 크고, 주는 사람의 기쁨도 그만 못지않을 것이기 때문이다. 농작물을 캐고, 뽑고, 따고, 꺾어서 차에 실어주고 우리에게 점심을 해 먹이느라고 부산하게 움직이는 시누이 부부에게서 주는 기쁨을 읽을 수가 있다. 주는 사람, 받는 사람 서로가 느끼는 그 기쁨이 바로 무상이 주는 보상이다. 이런 경우 대부분, 무상이 보상을 능가한다. 이제, 내가 시누이처럼 할 차례다.

이원아트빌리지에서 우리 농장까지는 차로 30분 걸린다. 가까운 곳에 있다는 게 이렇게 흐뭇할 수가 없다. 오늘은 고구마를 캐려고 한결이를 데리고 온 것이다. 밤고구마와 호박고구마가 있는데, 호박고구마는 좀 더 추워져도 괜찮다니 오늘은 밤고구마만 캘 작정이다. 장갑과 호미와 포대를 충분히 준비했다.

"일하려면 흙으로 걸어가야 하잖아요? 고추 좀 봐요. 가지 좀 봐요."

밭고랑을 걸어가며 한결이가 계속 말을 한다.

'무슨 제가 일을 한다고? 일을 저지르지나 않으면 다행이지.'

한결이 뒤를 따라 걸으며 '쿡' 하고 웃는다. 남편이 고구마밭의 비닐을 걷어내고, 고구마 캐는 방법을 직접 해보이며 가르쳐준다. 하나의 줄기 둘레를 넓게 그리고 깊이 파라고 한다. 그래야 고구마에 상처가 나지 않는다는 것.

"흙을 팔 수가 없어요."

한결이가 직접 고구마를 캘 수 있도록 고구마 줄기 둘레를 넓게 파주었는데도 고구마를 캘 수가 없단다.

"엄마가 캐는 거 도와줄 거예요."

제 엄마가 캐놓은 고구마를 도로 주위에다가 갖다 늘어놓는다.

"고구마로 장식하는 거예요. 어때요?"

"너무 좋다."

"여기는 고구마어린이집이에요. 짠! 할머니, 예쁘지요?"

알밤농장에서 주머니에 가득 주워넣은 밤을 도로 쏟아놓고 '

밤어린이집'을 짓더니, 고구마밭에서는 '고구마어린이집'을 짓는다. 한결이는 고구마 생김새에 따라 이름을 붙여주며 좋아한다.

"이건 손가락 같아요. 이건 무 같아요. 이건 큰 쥐 같아요. 이건 빨간 무 같아요 …."

밭고랑에 무더기로 쌓아놓은 고구마를 다시 죽 늘어놓는다.

"뭐 할 건데?"

"고구마가게 할 거예요. 고구마 사세요."

"얼마죠?"

"2000원이에요."

한결이는 2000원밖에 모른다.

"주세요."

"여기 있습니다."

고구마를 캐다가 보니 반토막짜리가 나왔는데 남편이 너구리가 먹어서 그렇다고 한다.

"한결아, 반토막짜리 고구마 좀 봐."

"두더지가 땅이 집인데, 두더지가 잘라 먹었나 봐요."

"아냐, 할아버지 말씀은 너구리가 잘라 먹었대요."

"그럼, 두더지와 너구리가 같이 사나요?"

"그럴지도 모르지, 뭐."

"이것 봐라. 여기도 있잖니?"

남편이 너구리가 먹은 고구마를 치켜들었다.

"너구리가 숨겨놓은 걸 할아버지가 찾아낸 거예요?"

한결이는 그 고구마를 도로 땅에 파묻는다.

"잘 자랄 거예요."

밤처럼 고구마도 쭉정이고구마가 있다. 자라다가 만 것. 손가락보다 가늘고 길다. 다른 고구마가 실하게 자라게 하기 위해 저는 쭉정이가 되어버린 쭉정이고구마.

"한결아, 쭉정밤으로 숟가락을 만들었는데, 쭉정이고구마로는 젓가락을 만들까?"

"좋아."

땅은 무구無垢하다. 인간이 하나를 주면 땅은 열을 내준다. 아낌없이 탈탈 털어서 내준다. 참깨 한 알에서 참깨송이가 줄줄이 달리고, 참깨 한 송이는 참깨를 수없이 쏟아낸다. 옥수수 한 알갱이에서 수많은 옥수수를 거둔다. 가지도 마찬가지다. 한 바구니를 땄는데, 그 다음 가보면 또 달려 있다. 이제 찬바람이 부니 가지도 안 열리겠거니 하면 또 줄줄이 매달려 있다. 보렴! 줄기 하나에서 줄줄이 달려 나오는 고구마를. 신기하지 않는가? 땅은 한여름의 뜨거운 햇볕, 쏟아지는 비, 몰아치는 바람에 부대끼면서도 묵묵히 자신이 배태한 씨앗들을 이처럼 훌륭하게 길러낸다.

해가 지고 있다. 시골의 밤은 일찍 온다. 한결이와 장난치며 이야기하며 고구마를 캐다 보니 사래 긴 밭도 어느새 끝이다. 이랑과 고랑에 걸쳐 군데군데 무더기로 쌓아놓은 고구마를 포대에 담고, 호미 등 도구를 챙긴다.

"한결아, 이제 가자."

한결이는 고구마 더 캐야 한다고 이랑에 털썩 주저앉아 집에 안 간다고 한다.

"한결아, 해가 넘어가고 있는데, 조금 있으면 어두워질 텐데."

그만 자리에서 일어난다. 어둠을 싫어하는 한결이의 약점(?)을 이용한 제 엄마와 내가 눈을 찡긋하며 웃는다.

우리 농장에 이원아트빌리지처럼 이름을 붙여주어야 할까 보다. 남편의 성姓인 '구'와 내 성인 '원'을 따서 '구원'이라고 하면 어떨까, 근사하잖아. 구원, 영원하고 무궁한 …. 농장 일을 하다가 힘들면 밀레의 〈낮잠〉처럼 짚가리에 누워 낮잠을 자고, 나무 그늘에 앉아 책도 읽으면서 쉬엄쉬엄 해가면 되는 거다. 이제부터 우리의 노후를, 이 조그만 농장에서 나는 농작물을, 땅이 우리에게 주는 것처럼, 시누이가 우리에게 했던 것처럼 무상으로 주는 기쁨을 누리면서 살리라.

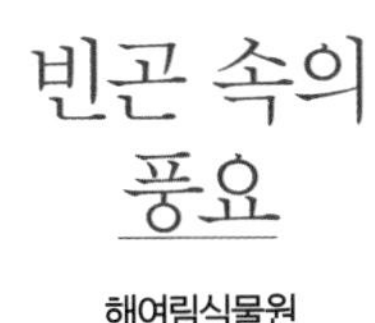

빈곤 속의 풍요

해여림식물원

"새가 앉아 있어요."

한 걸음 먼저 식물원으로 들어간 한결이가 말했을 때, 정말 어딘가 새가 앉아 있는 줄 알았다. 바로 문 안에 설치되어 있는 솟대를 보고 한 말이다. 속은 기분이 들었지만 한결이와 나는 가끔 비현실적인 말을 현실처럼 한다는 사실을 깜빡 잊어버린 내 탓이다.

보통 솟대에 앉아 있는 새는 '오리'라고 한다. 오리의 '오'는 '오르다'의 뜻을 품고 있는 '위'를 뜻하는 말이고, '리'는 접미사. 솟대는 옛날 농가에서 새해의 풍년을 바라는 뜻으로 볍씨를 담은 주머니를 높은 장대 끝에 달아매는 데에서 유래됐다고 한다.

해여림식물원은 출판사 예림당이 만든 곳이다. 이름이 참 예쁘다. 무슨 뜻일까? '해+여(여주의 '여')+림(숲)'의 합성어로, '온종일 해가 머무는 여주의 아름다운 숲'이라고 한다. 그렇지만 오늘은 11

월 15일, 멀지 않아 해가 잠깐 머물다 가버릴 겨울의 초입이다. 화단의 꽃나무들을. 금잔화 같은데 꽃과 잎은 다 떨어지고 씨만 맺혀 무거운 듯 일제히 머리를 숙이고 있고, 산사나무를 감고 오르던 담쟁이도 모조리 떨어지고 가지만 앙상하게 남아 힘겹게 나무를 감고 있지 않나! 아, 그렇다 해도 산사나무 열매가 너무 아름답다. 새빨간 열매가 앵두만 한 크기의 석류 같다.

"이것 봐요. 이렇게 많이 열려 있어요."

한결이가 산사나무 열매를 가리키며 감탄하듯 말한다.

"그래, 참 많이 열렸지?"

지나가던 직원이 한결이 말을 거든다. 한결이가 떨어진 산사나무 열매를 열심히 주워 가방에 넣는다.

"이제 그만 주워. 다른 데 가서 다른 열매 또 줍자."

"할머니, 다른 데 가면 다른 열매가 많이 있어요?"

"그럼."

한가하다. 우리 가족(남편, 나, 딸, 한결이)밖에 없는 식물원은 한가하다 못해 쓸쓸하다. 마음 탓인가? 어디선가 들려오는 새소리도 봄이나 여름 같지 않다.

딸이 잠자리를 잡아 한결이에게 보여준다. 딸에게 잡힌 걸 보니, 잠자리도 낙엽만큼이나 매가리가 없는 게 틀림없다. 잠자리에게는 살맛 없는 계절이 닥친 것이다. 잠자리 다리에는 흡착력이 있다. 무엇이든지 다리에 대주면 끌어안는다. 안는다는 것, 그만큼 마음이 허전한 게다. 손가락을 대주니 손가락을 끌어안고, 나뭇가지를 대주니 나뭇가지를 끌어안는다. 한결이가 산사나무 열매를 대주니 그것도 끌어안는다.

“할머니, 잠자리가 산사나무 열매 목걸이를 했어요.”

잠자리는 정말 새빨간 구슬 목걸이를 한 것 같다.

“이제 그만 날려 보내자.”

“어디로요?”

“잠자리도 제 집이 있을 테니까, 제 집으로 보내자.”

잠자리를 날려 보냈지만 가까운 나뭇가지에 앉아 더 날아가려 하지 않는다.

“밤송이가 많아요. 근데 왜 밤이 없어요?”

밤나무 아래 떨어진 텅 빈 밤송이를 보며 걱정한다.

“다람쥐가 다 먹었나 보다.”

“다람쥐가 후식으로 먹었나 봐요.”

‘후식은 무슨 후식, 주식이지.’ 혼자 웃는다.

꿈의 동산, 천연지池 앞이다. 데크가 시골길처럼 구불구불 연못 저편까지 건너갈 수 있게 놓여 있다. 지난여름에는 수련이 고운 자태로 떠 있었을 연못에는 연잎이 시무룩하니 모두 고개를 떨어트리고 있다. 처연하다. 가슴이 서걱대는데, 오리 두 마리가 연못물을 차고 오르더니 하늘 높이 날아간다. 숲을 배경으로 날개를 활짝 펴고 날아오르는 오리의 모습이 그림 같다. 정말 오리인가? 저렇게 하늘 높이 날아가는 오리도 있나? 야생 오리라고 한다. 정답게 날아가는 걸 보니, 서걱대던 가슴이 따뜻해진다.

미래의 동산으로 올라가는 층계마다 낙엽이 소복하게 쌓여 있다. 한결이와 나는 발로 낙엽을 쓸어내는 장난을 치며 층계를 오른다. 왼편으로 난간 높이에 건물 지붕이 보인다. 낙엽이 기와처럼 지붕을 덮고 있다. 한결이가 한사코 그 지붕에 올라가겠다고 한다. 제 엄마는 안 된다고 했지만 내가 엉덩이를 받혀 지붕으로 올려주었다. 처음에는 겁이 나서 주위의 낙엽만 쓸어내리더니 차츰차츰 기어서 내 손을 벗어나며 낙엽을 신나게 쓸어내린다. 할 수 없이 나도 지붕으로 올라갔다. 남편과 딸이 보고 쯧쯧 혀를 찬다.

"이 지붕 아래에는 누가 잘까?"

"지금은 아무도 없을 걸?"

"왜 없어요?"

"한결이처럼 가을 구경 갔겠지, 뭐."

지붕에서 내려와 다시 층계를 오르니 숲길이다. 단풍나무가 온통 새빨갛다. 한창 타오르는 불길 같다. 나무뿐만 아니라 그 아래 땅에서도 불길은 타오르고 있다. 딸은 어디를 가나 언제나 가방에 책을 넣고 다니는데, 한결이가 새빨간 단풍잎을 주워 제 엄마 책갈피에 끼워 넣는다. 딸은 한결이 귓바퀴에 귀고리처럼 걸어준다. 나도 한결이 옷 앞섶에, 잠바 후드에, 주머니에 단풍잎을 꽂아준다.

"길이 뱀 같아요."

한결이는 단풍나무가 되어 꼬불꼬불한 숲길을 걷는다.

"할머니, 벌이 꿀 먹는 것 좀 봐요."

한결이가 가리키는 꽃에 벌이 앉아 있다. 축 처진 꽃잎에 앉아 꿀을 빨고 있는 벌은 아마도 젖이 나오지 않아 칭얼대는 아기처럼 칭얼대고 있을지도 모른다.

동굴인 암석원을 통해 바깥으로 나와 언덕을 내려서니 동화의

나라다. 〈개미와 베짱이〉다. 개미 세 마리가 마차에 먹이를 싣고 있거나 등짐으로 먹이를 옮기고 있는데, 베짱이는 나무숲 앞에서 바이올린을 켜고 있다. '옛날에 부지런한 개미와 놀기 좋아하는 베짱이가 살았어요 ….' 간판에 내용이 적혀 있어서 한결이에게 이야기하듯 읽어주었더니, 또 해달라고 하고, 또 해달라고 한다.

"한결이는 누가 더 좋아?"

"개미가 더 좋아요."

워낙에 개미를 좋아해서 그런 건지, 아니면 '어느덧 가을이 지나고 추운 겨울이 되어 눈이 내렸어요, 열심히 일한 개미는 따뜻한 집에서 맛있는 음식을 먹으며 겨울을 보내고 있지만, 여름 내

내 놀기만 했던 베짱이는 어떻게 되었을까요?'로 끝나는 결말이 마음에 걸려서인지 한결이는 얼른 대답해버린다. 땅으로 개미가 기어가다가 낙엽 속으로 숨어버리니, 낙엽을 헤치며 말한다.

"개미가 어디 갔지?"

"우리가 집에 가는 것처럼 개미도 제 집으로 갔나 봐."

"아니면 베짱이 보러 갔나?"

능청스럽게 〈개미와 베짱이〉 이야기를 금방 연결시킨다.

"어머머, 이 나무가 '국수나무'래. 국수가 열렸나? 어디 보자."

"나뭇가지가 가늘어서 국수 같아요."

일선당日仙堂에 앉아 간식을 들며 잠시 쉰다. 제 엄마가 안내장에 나와 있는 식물원 지도를 보며 설명을 해주니, 지도를 들여다보고 있던 한결이가 한마디한다.

"연꽃이 그려 있는데, '여름지도'예요?"

쇠파이프로 둥근 지붕을 만든 터널을 지난다. 벽을 타고 기어오르던 덩굴이 바싹 말라 있어 어떤 덩굴의 식물인지 구별할 수가 없지만, 어쩌다가 퇴색한 수세미가 달려 있어 '아하, 수세미 터널이었구나' 하고 짐작할 수가 있다. 한결이가 지난여름에 갔던 대관령의 호박터널을 기억해내며 호박터널 같다고 한다. 가는 곳마다 가을이 겨울을 부르고 있다. 억새밭을 지난다. 딸이 억새를 꺾어 한결이에게 주니, 낙엽 쓸어내는 시늉을 한다.

"갈퀴같이 생겼어요. 갈퀴는 이렇게 낙엽을 쓰는 거예요."

소공연장을 만난다. 소나무가 병풍처럼 둘러싸고 있는 무대, 그 앞에 관중석이 4계단 빙 둘려 있다. 한결이가 우리보고 관중석에 앉으라 하고는 저는 무대에 오르더니 억새를 지휘봉 삼아 지휘를 한다. 그럴듯하다. 박수를 쳐줬다.

"아직 안 끝났어요. 박수 치지 말아요."

한결이는 드라마 〈베토벤 바이러스〉의 강마에다. 아무거나 손에 들기만 하면 아무데서나 지휘를 한다. 신들린 사람처럼 신나게.

억새 색깔로 피어 있는 으아리를 만난다. 지난여름 '꽃무지 풀무지 수목원'에서 으아리의 환상적인 꽃잎을 보았었다. 아니, 그건 갈래갈래 갈라진 녹색의 가는 실 같은 꽃잎이 양파 모양으로 피어난 '잎꽃'이었다. 으아리는 울타리를 덩굴로 감고 오르다가 그 끝에 화사한 연두색 잎꽃으로 피어난다. 그런데 이곳의 으아리는 가을 색깔로 피어 있다. 실은 피어 있는 게 아니라 지는 것일 게다. 그런데도 예쁜 모습이다. 아으, 아으, 예쁘다. 으아리 몇 송이 따서 한결이 손에 쥐어주니, 나풀나풀 나비처럼 걸어간다.

마른 잎만 남아 있는 터널 입구에 '사두오이'라는 팻말이 세워져 있다. '사두오이'는 일명 뱀오이, 생긴 게 뱀 같다고 해서 붙여진 이름이다. 오이처럼 생으로도 먹고, 오이지도 담그고, 장아찌도 담그고, 주스도 해 먹는다. 일반 오이보다 인슐린과 섬유질이 많아서 당이나 고혈압 환자들에게 좋다나? 사두오이 씨송이는 흡사 나팔꽃 씨송이 같다. 내년에 남편은 우리 농장에 시누이네 농장처럼 컨테이너를 놓을 모양이다. 남편이 사두오이터널을 지나면서 씨송이를 몇 송이 따서 주머니에 넣는다. 컨테이너 앞마당에 심어야겠다고 하면서. 잘 자랄지 모르겠지만 참으로 볼만 할 것 같다.

새빨간 열매가 다닥다닥 붙어 있는 나무가 흙길 양편으로 가로수처럼 늘어서 있다. 낙산홍은 낙엽활엽수 관목으로 나무 높이 4~5미터에, 추위에 강해서 가을에 새빨갛게 열매를 맺고도 그 열매가 겨울까지 남아 있다. 산사나무나 산수유 열매를 닮았지만 그보다 더 선명한 붉은색이다. 그 길, 낙산홍 열매가 다닥다닥 열려 있는 그 길은 정말 '환상의 길'이다. 꽃이 피어 있던 자리에 꽃만큼 아름다운 열매들이 들어찬 가을은 퇴락의 계절이 아니다. 크기는 앵두만하지만 영락없이 사과를 닮은 '꽃사과'가 예쁘고, 그리고 역시 배를 꼭 닮은 앵두만한 크기의'콩배'가 예쁘다. 꽃만큼 아름다운 열매들이다. 그래서 가을은 절대로 퇴락의 계절이 아니다.

가을의 식물원은 빈곤해 보이지만 한편으로는 빈곤 속의 풍요를 감지한다. 여기저기서 봄을 준비하고 있기 때문이다. 흙에 코를 박고 있는 꽃들의 이름표는 새로 단장될 테고, 습지원도 봄이 되면 물이 찰 테고, 낙엽 진 가지마다 새잎이 솟을 테고, 세 바퀴 차에 실려 가는 마른 풀도 생각하면 봄을 준비하는 것에 다름 아니다. 나무나 꽃들의 밑거름으로 사용되어질 것이기 때문이다. 풍요 속의 빈곤보다, 빈곤 속의 풍요가 바람직하지 않겠는가?

오후 4시에 식물원을 나선다. 나는 한결이의 손을 잡고 앞서서 걷고, 남편과 딸이 우리 뒤를 따른다. 짧은 가을날의 해가 해여림 식물원의 숲 너머로 엇비슷하니 넘어가고 있다.

삶은 예술,
예술은 삶

물향기수목원

오늘은 경기도 오산에 있는 '물향기수목원'에 간다. '물향기'가 손짓해 부르기라도 하나? 추운 날인데 길을 떠난다. 기가 막힐 정도로 길이 막힌다. 딸이 방방 댄다. 딸은 집으로 돌아가자고 하고, 나는 '이왕 떠난 것' 그냥 가자고 한다. 하기야 딸은 원고를 써야 하는 절박한 시간과의 싸움 앞에 있으니 길이 막혀서 지연되는 시간 싸움은 하고 싶지 않았던 거다. 생산적인 시간 싸움이야 해볼 만하지만 소비적 시간 싸움은 시간의 낭비일 뿐이라는 얘기다. 그렇지만 그게 아니지. 한결이를 위한 수목원 탐방인데, 그게 왜 시간의 낭비람? 장기 투자지.

세 시간 걸려 수목원에 도착한 것인데, 어쩌면 좋아. 수목원 분위기가 너무 썰렁하다. 우리를 따뜻하게 맞아줄 꽃도 열매도 벌레도 없다. 황량하다. 뚝뚝 떨어져 내리는 낙엽마저 황량함을 부추

긴다. 수목원을 찾은 우리 가족이 오히려 이상하다는 듯 매표소 직원이 우리를 쳐다본다. 수목원의 일주일은 그 시간보다 수목원의 풍경을 눈에 띄게 변화시킨다. 수목원마다 차이가 있긴 하지만, 지난주만 해도 꽃 대신 열매가 볼만했고 낙엽도 황홀했는데 오늘은 그도 아니다.

은반향나무, 둥근향나무(옥향나무), 실향나무, 눈향나무, 연필향나무, 가이즈카향나무 … 향나무가 많다. 오늘처럼 황량한 초겨울 날씨에 잎들은 잔뜩 움츠러들어 있다. 황량하기는 해도 우리는 수목원 뜰을 천천히 걷는다. 이곳저곳 돌아다니며 그만이 갖고 있는 겨울 이야기를 끌어낼 것이다. 물향기수목원은 경기도립 수목원이다. 2006년 5월에 문을 열었다. 동네 이름이 맑은 물이 흐른다는 '수청동水清洞'이다. 그래서 그런가? 식물원의 주제가 〈물과 나무와 인간의 만남〉이다.

수목원 캐릭터는 '물이'와 '향이'다. 둘 다 나뭇잎 날개를 달고 날아가는 자세인데, 수목원 곳곳을 돌아다니며 친구들을 보살펴주고 소식을 전하는 역할을 형상화했다고 한다. 여기서 '친구들'이라 함은 꽃, 나무, 새, 벌레 들일 것이다. 그러니까 '물이'와 '향이'는 수목원의 천사인 셈이다. '천사'라는 뜻의 영어 에인절angel의 어원인 그리스어 앙겔로스angelos는 '전달자'의 뜻을 지니고 있다. 천사가 신의 뜻을 인간에게 전하고, 인간의 소망을 신에게 전달하는 역할을 하듯이 '물이'와 '향이'는 수목원의 소식을 친구들에게 전하고, 친구들의 소식을 수목원에 전달하는 역할을 해낼 것이다.

지금은 잠잠하지만 봄, 여름, 가을에는 꽃과 나무와 새와 벌레가 꽤나 웅성웅성했을 것 같다. 매표소에서 받은 안내장을 보니 참 많은 구획으로 나뉘어져 있다. 만경원, 미로원, 토피어리원, 향토예술의나무원, 수생식물원, 단풍나무원, 중부지역자생원, 관상조류원, 기능성식물원, 습지생태원, 무궁화원, 한국의소나무원, 곤충생태원, 유실수원, 난대양치식물원 ….

토피어리topiary는 '가다듬다'는 뜻의 라틴어에서 유래했다. 식물을 인공적으로 다듬어 여러 가지 모양으로 보기 좋게 만든 작품이나 기술을 말한다. 토피어리원에는 동물을 모두 향나무를 다듬어 만들어 놓았다. 오리 세 마리가 아장아장 걸어 다니는 모양이 있는가 하면, 어미와 아기 공룡도 있고, 목을 바짝 들고 있는 새도 있다. 향나무 하나를 저런 모양으로 만들어내려면 얼마나 많은 공을 들여야 할까? 장인匠人의 솜씨가 눈부시다.

'유럽의 정원'에는 공작새, 딱따구리, 거북이가 노닐고 있다. 공작새는 땅에 길게 늘어져 있는 꼬리 부분이 그대로 잔잔한 꽃이 화려하게 피어 있었을 화단이고, 얼굴은 나뭇잎으로, 몸은 나무껍질로 만들어진 대형 작품이다. 꼬리 부분을 화단으로 만들어놓은 그 생각이 참신하다. 갖가지 야생화가 피어 있었을 때는 정말 활짝 편 공작새 날개처럼 화려했을 것 같다. 딱따구리는 지금 막 나무를 쪼고 있는 살아 있는 새처럼 나무기둥에 꼭 달라붙어 있고, 거북이는 그 나이가 몇 천 년은 될 듯 거대해서 다리초자 제대로 떼어놓을 수 없을 것처럼 땅에 무겁게 놓여 있다. 계절이 쓸쓸한 초겨울인데도 곳곳에 이렇게 공들여 가꾸어놓은 작품들이 있어 마음은 풍요롭다.

"할머니, 나무들이 왜 지푸라기 옷을 입고 있어요?"

'난대양치식물원'이 있는 언덕을 올라가고 있는데, 짚으로 싸여 있는 나무들을 보면서 한결이가 묻는다.

"추워서."

"할머니, 그런데 머리와 팔은 왜 옷을 안 입었어요?"

그러고 보니 짚은 나무 기둥만 둘러싸고 있고 가지들은 짚 사이사이로 삐죽 나와 있다.

"몸만 따뜻하면 얼어 죽지는 않으니까 그런가 봐. 다음에 올 때 장갑을 만들어 끼워줄까?"

"좋아."

앙감질로 앞서 뛰어간다. 한결이는 기분 좋을 때면 곧잘 그렇게 걷는다. 수목원에서는 겨울 채비를 서두른 모양이다. 나무는 짚으로 옷을 입혔고, 곤충은 산림전시관으로 옮겨졌고, 난대양치식물은 따뜻한 온실에 들어앉았다. 온실 안은 훈훈하다. 봄날 같다.

"할머니, 여기는 물도 있어요."

역시 물을 좋아하는 '물닭띠'는 물부터 본다.

"고사리 종류는 습한 지대에서 살아야 하기 때문에 물이 있는 거야."

참빛고사리, 곰비늘고사리, 일색고사리, 넉줄고사리, 더부살이고사리, 가는쇠고사리 … 고사리 종류가 이렇게 많은 줄 처음 알았다. 참인지, 농인지 모르겠으나 고사리라는 말에는 '이치에 닿는 높은 사고로 일을 하라'는 뜻이 들어 있다고 한다. 그럼 이거 높을 고高, 일 사事, 다스릴 리理 자가 아닌가? 하하, 이것도 처음 알았네.

우리나라에서 고사리나물은 제사상에 반드시 오를 만큼 죽은 영혼도 좋아한다는 음식이다.

"우리 다시 만나요."

한결이가 별안간 식물원 입구 쪽으로 뛰어간다.

"왜 저러지?"

내가 물으니, 한결이는 가끔 뛰어갔다가 다시 돌아서오며 마주치는 장난을 잘 한다고 제 엄마가 말해준다. 제 엄마와 만나는 곳에서 둘은 얼싸 안고 뽀뽀까지 한다. 반갑게 그리고 사랑스럽게.

"엄마, 만나서 반가워요."

"엄마도 반가워."

만남. 얼마나 좋은 일인가? 꽃과 만나고, 나무와 만나고, 수목원을 만나고, 또 벌레를 만나고, 낙엽도 만나고 …. 아, 여러 종류의 고사리도 이렇게 만나고 있질 않은가? 가수 노사연도 '만남'에 대해서 노래를 불렀지. '우리 만남은 우연이 아니야, 그것은 우리의 바람이었어 …'

개울에 놓여 있는 나무다리를 건너 '숲속쉼터'에 이른다. 두충, 노랑버들, 왕벚나무, 산딸나무, 고추나무, 아그배나무, 계수나무, 댕강나무, 팽나무 … 나무가 잎을 떨군 채 서 있는데, 쉴 수 있는 곳이니 편히 쉬면서 어떤 나무가 어떻게 자라는지 관심을 기울여보라고 안내하고 있다. 숲속 저 멀리 고양이 한 마리가 앉아서 우리를 쳐다보고 있다. 한결이가 마주 앉아 손짓해 부른다. 손짓에 오히려 도망을 가버린다.

"고양이가 어디 가는 거지? 할머니, 고양이가 가버렸어요."

"한결이가 오라고 손짓한 걸 고양이는 가라고 손짓한 줄 안 거지, 뭐."

뱀 출몰 지역이니 조심하라는 팻말이 있다.

"한결아, 이 숲에는 뱀이 나온대."

"뱀은 아침에 나오고, 겨울에 들어가요?"

언젠가 한결이에게 제 엄마 아빠가 '호랑이띠'라고 가르쳐주면서 엄마는 호랑이가 숲속으로 들어가야 하는 아침 7시에 태어났다고 말해준 적이 있는데, 아마도 그걸 기억해낸 모양이다.

"아니, 여름에 나오고 겨울에 들어가."

"뱀이 집으로 들어가요?"

"뱀은 땅속이 집이야, 땅속으로 들어가지."

할아버지가 거든다.

"다리 아프니? 그럼 뭣 좀 먹고 갈까?"

"아니, 업혀서 갈 거예요."

제 엄마는 잘 업어주지 않는데, 나는 사랑스러워 그리고 안쓰러워 가끔 업어준다. 한결이가 업히고 싶으면 "한결이 피곤해요." 하는데, 그 말을 하기 전에 "다리 아프니?" 하고 물어본 게 잘못이다. 한결이를 업고 '숲속쉼터'를 지난다.

'로봇공룡모형' 앞이다. 업혀가던 한결이가 내려달라고 한다. 로봇공룡모형은 경기도 과천 IT월드관에 있던 것을 이 수목원으로 이관했다고 한다. 쥐라기시대의 공룡 '브라키오사우루스'다. 공룡의 내부가 뻥 뚫려 있다. 한결이가 쏜살같이 공룡 속으로 뛰어가 사라진다. 내부에는 쥐라기시대에 살던 공룡의 종류와 모습과 먹이와 습성과 살아간 과정들이 알기 쉽게 도표로 그려져 있다. 이상한 것이 공룡의 다리는 분명 네 개인데, 앞 다리 둘은 시늉으로만 붙어 있는 것처럼 아주 작은 것이 빈약하고, 뒷다리 둘은 몸집에 걸맞게 거대하고 튼튼하다. 한결이 말로 하자면 통나무 같다. 걸을 때나 뛸 때는 주로 뒷다리만 사용했나 보다. 뒷다리로 땅을 짚고 서 있는 모습이 하늘을 찌를 듯하다. 한결이가 두 손의 집게 손가락과 가운데 손가락을 구부리면서 말한다.

"할머니, 콤프소그니투스는 손가락 두 개를 이렇게 구부리고 있어요. 할머니도 해봐요."

내가 흉내를 내니 뭐가 잘못되었나 보다.

"그렇게 하면 티아노사우르스잖아?"

나는 의도적으로 외우려고 해도 외우지를 못해 번번이 뭐냐고 되묻곤 하는데, 한결이는 그 어려운 공룡의 이름을, 이름뿐만 아니라 모습까지도 줄줄이 꿴다. 브라키오사우루스는 길이가 25~35미터, 몸무게 30~80톤이었다고 한다. 그렇게 거대한 공룡이 이 지구에서 사라지고 없다니, 불가사의하다.

'산림전시관'으로 들어선다. 전시실마다 일목요연하게 산림의 역사를 정리해놓았고, 어른이나 아이들이 함께 참여할 수 있는 학습장을 마련해놓았다. 특히 사라져가는 꽃, 나무, 새, 곤충, 동물들을 전시해놓은 게 눈에 띄었다. 인위적으로 숲을 만들었는데 박제된 고라니, 꽃사슴, 멧돼지, 소쩍새 등이 살아 있는 것처럼 나뭇가지에 앉아 있고, 풀밭에서 풀을 뜯고 있고, 숲속을 거닐고 있다. 살아 있는 숲을 보는 것 같다. 숲속의 소쩍새를 들여다보고 있던 딸이 새벽에 꿈을 꾸었는데, 소쩍새가 한결이 등으로 날아들었다고 했다. 박제이긴 하지만 소쩍새를 보려고 그랬나 보다고 했더니, 한결이가 묻는다.

"그리고 어떻게 됐어요? 우리랑 같이 놀았어요?"

"왜? 소쩍새하고 놀고 싶어?"

제 엄마가 물으니 고개를 끄덕인다.

그 숲 옆에 버튼 하나만 누르면 원하는 벌레나 곤충, 꽃과 나무, 동물이 원래 모습 그대로 유리판 위에 드러나는 장치를 해놓은 게 있다. 모습뿐만 아니라 울음소리, 좋아하는 먹이, 서식지, 습성, 특징까지도 자세히 볼 수 있다. 참 놀랍다. 한결이가 계속해서 곤충 버튼을 눌러댄다. 재미있고 신기한가 보다.

'물닭'도 있다. 물을 좋아하는 닭띠인 한결이에게 장난으로 늘 '물닭띠'라고 놀렸는데, 정말 '물닭'이 있는 줄은 몰랐다. 몸길이가 약 41센티미터에 온몸이 검정색이며 흰색 이마가 돋보이고, 부리는 장미색을 띤 흰색, 다리는 오렌지색, 잘 날지 않지만 한 번 날면

상당히 먼 곳까지 날아간다고 한다. 때로는 오리와 섞여 무리를 짓기도 한다. 겨울새로 봄과 가을에 우리나라를 지나갈 때는 전국에서 볼 수 있다.

《한겨레》신문에 연재되는 고정 칼럼인 〈박삼철의 도시 디자인 탐험〉의 소박한 글이 좋아 매주 스크랩을 해둔다. 오늘은 '삶은 예술, 예술은 삶'이라는 제목으로 마포구 망원동의 '동네 예술가'들의 사진을 올리고 글을 썼다. 동네를 작품으로 꾸며보겠다고 예술가들이 모여 2년째 작업을 진행하고 있는데, 엉뚱하게도 텃밭에 배추 100포기를 심었다고 했다. 사진을 보면, 오른편으로는 낮은 지붕의 집들이 옹기종기 모여 있고 집집으로 들어가려면 돌이 징검다리처럼 놓여 있는 좁은 골목길을 걸어야 한다. 왼편에는 낮은 언덕이 이어지는데 그 길섶에 배추를 심었다. 폭과 길이가 배추 100포기 정도밖에 심을 수 없는 작은 텃밭이다. 작품의 제목은 〈예술 텃밭〉. 본래 이곳은 조각나고 버려진 채 쓰레기로 뒤덮였던 자투리땅이었다고 한다. '참된 예술은 미의 형태만이 아니라 삶의 형태까지 창의한다'고 하는데, 그러고 보니 배추 100포기에서 동네의 삶, 동네에서 사는 사람들의 삶, 동네 예술가들의 삶을 엿볼 수가 있다.

나는 한결이가 박삼철 공공예술기획자가 말하는 '삶은 예술, 예술은 삶'인 삶을 살았으면 좋겠다. 일상이 작품이 되게 하는 '동네 예술가'의 심성으로 삶을 살았으면 좋겠다는 얘기다. 오늘처럼 길이 기가 막히게 막히는데도 오산의 물향기수목원까지 나들이하는 이유도 그에 있으니까.

친정어머니 생각

헤이리문화예술마을

벌써 2월이다. '벌써 2월'이라는 말은 1월이 어떻게 지나갔는지 모르겠다는 뜻이 되겠다. 그럼, 1월에 나는 아무것도 하지 않은 걸까? 아니면 너무 한 일이 많아 시간을 헤아릴 틈이 없었나? 그도 아니면 몸은 바빴어도 정신적으로 얻은 것이 없다는 뜻일까? 어쨌거나 1월 내내 몸은 바빴는데 이렇듯 텅 빈 느낌이 드는 것은 정신의 공백이 컸다는 뜻일 게다. 정말, 텅 빈 것 같다. 머릿속 텅 빈 공간으로 '우우우' 맴돌며 울리는 소리가 들릴 것만 같다. 그래서 딸이 한결이 데리고 헤이리에 가자고 했을 때 선뜻 따라 나선 것일 게다. 헤이리행은 올해 첫 나들이인 셈이다.

3월이면 딸은 3년이라는 긴 출산·육아휴가를 끝내고 학교로 돌아간다. 딸이 출퇴근을 위해 차를 정비소에 맡겼기 때문에 오늘은 우리 차를 이용하기로 했다. 남편이 충북 음성에 농장을 일궈

놓고 기름값 아끼려고 뒤 칸에 짐을 실을 수 있는 6인승 화물차로 바꿨는데, 한결이는 우리 차를 오늘 처음 타본다.

"넓~다!"

차에 올라탄 한결이가 첫 번째 한 말이다.

"버스 같다."

"먼저 차가 좋아? 지금 이 차가 좋아?"

"이 차가 더 좋아요."

하긴 한결이는 승용차보다 지하철 타는 걸 더 좋아하긴 했다.

봄이 오려나? 아지랑이라도 피어오를 듯 먼먼 산마루가 따뜻해 보인다. 2월 초인데 3월 중순의 기온이라고 했다. 유난히 까치집이 많이 보인다. 잎사귀가 무성했을 때는 잘 보이지 않던 것들이다. 글쎄, 오늘 같이 따뜻한 날이 계속되면 날씨를 착각한 잎사귀들이 머지 않아 삐죽삐죽 솟아날지도 모르고, 까치들은 그들의 집을 보수하느라 바쁘게 나뭇가지를 물어 나를지도 모른다.

일요일이라 차가 막힐까 봐 걱정을 했는데 생각보다 파주로 내달리고 있는 통일로는 막히지 않는다. 남과 북이 통일로 가는 길도 이렇게 막히지 않았으면 좋겠다.

1997년 발족된 헤이리는 15만 평에 미술인, 음악가, 작가, 건축가 등 380여 명의 예술인들이 회원으로 참여해 집과 작업실, 미술관, 박물관, 공연장 등 문화예술 공간을 만들어가고 있는 공동체 마을이다. '만들어 가고 있다'고 한 것은 이른바 예술이 그렇듯 마을 형성도 완벽하게 끝난 것이 아니라 지금도 진행형이라는 말을 하고 싶어서다.

헤이리마을은 워낙 광범위해서 볼 곳, 볼 것을 미리 선정해놓고 가지 않으면 안 된다. 하긴, 건축물의 겉만 보고, 길만 따라 다녀도 긴장된 평일의 생활을 완화시키고, 비어가는 머릿속에 무언가 가득 들어차는 듯한 충족된 하루를 보낼 수 있는 곳이긴 하다. 건축물의 곁가지처럼 벽에 부착되어 있는 화분 하나가, 길가에 놓여 있는 녹슨 철제 긴 의자가, 길보다 낮은 곳에 세워진 건축물 담으로 넘겨다보이는 뜰 안 풍경이, 실개천에 놓인 멋진 다리가 그리고 건물 주차장 안에 얼기설기 묘하게 얽혀 만들어진 수많은 굴렁쇠 모양의 설치 작품이 … 경이로운 곳이 헤이리이기 때문이다.

우선 '북 갤러리'를 향해 걷는다. '그림방 아트' 건물은 길고 짧은 가로 직선의 무늬가 있는 콘크리트 벽인데, 창문처럼 군데군데 네모로 뚫어놓았다. 네모 밖으로 나뭇가지가 몸을 내밀고 있다. 창문 밖으로 상반신을 내밀고 손짓하는 하늘하늘한 여인의 모습이다. 어떤 네모는 그 너머로 파란 하늘이 들여다보인다. 건물 자체가 하나의 조각품이다. 잎이 달리는 봄에는 얼마나 예쁠까? 잎이 지는 가을이면 또 얼마나 예쁠까?

길가 나무에 바짝 마른 열매가 매달려 있다. 떨어져 내릴 듯 피곤해 보인다. 몇 송이 따서 한결이에게 주었더니 두 손으로 모아 쥐면서 제 엄마에게 선물로 주겠단다. '꽃다발'이 아닌 '열매다발'이라고 하면서. 서슴없이 '열매다발'이라고 말하는 한결이가 예쁘다. 아무도 쓰지 않은 말, 4살 어린이가 만들어낸 말 '열매다발'.

한결이가 어느 틈에 나무 밑에서 맥문동 열매를 따고 있다.

"까만 옥수수 알갱이 같다."

"한결아, 많이 따지 마. 좀 남겨놓아야 씨가 떨어져 또 맥문동이 생겨나거든."

내 말에 한결이는 얼른 일어나 맥문동 꽃밭을 벗어난다.

어린이 도서점 '리브로'다. 공룡이라고 하면 열광하는 한결이는 재빨리 서가로 달려가 공룡 책을 뽑아든다. 한결이가 제 엄마와 의자에 앉아 공룡 책을 보고 있는 동안, 남편과 나는 서점을 둘러본다. 어린이 전문서점답게 어린이가 볼 수 있는 책으로 가득 차 있다. 헤이리에 이런 서점이 있다는 것은 참 좋은 일이다. 많이 걸어 다녀야 하는 이곳에서 책을 보며 쉴 수도 있으니까. 한결이 주려고《숲 속에서》와《나무 이야기》두 권을 샀다.

책 속의 주인공 아이는 꿈속에서 동물들에게 말을 걸고 같이 놀지만, 한결이는 꿈속이 아닐 때도 동물과 이야기를 나누고 같이 놀기를 좋아했다. 꽤 오래 전에 한결이가 놀이터에서 놀다가 고양이를 만난 적이 있다. 집에서 기르는 고양이가 아니라 아파트 이곳저곳을 헤집고 돌아다니는 살쾡이였다. 동물이라면 사족을 못 쓰는 한결이는 살쾡이라고 해서 예외가 아니었다. 반색을 하며 가까이 다가가려 했는데, 그만 고양이가 아파트 지하실로 난 창문으로 사라져버렸다. 며칠 전 해질 무렵 집으로 들어오다가 그 고양이를 만났다. 한결이에게 고양이를 만났다는 이야기를 해주었더니 부디 고양이를 보러 가자고 조른다. 달이 뜬 저녁이었다.

"고양이가 그대로 있을까? 아마 밥 먹으러 들어갔을 거야."

달을 올려다보고 있던 한결이가 느닷없이 말한다.

"할머니, 우주선을 타고 달에 가면 고양이를 만날 수 있을까?"

'볼수록 재미있는 현대미술전'을 하고 있는 '93 Museum'에 들렀다가 '기억의 터널, 추억의 공간'이라는 벽보가 붙어 있는 '옛생활박물관'에 들어선다. 누가 입고, 누가 쓰던 용품들일까? 우리가 중·고등학교 다닐 때 입었던 교복, 훈련복, 누군가가 쓴 단기 4292년(서기 1959년) 일기장, 까만 고무신, 찌든 냄비, 소쿠리, 가위, 똬리, 놋대야 등이 실내조명조차 어둡고 침침해서 오래된 생활용품들은 더욱 어두워 보였다. 손때 묻은 아주 오래된 물품들을 대하고 있자니 돌아가신 친정어머니 생각에 목이 멘다.

우리 집에는 친정어머니가 쓰시던 50년 된 작은 양은냄비가 있다. 친정어머니가 살아계셨을 때, 냄비를 보며 '오래도 산다'고 말씀하셨다. '오래'가 아니고 '오래도'라고 말함으로써 아파서 돌아가실 지경인데 마지못해 살고 있는 당신 자신을 빗댔다. 냄비는 어머니의 주름살처럼 우그러져 주름이 생겼고, 어머니의 몸체가 작아

지듯이 냄비 몸체는 쭈그러들었고, 어머니의 피부에 생긴 반점처럼 냄비의 까맣게 탄 자국은 벗겨지지 않았다. 그 냄비는 어머니의 젊은 시절부터 할머니, 증조할머니가 되어 마침내 병석에 누워 계시기 직전까지 어머니가 쓰시던 생활용품이었다. 어머니는 가셨는데, 정말 어머니는 가시고 안 계신데 어머니가 쓰시던 냄비는 아직도 남아 있어 이렇게 목이 메게 하네.

"엄마가 보면 좋아하실 거예요."

딸이 특별히 선정한 '한향림갤러리'로 향한다. 길가 화단에 자잘한 흰 꽃이 바싹 마르긴 했지만 피었을 때 모습 그대로 화단을 지키고 있다. 봄날 새로 피어날 꽃들에게 자리를 내어주려고 안간힘을 다해 겨울을 지키고 있는 모습이 안쓰럽긴 해도 '네가 있어 꽃밭이 쓸쓸하지 않구나' 하며 화단 옆을 지난다.

'한향림갤러리'에서는 '그림painting 그린drawing 그릇vessel'전을 하고 있다. 현대미술에서 다루어왔던 드로잉의 다양한 주제와 그 표현을 회화 영역으로 확장시키고자 하는 전시회이고, 도자기라는 장르도 회화로 시도해보려는 전시회라고 한다. 그릇은 도자기보다 옹기가 주를 이루고 있는데, '옹기, 그림을 만나다'로 옹기마다 그림이 들어 있어서 옹기와 그림을 함께 감상할 수가 있다. 갤러리 1층은 'ㄱ' 자로 구부러지는 벽을 따라 아주 오래된, 크고 작은, 홀쭉하고 뚱뚱한 옹기독이 그림으로 치장을 하고 줄을 서 있다. 씨앗독, 조선시대 옹관, 송진독, 나뭇잎 문양 항아리, 긴동이, 볍씨 보관용 독, 연천 푸레독, 거제도 술독, 제주 물허벅, 회령 물두멍, 콩나물시루, 도둑시루, 거북병, 홍도 빗물 항아리, 젓갈 독 ….

옹기를 '숨 쉬는 그릇'이라고 한다. 1200도 이상의 고온으로 굽는 과정에서 아주 미세한 공기구멍이 생기는데, 물은 통과하지 못하나 공기가 통과해서 숨을 쉴 수가 있단다. 공기가 통하기 때문에 저장된 음식물은 부패하지 않고 잘 익는다.

선종善終하신 김수한 추기경님의 아호가 '옹기'다. 천주교가 박해를 받던 시절, 산으로 숨어들었던 천주교 신자들은 옹기나 숯을 구어 내다 팔아 생계를 유지했다. 그래서 천주교에서 옹기는 특별한 상징적 의미가 있다. 순교자 집안인 추기경님 부모도 옹기장사를 했다고 한다. 그런 이유로 아호를 '옹기'라 하셨는지 그 깊은 뜻은 잘 모르겠다. 낮은 곳에서 빈자와 함께 하셨던 생활은 접어두고라도 아무도 말을 할 수 없었던 침묵의 시절인 독재정권 시대에 광주민중항쟁, 박종철고문치사사건, 6월항쟁 등 주요한 고비마다 옹기가 숨을 쉬듯 '옳은 소리'로 막힌 물꼬를 트셨으니, 그분은 옹기의 역할을 넘치게 해내신 '옹기'인 것이다.

갤러리 2층은 그림과 도자기 전시실 겸 레스토랑이다. 흑백의 실내 인테리어가 완고하면서도 단아한 분위기를 만들어내고 있다. 창가 탁자에 앉으니 전면 통유리 창으로 바깥 풍경이 한눈에 들어온다. 왼편으로 보이는 낮은 산과 숲, 잔디 그리고 하늘을 나는 기러기 여섯 마리. 찻길로 차가 지나다니지만 통유리 안으로는 차 소리가 들어오지 못한다. 그래서 겨울날 마른 나무들 사이로 보이는 차의 행렬은 무성영화를 보는 것 같다. 남편과 딸과 나는 커피를 마시고, 한결이는 바닐라아이스크림을 먹는다.

"닥터박갤러리 같아요."

한결이가 보기에는 분위기가 그곳과 비슷하게 느껴졌던 모양이다. 한결이 입 주위에 아이스크림이 잔득 묻어 있다.

"오늘은 한결이 생일이네. 한결이 입 주위에 '오늘은 한결이 생일입니다' 그렇게 써 있는데?"

손가락으로 한결이 입 주위를 콕콕 짚어가며 그렇게 말하니 한결이가 눈을 동그랗게 뜬다.

"한결이 생일 아닌데요?"

마주 보이는 문으로 나무데크, 거기 놓인 철제탁자와 의자, 항아리 물결이 보인다. 나무데크로 나간다. 벽에 조각된 수많은 비둘기와 물고기 도벽陶壁, 벽 밑에 여름에는 물을 담아 정취를 돋우었을 연못이 있다. 연못가에 남녀가 서로 등을 대고 서 있는 조각이 있는데, 머리에 물고기가 잔뜩 들어 있는 함지박을 이고 있다. 연못을 보면서 한결이가 말한다.

"여름에 비가 내리면 물고기들이 '우르르' 몰려다니겠다."

한향림갤러리 뒤편 산책길은 소나무숲이고, 낙엽이 수북이 쌓여 있다. 탑이 있고, 굴뚝이 있고, 나무 벤치가 있어 산책길의 흥을 돋운다. 한결이 허리밖에 오지 않는 여러 개의 낮은 솟대가 아이들이 좋아할 갖가지 벌레들을 이고 있다. 바람이 불면 바람개비처럼 빙빙 돌 것만 같다.

"무당벌레 좀 봐요."

손에 닿는 낮은 솟대는 처음 본다는 듯 무당벌레를 만져보며 재미있어 한다. 몇 군데 보지 못하고 해가 기운다. 폭신폭신한 낙엽을 밟으며 산책길을 벗어난다.

내일은 저기 가볼까?

갤러리 리즈, 서호미술관

"물까지 있어서 너무 좋다. 한결이가 생각했던 것보다 넓다."

차에서 내리자마자 한결이가 한 말이다. '물까지'의 '까지'는 뭐고, 대체 무엇을 어떻게 생각했기에 '생각했던 것보다 넓다'고 하는 걸까? 하하, 제 엄마와 내가 허리를 잡고 웃었다. 갤러리 마당에서 강물과 하늘과 들판이 함께 보이는 게 한결이에게는 넓게 여겨졌던 게다. 더군다나 어디로 눈을 돌리나 사방이 텅 비어 있다.

갤러리 정면으로 북한강이 흐르고, 마당에는 자갈이 깔려 있다. 물과 자갈, 한결이에게는 더 없이 좋은 놀잇감이다. 마당에서 보이는 강물이 마당보다 깊은 곳에 있는 것 같아 위험하다고 생각했는데, 가까이 가서 보니 강물과 마당은 평지처럼 이웃하고 있다. 강물이 마당의 흙을 적시며 정답게 찰랑대고 있다.

집에서 워낙 늦게 떠났기 때문에 리즈갤러리에 도착하니 점심

시간이 훌쩍 지나 있었다. 점심 먹고 놀자고 해도 싫다고 한다. 곧장 강변으로 달려가더니 물속에 돌을 던진다. 제법 큰 돌도 낑낑대며 던진다. 살얼음이 떠 있어서 그런가? 돌이 떨어질 때마다 쨍강, 유리가 깨지는 듯한 맑고도 경쾌한 소리가 나고 그럴 때마다 물결은 근사한 파문을 일으킨다.

"퐁당, 했어요."

"그러게, 물소리가 아주 크네."

"맞아요."

한결이와 나는 언제나 말이 잘 통한다. 돌이 떨어지는 수면의 소리만큼이나 경쾌하게 잘 통한다. 남편이 물수제비를 떠보지만 계속 실패다. 그래도 두 개를 만들었다고 한다. 한결이가 던진 돌처럼 그냥 '퐁당' 하며 가라앉은 것 같은데.

퐁당, 퐁당, 퐁당 …. 한결이가 던진 돌이 '퐁당' 하며 떨어질 때마다 강물은 작은 분수를 일으키고, 작은 파문을 만든다.

"한결아, 우리 물무늬 이름을 '퐁당'이라고 할까?"

"좋아."

아무리 날씨가 따뜻하다 해도 겨울은 겨울이다. 넓은 주차장에 차가 별로 없고, 사람도 없으니 더욱 을씨년스럽다.

1층 갤러리의 그림은 나중에 보기로 하고, 우선 점심부터 해결하려고 2층 레스토랑으로 올라가는 층계를 밟는다. 햄치즈샌드위치 4인분과 한결이에게는 키위주스, 어른은 커피를 주문하고, 집에서 가져온 군고구마와 대추차를 탁자에 꺼내놓는다. 지난해 가을에 우리 농장에서 두 고랑이나 캔 호박고구마는 겨우내 우리

가족에게 환상적인 영양 간식이었다. 어디를 가나 군고구마와 대추차를 갖고 다녔는데, 그만 고구마가 다 떨어져 며칠 전 트럭으로 실어다 파는 고구마장사에게 한 박스를 샀다. 한 박스에 3만 원. 남편은 올해 고구마를 열네 고랑이나 심겠다고 벼르고 있다.

점심을 끝내고 딸이 한결이를 데리고 강가로 나가고, 남편은 집에서 가져온 책을 꺼내 들고, 나는 서가에 비치되어 있는 월간《쾌》를 꺼내든다. '희망찬 미래 명품 도시 남양주 이야기'라는 부제가 붙어 있다. 관심 갖는 만큼 보인다고 했던가? 남편이 농장을 하고부터 나의 관심도 자연히 농촌으로 쏠리게 된다. 표지 그림에 황금색 벼가 논 가득하고 한 농부가 논두렁을 걷고 있는 모습이 들어 있다. 그림이 좋아서 지난해 11월호지만 책을 꺼내들은 것이다.

강가로 나간 딸과 한결이가 돌을 강물에 넣는 놀이에 열중하고 있다. 전면이 유리로 되어 있는 창문을 통해 보이는 그 모습이 그림 같다. 수상레저 건물에 걸려 있는 펼침막이 펄럭대는 걸 보니 바람이 많이 부는 모양이다. 물결도 제법 이는 모양인데 딸과 한결이는 들어올 줄을 모른다.

2층의 유리문을 열고 나가면 너른 옥상이다. 콘크리트 바닥인데다가 탁자와 의자가 한쪽 구석에 치워져 있어 썰렁하긴 하지만, 한결이와 나는 옥상 아래를 내려다보며 또 다른 재미있는 놀이를 찾아냈다. 건너편 어느 집 뒤뜰에 커다란 개 두 마리가 끈에 매여 있다. 둘 다 덩치도 크고 불도그처럼 사납게 생겼다. 그 앞 건물의 경비를 맡고 있는 개인 것 같다. 우리를 보자 컹컹컹, 달려들 것처럼 짖어댄다. 한결이는 물론 나도 놀라서 몇 걸음 뒤로 물러섰다.

"한결아, 괜찮아. 저것 봐, 쇠줄로 묶여 있잖아."

옥상과 그 아래 개가 있는 곳은 한참 멀기도 했다. 한결이와 내가 다시 살금살금 걸어가 옥상 방책 앞에 서서 자꾸 말을 거니 사나운 경계의 눈초리가 가라앉는다.

"한결아, 저 개 이름을 뭐라고 할까?"

"으응, 왼쪽에 있는 개는 '키즈kids'라고 하고, 오른쪽에 있는 개는 '앵쿠'라고 해요"

서슴없이 두 마리의 개 이름을 뚜르르 뀐다. 키즈는 그런 대로 알아들었는데, '앵쿠'는 처음 듣는다.

"앵쿠가 뭔데?"

"바다기린의 먹이에요."

바다기린은 바다에 사는 기린이다. 철새가 먼먼 곳에서 날아오느라고 지쳤을 때 물 위로 그 긴 목을 내밀어 철새가 쉬고 갈 수 있게 해주는 마음 착한 동물이다. 물론 동화책 이야기다. 한결이는 바다기린은 개가 사나워도 철새에게 어깨를 내주듯이 자신의 먹이인 '앵쿠'도 내줄 것이라고 생각했던 것 같다. 사람과 동물 사이에도 착한 것은 통하는 것일까? 개는 단박에 순해져서 우리가 손짓을 하고 엉덩이춤을 추어보여도 짖지 않고 가만히 앉아 있다.

겨울이어서 그런가? 조용하다. 한산한 겨울날의 하루를 강과 하늘과 나무를 보고, 물수제비를 뜨고, 햇볕 잘 드는 레스토랑 창가에 앉아 정 깊은 이야기를 나누는 것도 뜻 있는 일이 될 터이다. 우리의 미술관 탐방은 꼭 그림만을 만나기 위해서가 아닌 것이다.

꽈리, 무쇠난로, 장작불, 할아버지, 격자창, 청둥오리 …. 이건 향수요, 시의 언어다. 갤러리 리즈를 떠나 집으로 돌아오는 길에 서호미술관을 들렀다. 붉은 벽돌담이 아담하고 정답다. 입구에 들어서니 장작이 타고 있는 무쇠난로가 보인다. 조금 서늘했던 밖의 기운이 금세 따뜻해진다. 마음도 따라 따뜻해진다. 장작을 모아 불을 일으키던 할아버지가 허리를 펴며 묻는다.

"어디서 오셨습니까?"

"서울서 왔는데요."

"먼 데서 오셨군요."

"할아버지는 여기서 사세요?"

"아닙니다, 천호동에서 왔습니다"

"아, 그럼 할아버지도 서울서 오셨네요, 서울서 출퇴근하시나 봐요?"

"그렇습니다."

"입장권은 어디서 사지요?"

"잠깐 기다리세요, 지금 2층에 올라가 있거든요."

2층을 올려다보고 있는데 긴 머리, 화장기 없는 얼굴, 수수한 옷차림의 젊은 여자가 나선형 계단에 모습을 드러냈다. 큐레이터인 것 같다.

미술관은 1층에 전시실이 있다. 본전시실은 강 쪽으로 난 격자창으로 자연 채광이 되어 작품들을 한껏 살려주고, 특히 천정이 5미터로 높아 전시실의 공간감이 웅장하다. 소전시실은 소품 전시의 공간이다. 재미있는 아트 상품들을 기획 전시한다.

소전시실 문에 꽈리가 무청 시래기처럼 엮여 걸려 있다. 장작불이 타고 있는 무쇠난로 바로 앞이다. 꽈리와 무쇠난로, 연극 무대의 소품 같다.

"한결아, 이게 꽈리야."

"꽈리가 뭐예요?"

한결이는 꽈리를 처음 본다. 꽈리만 보면 절로 좋아지는 내 기분과 꽈리를 처음 보는 한결이의 기분은 너무 멀기만 한데, 대체 이를 어떻게 설명을 해줘야 하나? 꽈리는 작은 방울토마토만 하다, 방울토마토처럼 작은 구멍이 있는데 꽈리를 말랑말랑해지도록 살살 만져준 다음 작은 구멍으로 뾰족한 것을 넣어 속을 파내면 꽈리 껍질만 남지, 입에 넣고 불면 꽈드득꽈드득 소리가 난다, 얼마나 재미있는지 몰라, 꽈드득꽈드득 …. 그래서 이름이 꽈리인가 봐. 꽈드득꽈드득 소리를 내니 재미있다는 듯 까르륵 웃는다.

"할아버지보고 우리 농장에 꽈리도 심으라고 부탁할까?"

"좋아."

소전시실은 아기자기한 도자기 소품들이 놓여 있고, 그동안 전시되었던 김용윤 작가의 '다기' 전과 '세라믹 아트' 전의 도기 그림이 있는 엽서와 현재 인사동 갤러리에서 전시되고 있는 '대한민국 아사달' 전의 엽서가 비치되어 있다. 실제로 전시회를 보지는 못했지만, 김 작가의 삼끈을 두른 〈분청타날빗살문발〉과 연근과 수련을 그려 넣은 〈다기〉를 엽서로 접할 수 있는 것만도 큰 수확이요 기쁨이었다.

'명明 · 청淸 비단' 전을 하고 있는 본전시실로 들어선다. 그림에 붙은 한글 제목이 도저히 무슨 뜻인지 알기 힘든 한자식이다. 〈홍지봉황박고문직금紅地鳳凰博古紋織錦〉, 〈홍지팔선고사도직금紅地八仙高士圖織錦〉 …. '홍지'는 붉은색 바탕을 의미하고, '녹지'는 초록색 바탕을 의미하며, '직금'은 비단으로 짠 것을 의미한다는 사실을 깨단는 데는 한자를 한 자 한 자 천천히 읽어보고 나서였다. 〈녹지영희도직금綠地嬰戲圖織錦〉은 녹색 바탕에 어린아이가 연을 날리며 놀고 있는 그림이고, 〈남지모란문직금藍地牧丹紋織錦〉은 남색 바탕에 모란꽃을 그려 넣은 그림이라는 것을 알았다. 하나하나가 모두 비단에 무늬를 넣어 짠 것인데, 사람의 손으로 짠 것이라고 믿을 수가 없을 정도로 정교하다. 유리 액자에 담아 놓은 것임에도 불구하고 정말인가 만져보고 싶어 가까이 다가가다가 그만 참아낸다.

그림이 끝나니 명·청 시대의 옷이 전시되어 있다. 용무늬가 있는 옷은 왕이 입던 옷이라고 한다. 1300년대에 입었던 옷들이지만 실제 그때의 것은 아니고 똑같이 재생해서 만든 옷인데, 이마저도 모두 실크로드로 비단을 실어 나르던 시대의 작품이라고 한다. 오래된 옷들이라서 전시하기에 애를 먹는다고 큐레이터는 말한다. 손만 스쳐도 옷감은 푸실푸실 해체될 것 같고, 눈 크게 뜨고 자세히 보려고 가까이만 가도 헤실헤실 올이 풀려나갈 것 같다. 그래서 진품 명품이 아니겠는지.

본전시실의 작품들은 전시만 하고 팔지는 않는다고, 보여주기만 하는 전시라고 예의 큐레이터는 말한다. 서호미술관의 품격과 자존심을 읽는다.

2층 창에서 내려다보니 청둥오리 수십 마리가 강물에서 노닐고 있는 게 보인다. 그냥 강물에 둥둥 떠다니는 것 같다. 한 무리는 물

위를 그림같이 떠돌고, 한 무리는 물고기라도 잡는지 소란스럽다. 자맥질하는 모양이 서로 물을 튀기며 물장난 치는 아이들 같다. 바로 그 뒤에 섬이 하나 떠 있다. 억새가 소복한 억새섬.

"한결아, 저기 좀 봐, 섬이 있네, 억새섬 같지?"

그림 같은 청둥오리처럼 그 또한 그림 같은 억새섬을 가리키며 한결이에게 소리친다.

"내일은 저기 가볼까?"

내 말소리가 높은 것에 비해 어이없게 낮은 소리로 한결이가 꿈꾸듯 말을 한다.

'오늘 왔는데, 내일 어떻게 여기를 또 오지? 그리고 저기는 아무도 가려고 하지 않는 억새섬이잖아?'

혼자 중얼거렸는데, 그러나 생각은 그렇게 하면서도 '오늘 오고 내일도 또 오겠다'는 한결이의 말이 신통해서 그만 말문을 닫는다. 아무도 그게 섬이라고 생각조차 하지 않을 텐데 한결이는 그곳에 가면 재미있는 일이 있을 것이라고 상상을 하는 것이다.

지난 1년 동안 거의 매주 한결이를 데리고 미술관이고 박물관이고 수목원을 나들이했다. 그게 아이의 정서를 위해 좋은 길이라고 생각했기 때문이다. 엊그제도 갔고, 그제도 갔고, 어제도 갔었다는 듯 아무렇지 않게 '내일은 저기 가볼까?' 하고 말을 한다. 그건 그동안 잦은 나들이, 엊그제 그제 어제가 아닌 잦은 나들이를 했다는 뜻이 되겠다. 나들이가 일상이 된 아이가 할 수 있는 말인 것이다.

마치며

딸네가 살고 있는 목동과 전철로 3정거장 떨어진 당산동에 살면서 딸네집 드나들며 한결이를 돌봐주다가, 한결이가 초등학교 입학한 2012년 4월 초 살림을 합쳤다. 2012년 1월 '췌장양성신생물'이라는 지극히 위험하고, 지극히 낯선 병으로 큰 수술을 받은 지 3개월 만이다. 제대로 걸을 수가 없고 제대로 먹을 수가 없어 한결이 학교를 데려다 주는데, 건강한 사람의 5분 거리가 내게는 천리 같았다.

딸은 중학교 국어 교사, 사위는 방송국 기자로 늘 바쁘다. 한결이에게 딸과 사위의 손이 미치지 못하는 부분을 내가 메꿔줘야 했다. 건강을 빠르게 회복할 수 있었던 것이 아마도 딸이 웃으며 농담 같이 말한 것처럼 한결이 돌보느라 바쁘게 살았기 때문인지도 모른다. 한결이와 같이 한 시간은 내게 세상을 아름답게 보는 눈을 틔워 주었다.

한결이가 중학교 2학년 때 그의 담임선생님으로부터 내 딸이 받은 메시지다.

한결이 어머니! 제가 요즘 한결이 덕분에 살고 있습니다. 보면 볼수록 멋지고 아름답고 미래가 정말 기대되는 소나무 같은 인재, 어린왕자를 연상케 하는 철학자이자 예술가 그리고 소신과 용기까지 겸비한 우리 한결이가 저에게 희망을 주네요. 발표도 잘하고 따스한 마음도 풍성하고! 소신도 분명하고 그래서 진실 되고! 정말 한결이 정신세계는 엄청난 에너지가 끓고 있는 제3기 조산대!

저희 반에 개별(특수)학급에 속하는 아이가 있는데, 그 친구랑 같은 반 된 것도 한결이는 너무 쿨하게 아무렇지도 않게 괜찮다 했습니다. 어떠냐고 물어본 저를 부끄럽게 하는, 당연시하는 그 모습에 제가 울컥했습니다. 수련회 때 그 친구랑 같은 방을 사용하게 된 것도 자연스럽게 괜찮아하는 것입니다. 업어주고 싶은 한결이!

'아, 한결아! 어느새 이렇게 컸니?! 딸이 보여준 메시지에 그간의 시간들이 생각나면서 고마움으로 눈물이 주르륵 흐른다.

"할머니, 사람이 가장 잘 산다는 게 어떤 것인지 알아요?"

어느날 느닷없이 한결이가 물었다.

"글쎄? 어떻게 사는 걸까? 한결이는 어떻게 생각하는데?"

되묻는 내게 돌아온 답이 당돌할 만큼 당당하다.

"자기가 하고 싶은 일을 하며 사는 거예요."

코로나19 때문에 집에 있는 시간이 길어서일까? 고등학교 1학년인 한결이는 요즘 컴퓨터 앞을 떠나지 않는/못하는 생활을 하고 있다. 비대면 학교 수업 때문이기도 하겠지만 그게 다는 아닌 것 같다. 컴퓨터 화면에는 애니메이션 화면이 떠있고, 화면을 띄운 채 친구와 전화 통화를 하는 한결이를 자주 목격한다. 바쁘다. 뭘까? 한결이 말로는 6명이 한 그룹인데 각자 자기가 맡은 분야가 다르다고 한다, 자신은 그림을 맡았다고 한다. 지금 만들고 있는 것은 '적으로부터 우리 편 성城을 지키는 게임'이란다.

딸은 중학교 교사로 있으면서 대학원을 졸업했다. 학기마다 모든 과목 A+를 받아오는 엄마의 성적표를 보며 "엄마는 사람도 아냐." 했다. 한결이가 가장 잘 사는 삶은 애니메이션 게임인 것 같다. 한결이는 적으로부터 '우리 성'을 지켜내는 정의롭고 용감한 그림을 심혈을 다해 그려 내고 있는 것이다. 성적도 학교도 학벌도 별로 관심이 없는 것 같다. 일찌감치 앞날 설계를 세운 셈이다.

딸네와 살림을 합친지 7년 만인 2019년 2월 딸네 집을 떠나 우리 집으로 돌아왔다. 경남 창원에서 사시는 안사돈께 이사 메시지를 드렸다.

만 7년 만에 아이들의 집을 떠납니다. 나가라고 해서도 아니고, 나가고 싶어서도 아닌데 이젠 제가 할 수 있는 일이 없는 것 같아서요. 서운했던 일들은 떨어버리고 고마웠던 일들만 가슴에 품어 안고 떠나겠습니다. 아이들에게는 나이를 먹어 한결이를 더 이상 봐줄 수 없는 게 '그냥 슬프다' 했습니다. 한결이가 착하고 성실한 성품으로 자란 것을 보람으로 알겠습니다. 우리 집으로 이사해서 농장을 오르내리고, 책 읽고 글 쓰는 삶을 살겠습니다. 항상 따뜻한 마음 주신 것 감사합니다.

이사한 지 2년이 다 되어간다. 이 없으면 잇몸으로 산다고 사람들은 말하지만 그건 이 없이 잇몸으로만 밥을 먹어보지 못한 사람들의 말이다. 떠날 때 내 마음은 많이 아팠다.

학교에서 맡은 일이 많은 딸은, 그리고 방송국에 있는 사위는 언제나 바쁘다. 떠났다고 떠난 것이 아니다. 딸이 "엄마!" 하고 부르면 농장에 있다가도 서울로 올라와 딸네 집으로 달려간다. 오늘 한결이를 봐 달라는 부탁임을 알고 있기 때문이다. 한결네 집 현관에 들어서면 마루 끝에서 문이 열리기를 기다리던 한결이는 훌쩍 큰 키로 다가와 나를 감싼다.

사람들은 저마다의 자리에서 저마다의 삶을 산다. 모두가 소중한 삶을 살아가고 있는 것이다. 내 삶에서 가장 소중한 선물이었던 한결이에게서 비록 물리적 거리는 멀어졌다 해도 늘 한결이는 내 곁에 있음을 믿는다.